힐하우스의 유령

김 시 현

이스라엘의 키부츠와 캐나다의 비영리법인에서 자원 봉사활동을 했으며, 현재 전문 번역가로 활동하고 있다. 옮긴 책으로 코맥 매카시의 『평원의 도시들』, 『핏빛 자오선』, 『모두 다 예쁜 말들』, 『국경을 넘어』 외에 『인생 수정』, 『우먼 인 블랙』, 『리시 이야기』, 『이중구속』, 『심문』, 『비밀의 계곡』, 『약탈자들』 등이 있다.

The Haunting of Hill House

힐 하우스의 유령

셜리 잭슨
김시현 옮김

차가운 공포와의 숨 막히는 포옹

엘릭시르

차
례

레너드 브라운에게 바침●

—

● Leonard Brown. 셜리 잭슨이 시러큐스 대학에 재학할 당시의 현대 문학 교수. 그녀의 멘토 역할을 했다.

The Haunting of Hill House

서
문

일러두기

서문에 작품 줄거리가 포함되어 있습니다.

산 자와 죽은 자 사이의 경계

모든 뛰어난 공포 소설이 그러하듯 셜리 잭슨의 『힐 하우스의 유령』은 주인공에게 덫을 놓는다. 영국 작가인 M.R. 제임스가 확립한 고전적 방식에서는 학자, 수집가, 골동품 전문가 등 탐정 기질을 지닌 신사가 주인공으로 등장한다. 주인공은 주로 지적 호기심 때문에, 때로는 탐욕 때문에 유령의 영토에 들어선다. 그러고는 봉인된 방을 열거나 보물을 찾으려고 들거나 기념품을 챙기거나 괜한 간섭을 하는 바람에 유령의 분노나 증오를 야기한다. 주인공('희생자'라는 표현이 더 적절할지도 모르겠지만)은 이러한 침입 행위 외에는 별다른 개성을 보이지 않는다. 그저 잘못된 시간에 잘못된 장소로 가서 이를 후회하는 것이 다이다.

『힐 하우스의 유령』이 탁월한 공포 소설인 이유는 작가가 주인공만이 아니라 독자에게도 덫을 놓기 때문이다. 이 소설에서 기이한 사건에 휘말리는 엘리너 밴스는 단순한 참견쟁이가 아니다. 그녀는 힐 하우스에 이끌려 와서 각종 끔찍한 상황에 맞닥뜨리는데, 사실 이는 서술에서 암시되듯 그녀의 내면에서 비롯된 것이자 내적 자아를 표출한 것이다. 엘리너는 서술적 도구라기보다는 참된 문학적 캐릭터이다. 복잡하고 독특한 개성이 있으며, 심지어 괴짜 같은 면도 보인다. 하지만 대단히 별난 괴짜는 아닌지라 독자의 동정을 얻지는 못한다. 엘리너의 시선으로 소설이 진행되기에 그녀가 믿음직한 인물이 아님을 알면서도 독자는 엘리너와 일체화된다. 그것도 완벽하게 하나가 되는 탓에 힐 하우스가 그녀의 영혼에 스며드는 순간, 독자의 영혼 역시 침투당한다. 엘리너가 딛고 있는 땅이 요동치고 흔들리면 독자 역시 휘청휘청 비틀거린다. 엘리너가 덫에 걸리면 독자 역시 마찬가지다. 대부분의 공포 소설은 간접적인 공포를 한두 번 편안하게 느끼고 끝나지만, 『힐 하우스의 유령』은 찐득찐득하고 끈적끈적한 공포가 내내 스며든다.

『힐 하우스의 유령』의 진정한 조상은 M.R. 제임스나 셰리든 레퍼뉴의 전통적인 영국 공포 소설이 아니다. 심지어 에드거 앨런 포의 고딕 소설 역시 아니다. 바로 헨리 제임스의 유령 이야기이다.

그의 중편 소설인 『나사의 회전』은 외딴 저택에서 외로이 지내는 상상력이 풍부한 젊은 여성이 주인공으로 등장한다는 점에서 『힐 하우스의 유령』에 지대한 영향을 주었으리라 판단된다. 또한, 텅 빈 고향 집을 헤매던 중년의 탐미주의자가 자신이 다른 삶을 살았더라면 되었을 사람의 유령을 만나는 이야기인 단편 「졸리 코너」(1908)도 마찬가지다. 공포 소설은 장르의 폭이 좁다. 따라서 『힐 하우스의 유령』과 헨리 제임스의 작품이 속하는 하위 장르인 심리적 공포 소설은 더더욱 폭이 좁을 수밖에 없다. 공포 소설에서 독자에게 공포를 야기하는 문학적 효과는 산 자와 죽은 자 사이의 경계가 어떤 식으로 무너지느냐에 달려 있다. 가장 노골적인 수준의 작품이라면 신체 내부에 있어야 마땅한 모든 것과 신체 외부 사이의 경계를 무너뜨림으로써 공포를 심어 준다. 반면, 심리적 공포 소설에서는 정신과 외부 세계 사이의 경계를 무너뜨린다. 힐 하우스에서 세 번째로 중요한 심령 현상이 일어났을 때 엘리너는 점점 저항을 포기하며 이렇게 생각한다. "하지만 내 머릿속에서 나는 소리를 다른 사람들은 어떻게 듣는 거지?"

심리적 공포 소설은 광기만큼이나 정체성의 혼란이 중요한 역할을 차지한다. 『나사의 회전』에서 가정 교사는 영웅이 되기 위해 용감하고 고귀한 행동을 하고, 절대 귀찮게 하지 말라고 명령을 내린 매력적인 고용주의 관심을 갈망한다. 현재의 자신과는 다른 사람이 되고 싶어 하는 것이다. 두 어린 제자를 치명적 위험에서 구하는 임무를 맡았다는 점을 제외하면, 그녀는 아이들을 돌보며 젊음을 헛되이 흘려보내는 젊은 여자에 불과하다. 아이들이 자라고 나면 그녀는 잊힐 터이다. 그녀가 일하고 있는 집에 떠도는 것은 잔인한 피터 퀸트와 그의 연인이자 그녀의 선임자이자 성적으로 타락한 제슬 양의 유령일까? 아니면 이름 없는 가정 교사의 갈망에 의해 반쯤 형성된 대체 자아일까? 엘리너는 힐 하우스 유령의 목표물일 수도 있지만, 심령 현상을 야기하는 주체일 수도 있다. 어쨌든 몬터규 박사가 그녀를 초대한 것은 엘리너가 어릴 적 폴터가이스트 현상을 겪었기 때문이 아니던가.

1930년대에 비평가 에드먼드 윌슨은 『나사의 회전』에 유령은 전혀 존재하지 않으며, 가정 교사의 성적 좌절감에서 비롯된 노이로제 증상일 뿐이라는 의견을 제시했다. 『힐 하우스의 유령』에서는 이러한 점이 더욱 명백히 드러난다. 몬터규 박사가 지적하듯, 엘리너는 유령을 보고 들은 유일한 사람은 아니다. 하지만 힐 하우스가 아니라 그녀의 폴터가이스트가 그 원인일지도 모른다. 헨리 제임스와 셜리 잭슨은 둘 다 짧은 소설 속의 허구적 세상에 유령을 현실감 있게 그려 냈다. 잭슨은 평생 초자연 현상에 관심을 갖고 있었으며, 마법을 익혔고, 기자들에게 자신이 마녀라고 말하기를 좋아했다. 무엇보다도 유령이 실재한다고 주장했다. 하지만 두 작가 모두 가상의 대체 자아라는 개념에 지나치게 몰입한 나머지, 자신의 공포 소설에 내재된 비非초자연적 면을 인식하지 못했다.

셜리 잭슨은 고독하고 내성적인 젊은 여성의 이야기를 종종 썼다. 신경질적인 환자인 어머니를 십일 년이나 돌본 엘리너 밴스 외에도, 친구 하나 없이 지내다 상상의 여자 친구를 만들어 낸 대학 신입생(『행저맨Hangsaman』(1951))과, 다중 인격 장애에 시달리며 어머니의 죽음을 자신 탓으로 여기는 젊은 여인(『새 둥지The Bird's Nest』(1954))이 잭슨의 소설에 주인공으로 등장했다. 연약하고 외로운 여인이 대담한 대체 자아와 마주치는 이야기에 대한 잭슨의 관심은 『힐 하우스의 유령』 이후에도 계속됐다. 잭슨의 마지막 작품이자 걸작인 『우리는 언제나 성에 살았다』(성문영 옮김, 엘릭시르, 2014)에서는 불안정하고 폐쇄적인 두 자매가 저택에 은둔하며 살아간다. 다른 친척들은 독이 든 설탕 통과 관련된 기이한 사건으로 모두 숨을 거둔 채였다.

잭슨이 오래된 저택을 사랑한 것은 사실이나, 떠들썩한 대가족과 살면서 으스스한 고립에 대한 소설을 썼다는 점에 아마도 다들 놀랄 것이다. 유명한 비평가이자 학자인 남편 스탠리 에드거 하이먼과의 사이에서 네 아이를 낳았을 뿐만 아니라 수많은 고양이를 길렀다. 게다가 20세기 중반의 위대한 미국 문학가들을 비롯한 손님이 끝도 없이 그들을 방문했다. 때때로 그들의 삶은 계속되는 파티나 다름없었다. 거침없이 들이켠 술과 기름진 음식과 담배로 인해 건강이 망가질 정도였다. 랠프 엘리슨과 하워드 네메로프와 버나드 맬러머드와 교제하면서도 잭슨과 하이먼은 자신들의 독자적 입장을 견지했다. 한 친구는 잭슨의 전기 작가인 주디 오펜하이머에게 이렇게 말했다. "나는 그들 부부가 늘 거인처럼 여겨졌어요. 육체적으로 그렇다는 건 아니에요. 그저 여느 사람보다 훨씬 기운이 넘치는 것 같았죠." 이에 관해 네메로프는 다음과 같이 의견을 더했다. "두 사람 모두 강력한 힘이 느껴졌죠. ……거대한 자신감이라고나 할까요."

작가로서 잭슨은 매력적이면서도 혼란스러운 가정사를 재치 넘치는 자전적 이야기로 그려 내 여성 잡지에 기고하며 쏠쏠한 부수입을 벌어들였다. 이 글들을 모아 『악마 키우기Raising Demons』와 『야만인들 틈에서의 삶Life Among the Savages』이라는 두 권의 책으로 출간해 큰 인기를 얻었다. 덕분에 독자들은 생기 넘치는 소품과 한결 어두운 분위기의 소설의 대비로 잭슨에 대해 잘 알 수 있었다. 《훌륭한 주부Good Housekeeping》라는 잡지를 통해 잭슨을 알게 된 독자들은 못내 당혹스러웠으리라. 특히, 단편 「제비뽑기」는 1948년 《뉴요커》에 발표되었을 때 커다란 센세이션을 야기했으며, 그 후 교과서에 실려 수많은 학생들에게 공포를 자아내고 있다. 셜리 잭슨이 가진 작가로서의 두 얼굴은 똑같이 진정성을 띠고 있다. 잭슨은 인간의 사악함을 냉소적으로 그려 내는 문학적 재능만큼이나 자애로운 어머니 노릇과 뛰어난 요리 솜씨에 자부심을 가졌다. 또한 이처럼 모순적인 두 자아를 통합하느라 겪었던 어려움은 다른 자아를 만나는 여성을 소설화하는 데 확실히 큰 도움이 되었을 것이다.

예를 들어, 잭슨은 강한 자매애를 생생하게 그려 냈으나 충격적이게도 본인은 자매가 없었다. 잭슨은 1916년 샌프란시스코의 근사한 중산층 집안에서 태어났다. 그리고 샌프란시스코의 부유한 교외 지역에서 남동생과 함께 자랐다. 우아하고 보수적인 어머니에게, 다루기 힘든 괴짜이자 명석하지만 평범한 외모의 잭슨은 영구한 고통이었다. 잭슨 역시 어머니와의 관계로 인해 평생 고통받았다. 부모에게 반항(유대인과의 결혼, 어머니의 기준에 벗어난 몸치장, 뚱뚱한 몸매)하거나 부모를 능가하기 위해 애쓰며 살아갔다. 잭슨이 부모에게 보낸 편지에서 언제나 위기나 어려움을 절묘하게 위장해 어머니보다 자신의 가족이 더 화목하고 행복한 생활을 하는 척했다는 사실을 오펜하이머는 간파했다. 잭슨의 소설에서 묘사되는, 요구가 많고 냉담하며 비판적인 어머니는 모친 제럴딘 잭슨을 빗댄 것이리라. 엘리너의 죽었으나 사라지지 않은 어머니 역시 마찬가지다.

잭슨은 열여섯 살 때 부모님과 함께 뉴욕 주 로체스터로 이사했다. 집 근처였던 로체스터 대학에서 재앙과 같은 시간을 보낸 후 시러큐스 대학으로 옮기면서 마침내 독립생활을 시작했다. 학생회의 개혁파 중 한 명이었던 하이먼은 대학 신문에 게재된 잭슨의 단편을 읽고는 이 작가와 결혼하겠다고 선언했다. 이 년 후 실제로 두 사람이 결혼한 것은 과연 그다운 행동이었다. 뉴욕 시의 어느 아파트에서 힘겨운 세월을 보낸 후 그들은 두 아이와 함께 버몬트 주 노스 베닝턴으로 이사했다. 《뉴요커》의 전속 작가로 활동하던 남편이 베닝턴 대학의 교수로 임용된 것이다. 대부분의 교직원 가족들은 캠퍼스 내 사택에서 지냈지만, 잭슨은 마을에서 살겠다고 고집했다.

이러한 선택으로 잭슨은 아웃사이더로서의 삶을 굳히게 되었다. 그녀는 교수의 아내로 대학에 소속되는 것을 원하지 않았지만, 그렇다고 뉴잉글랜드의 유서 깊은 시골 마을과도 어울리지 않았다. 과묵하고 외지인 혐오증을 가진, 아마도 타고난 양키인 시골 주민들이 이때부터 그녀의 소설에 등장하기 시작했다. 「제비뽑기」는 버몬트 주의 어느 작은 마을을 배경으로 하고 있는데, 주민들이 선발된 한 명에게 돌을 던져 죽이는 의식이 치러지는 네모난 광장은 바로 노스 베닝턴의 광장을 본뜬 것이다. 이 작품이 노스 베닝턴에서 뼈저리게 느꼈던 편견과 반유대주의를 그린 것이라고 잭슨은 한 친구에게 말했다. 하지만 남편이 평범한 백인이었다 하더라도 잭슨이 배척당했을 가능성은 무척 크다. 노스 베닝턴은 할아버지가 그곳 태생이 아니라면 새 주민을 외부인으로 여기는 고장이기 때문이다.

집은 전혀 다른 문제였다. 『야만인들 틈에서의 삶』에서 잭슨은 노스 베닝턴의 근사한 두 집을 하나로 합친다(하나는 세든 집이었고, 다른 하나는 훗날 구입한 집이었다). 주마등처럼 복합적으로 이루어진 이 집은 "오래되고 요란하며 가득 차" 있다고 묘사된다. 기이한 침묵과 적막한 복도를 가진 힐 하우스와는 뚜렷이 대조를 이룬다. 하지만 잭슨은 자신의 집에서 독자적 의지를 느꼈다. 각 방이 꾸며져야 하는 방식에 대해 집 스스로 의견을 고집한다고 했다. “우리만의 방식으로 가구를 배치하려고 몇 번 헛되이 노력해 보았지만 번번이 뭔가가 어긋난 듯 부조화가 날카로이 찔러 대는 바람에 우리는 그만 신물이 나 포기해 버렸다. 원래의 가구를 원래의 자리에 놓아둘 수밖에 없었던 것이다.” 또한 잭슨의 딸은 “밤에 집 안의 먼 곳에서 누군가 자신에게 노래를 불러 주었다”고 주장했다. “다락방 문은 항상 걸쇠가 걸려 있는 상태를 선호하여, 누가 안에 들어와 있든 무조건 저절로 걸쇠를 걸어 버린다.” “습관적으로 살짝 열려 있는 문이 있는데, 무슨 특별한 이유가 있을 때만 잠시 아량을 베풀어 닫혀준다.”

『야만인들 틈에서의 삶』의 집이 보이는 쾌활함과 힐 하우스의 적의는, 분위기는 전혀 다르지만 똑같은 초자연 현상에 속한다. 크고 오래되고 반쯤 인격화된 목사관은 고딕 소설의 전형적인 배경이다. 『힐 하우스의 유령』을 쓰기 위해 공포 소설을 열심히 읽은 잭슨은 이 점을 잘 알았을 것이다. 하지만 그녀는 사람과 공간이 서로 주고받는 영향에 대해 평생 강한 관심을 보였다. 『새 둥지』의 분열된 여주인공에 대해 잭슨은 이렇게 썼다. “엘리자베스의 평정심이 사무실 바닥 때문에 깨진 것인지, 아니면 엘리자베스로 인해 사무실 건물이 기울어진 것인지 여부는 확인할 수 없다. 하지만 엘리자베스와 사무실이 동시에 무너졌다는 사실은 부인할 수 없다.” 고딕 양식의 집은 관찰자의 성향에 따라 다양한 상징으로 해석될 수 있다. 섹슈얼리티, 여성의 신체, 가족, 영혼. 이러한 해석 중 섹슈얼리티만 제외하고 모든 것이 힐 하우스에 해당된다. 잭슨은 섹스라는 주제는 절대 다루지 않았다.

1959년에 출간된 잭슨의 공포 소설『힐 하우스의 유령』은 큰 인기를 누렸다. 베스트셀러에 올랐을 뿐만 아니라 비평가들의 찬사를 받았으며 영화 판권도 거액에 팔렸다. 하지만 엘리너 밴스의 초기 정신 이상 상태가 작가에게도 영향을 미쳤던 듯하다. 아니면 그 반대이거나.『우리는 언제나 성에 살았다』의 여주인공은 더 심각한 문제를 보인다. 그녀는 언니의 구혼자를 겁주어 내쫓기 위해 집에 불을 지르기까지 한다. 잭슨은 상태가 좋을 때면 변덕스러운 정도에 그쳤지만, 처방받은 암페타민(각성제)을 아스피린처럼 복용하는 바람에 증세가 악화되었다. 그녀가 마지막 장편 소설을 마치고 얼마 안 있어, 베닝턴 대학의 학생들과 곧잘 바람을 피우던 남편이 그답지 않게 진지한 연애에 빠져들자 잭슨은 신경 쇠약에 걸려 초자연적 분열을 직접 경험했다. 결국 정신과 의사의 도움으로 스스로를 추슬렀지만, 긴 세월 반복된 나쁜 습관은 해결하기가 더욱 어려웠다. 잭슨은 사십팔 세의 나이에 잠을 자던 중 심장마비로 사망했다.

「제비뽑기」 다음으로『힐 하우스의 유령』은 잭슨의 대표작으로 여겨지지만, 현재 잭슨의 작품은 그다지 널리 읽히고 있지 않다. 놀랄 일은 아니다. 한 세대를 풍미했던 작가가 다음 세대에서는 완전히 잊히는 일이 종종 있다. 지성적인 얼마 봄벡류의 글을 때때로 썼다는 점이 문학계의 평판을 높이는 데는 별 도움이 되지 못했을 것이다. 가정사에 관한 글은 지금보다도 당시에 더욱 하찮게 여겨졌기 때문이다. 하지만 잭슨의 간결하고 깔끔한 문체와 강인한 정신은 퍼트리샤 하이스미스와 제임스 M. 케인을 좋아하는 독자의 마음을 충분히 끌 만하다. 어떤 면에서 셜리 잭슨은 당대의 하드보일드 작가였다고 할 수 있다. 또한 초도덕적 우주에서 일어나는 운명의 잔인한 장난을 생생히 그려 낸 작가였다. 다만 남자와 총이 아니라 외롭고 광기에 빠진 여자와 크고 사악한 집을 주제로 삼았을 뿐이다.

많은 독자들이 마법에 사로잡힌 듯했다고 일컫는『힐 하우스의 유령』은 육체적 · 정신적 밀실 공포증의 분위기로 가득 차 있다. 우뚝 솟은 언덕들이 저택을 감싸고 있고, 문과 창문은 열어 두어도 어느새 도로 닫힌다. 몇몇 방은 다른 방들로 완전히 에워싸여 있다. 시어도라가 말한 대로, 건물은 "벨벳과 장식 술과 자줏빛 플러시 천으로 파묻힐 만큼 휘감고 다녔"던 빅토리아 시대 사람이 설계했다. 어떤 면에서는 무척 안락한 곳이다. 침대는 포근하고, 더들리 부인의 요리는 훌륭하다. 하지만 집의 푹신푹신한 포옹은 숨 막힐 듯하다.

엘리너는 해방의 꿈에 부푼 채 힐 하우스에 도착하지만 집의 포옹에 갇혀 벗어날 수 없다는 사실을 깨닫는다. 공동 소유인 차를 가져가지 말라는 언니의 명령을 거부하고 힐 하우스에 도착하기까지 짧은 몇 시간 동안 그녀는 탁 트인 도로의 축복을 음미하는 전형적 미국인이었다. 마침내 차는 "전적으로 그녀의 것이었다. 나 자신만의 작은 세상"에서 엘리너는 운전하는 동안 "매 순간순간 새로운 뭔가를 발견하며 낯선 공간의 놀라운 신선함을 만끽했다". 그녀는 아무 데나 내키는 곳에 멈출 수도 있었지만, "자동차 바퀴가 닳아 해지고 세상 끝에 이를 때까지 쉬지 않고 도로를 달려가도 좋"았다. 식당에서 점심을 먹던 중, 꼬마 여자애가 특별히 아끼는 '별 컵'이 아니라 평범한 유리컵에 우유를 마시기를 거부하는 모습을 보고는 그녀는 말없이 응원한다.

도로를 달리는 내내 스쳐 가는 풍경에 엘리너는 상상의 나래를 펼친다. 억눌린 분노와 더불어 엘리너의 중요한 특징 중 하나이다. 그녀는 한 쌍의 석조 사자상을 보고는 멋진 저택의 여주인이 되어 마을 주민의 존경을 받고 엘더베리주酒를 마시고 "체구가 작고 신중한 성격의 할멈"의 시중을 받으며 사는 모습을 상상한다. 협죽도 나무가 늘어선 곳에서 동화적 몽상에 빠진 엘리너는 오래전 사라진 공주가 되어 슬픔에 빠진 왕비와 재회하고 그녀를 위해 벌어진 축제에서 왕자를 맞이한다. 마지막으로 더없이 마음을 끄는 곳과 마주치는데, 바로 "정원에 파묻히듯 에워싸인" 자그마한 시골집이다. 그녀는 "아무도 나를 찾아내지 못"하도록 장미와 협죽도 담장 뒤에서 오롯이 홀로 살기를 꿈꾼다.

엘리너가 시어도라에게 도시의 작은 아파트에 대해 거짓말할 때에도 이러한 상상의 단편이 엿보인다. 마치 그녀의 일상은 부분부분이 꿈으로 이루어진 듯하다. 엘리너의 상상은 고단한 현실의 삶을 지켜 주는 성채이다. 그녀는 고통에 시달리며 죽어 가는 어머니의 수발을 들어야 했고, 언니의 집에서는 아기방의 초라한 간이침대에서 지내야 했다. 심지어 어머니의 죽음 후에도 아기를 돌보며 자유라고는 없이 언니의 명령을 따라야 했던 것이다. 그녀가 신데렐라와 잠자는 숲 속의 미녀를 자신과 동일시한 것은 충분히 납득이 간다. 그녀의 가족은 그녀를 하녀처럼 부리며 어른이 되지 못하게 막는 냉혹한 사람들이었다. 엘리너는 힐 하우스에 도착하기 전부터도 꿈속을 들락거린다. 상상과 경험을 끝도 없이 분해하고 조합하여 자신이 꿈꾸는 삶을 만들어 낸다.

엘리너는 지나치게 몽상적일지도 모르지만 처음부터 정신 이상이었던 것은 아니다. 소설의 서두에서 말하듯, 꿈은 사람이 광기에 빠져들지 않도록 막아 준다. 심지어 종달새나 베짱이와 같은 미개한 생명체도 꿈을 통해 보호받는다. "그 어떤 생명체도 절대적 현실에 갇힌 채로 살아간다면 광기에 빠져들 수밖에 없"기 때문이다. 서술자에 따르면, 힐 하우스는 "광기에 물들어" 있다. 이는 곧 힐 하우스가 살아 있을 뿐만 아니라 절대적 현실에 갇힌 채로 존재한다는 뜻이다. 집에 대해, 특히 유령이 씐 집에 대해 이런 주장을 하는 것은 분명 기이하다. 힐 하우스에서 괴이하면서도 환상적인 사건들을 겪은 엘리너가 끝내 이성을 잃고 차를 나무에 들이박긴 하지만, 이는 몽상 때문이 아니라 "절대적 현실"과의 충돌 때문이다. 그녀는 결코 자유로워질 수 없으며, 비참한 과거와 가족을 떠나는 꿈은 환상에 불과하다는 점을 힐 하우스로 인해 깨달았던 것이다. 그녀가 어디로 가든 벗어나려 발버둥 쳤던 지옥에 도달할 터였다. 탈출은 신기루에 불과했다. 이것이 바로 힐 하우스의 진짜 공포인 것이다.

잭슨은 되풀이되는 악몽과 같은 엘리너의 삶에 이중성과 반전을 엮어 넣는다. 엘리너는 자신이 버리고 떠나온 가족을 대체할 친구를 힐 하우스에서 찾고 싶어 한다. 처음으로 심령 현상이 일어나고 날이 밝자 그녀는 아침을 먹으러 다른 세 사람과 함께 식당에 가서는 이렇게 믿는다. 혹은 믿고 싶어 한다. "힐 하우스에서 어두운 밤을 보내고 아침에 다시 만난 그들은 서로가 한 가족처럼 느껴졌다. 친근한 인사를 나누고는 각자 어제 저녁 식사 때의 자리로 가 앉았다."

『힐 하우스의 유령』은 파괴적이며 붕괴된 가족과, 여성간의 변덕스러운 관계에 대한 강조로 이루어져 있다. 힐 하우스를 두고 치열한 싸움을 벌인 크레인 자매는 죽은 어머니의 돈으로 산 차를 누가 쓸 것인지를 두고 논쟁했던 엘리너와 캐리 자매를 반영한다. 처음에 시어도라는 이기적이고 지배적인 진짜 언니를 대체할 '좋은' 언닛감으로 보인다. 두 여인은 처음 만나는 순간부터 여학생들처럼 피상적이고 과장된 헌신을 서로에게 쏟는다. 사춘기 시절 겪은 굴

욕을 주고받으며 소풍 계획을 세운다. 같은 동아리의 여대생들처럼 방에서 함께 빈둥거리거나 장난을 칠 때면 두 사람은 더없이 친근하다. 그러나 이런 관계가 종종 그러하듯 우정에 문제가 생기면 서로에게 극적일 만큼 잔혹해진다.

엘리너가 루크에게 품은 애정을 잭슨은 다소 대충 묘사한다. 심지어 엘리너 본인도 자신의 감정을 그다지 확신하지 못하는 듯하다. 딱 한 번 단둘이 대화를 나눌 때("내 평생 단둘이 앉아 이야기 나눈 유일한 남자"라고 엘리너는 말한다) 그녀는 그를 "이기적"이며, 심지어 "그다지 흥미롭지 않다"고 평가 내린다. 1963년 로버트 와이즈는 이 소설을 근사하게 영화화하여 〈더 헌팅The Haunting〉을 만들면서(1999년의 형편없는 리메이크작에 대해서는 언급을 생략하겠다) 엘리너가 매력적으로 미화된 몬터규 박사를 사랑하도록 바꾸는데, 이는 절묘한 선택이었다. 하지만 엘리너가 오이디푸스적 사랑에 빠지는 바람에 보다 중요한 시어도라와의 관계는 다소 소홀히 다루어졌다. 다른 면에서는 명료하기 짝이 없는 이 소설이 낭만적 사랑에 대해서만큼은 슬그머니 넘어간다. 시어도라의 성정체성은 모호하다. 그녀는 결혼하지 않은 채 "친구"와 살고 있지만, 그 친구가 여성인지 남성인지는 끝내 밝혀지지 않는다. 엘리너가 루크에게 반한 것은 시어도라에 대한 그녀의 애정이 성적인 것이 아님을 확실히 하기 위한 잭슨의 묘책이 아닐까 싶다. 또한 시어도라가 레즈비언일 가능성을 암시하는 것은 시어도라가 루크를 두고 엘리너와 경쟁하지 않는다는 것을 보여 주기 위함일지 모른다.

어쨌든 엘리너의 딜레마는 성인 여자가 아니라 사춘기 전의 아이가 가질 법한 딜레마이다. 섹슈얼리티는 독립성과 자기 인식을 필요로 하지만, 엘리너는 아직 이를 갖추고 있지 않다. 그녀의 상상 속에서도 연애는 거의 나타나지 않는다. 잭슨은 근원적인 선결 과제인 정체성을 다루는 데 섹슈얼리티가 방해된다고 여겼던 듯하다. 하워드 네메로프에게 두서없이 쓰고는 부치지 않은 편지에서 잭슨은 어느 영국 학자에 대해 불평한다. 그 학자는 잭슨의 첫 번째 장편 소설에 '레즈비언'이라는 테마가 담겨 있다고 주장했던 것이다.

> 양가성兩價性에 대한 작품이긴 하지만, 이건 영혼이나 마음의 양가성이지 섹슈얼리티의 양가성이 아니에요. …… 마음에 깃든 그나 그녀가 아니라 악마에 대한 글이죠. 악마는 구석구석에서 죄책감을 찾아내 이용하고는 승리를 거두면 미친 듯이 웃으며 뛰어나니죠. 두려워해야 할 것은 바로 악마예요. …… 우리는 다른 사람이 되는 것을 두려워하고, 다른 사람의 명령에 따라 사는 것을 두려워하며, 다른 사람에 의해 이용당하는 것을 두려워하죠. 죄책감에 좀먹어 가는 양심이 우리 마음속에 자리 잡고 있어요. 우리 스스로 만들었지만 결코 알아보지 못해요. 하지만 이건 특정된 죄악이 아니라 두려움이에요. 나의 소설은 두려움 그 자체와, 자아에 대한 두려움을 다루고 있죠. …… 두려움과 죄책감이 어떤 식으로 정체성을 파괴하는지 말이죠.

죄책감에 대한 두려움과, 다른 사람의 명령에 따라 사는 것에 대한 두려움과, '정체성의 파괴'에 대한 두려움을 엘리너는 힐 하우스에서 맞닥뜨린다. 그녀는 힐 하우스에 막 도착했을 때 이렇게 생각한다. "마치 괴물에게 통째로 삼켜지는 자그마한 생명체가 된 것 같아. 괴물은 배 속에서 바르작대는 나의 자그마한 움직임을 음미하고 있지." 삼켜질 듯한 위협은 나중에 더욱 뚜렷이 나타난다. 도서실의 납골당 같은 악취에(엘리너만이 이 냄새를 맡았다) 그녀는 벽에 등을 찰싹 붙이고 중얼거린다. "'우리 어머니는…….' 그녀는 무슨 말을 하려는 건지도 모른 채 말을 늘어놓"았다. 엘리너는 금기나 의무에 대한 상황에서 반쯤 절규하듯 어머니 이야기를 꺼낸다. 어머니가 여자는 바지를 입거나 지저분한 접시를 밤새 그대로 두면 안 된다고 했다며 말이다. 하지만 엘리너에게 붙은 어머니의 망령은 시어도라가 엘리너의 발톱에 매니큐어를 발라 줄 때도 나타나며("나는 꾸미는 걸 안 좋아해. …… 무력한 기분이 싫은 거야. 우리 어머니는……."), 벽 두드리는 소리가 날 때와 몬터규 부인이 플랑셰트를 통해 절망적인 메시지를 받을 때에도 등장한다. 영혼은 스스로를 "엘리너 넬리 넬 넬"이라고 칭하며 자신이 "아이"이고 "어머니"와 "집"을 원한다고 말한다. 하지만 또한 "길을 잃었어요. 길을 잃었어요"라고 말한다.

엘리너는 마침내 힐 하우스에 굴복하여 "벨벳과 장식 술과 자줏빛 플러시 천"에 스스로를 휘감기로 했을 때 어머니를 쫓아("어머니가 여기 어딘가에 있군요.") 어두운 복도를 달려가고 위태위태한 도서실 계단을 오른다. 소설 전체에서 그녀가 흥얼거렸던 "연인과의 만남"은 자궁으로의 회귀인 동시에 무덤으로의 송환을 의미한다. 잭슨처럼 부모의 실수와 단점을 넘어서고자 힘겹게 노력해 본 사람이라면, 집을 돌고 도는 엘리너의 행위 밑에 깔려 있는 공포가 비실재적인 만큼이나 실재적임을 이해할 것이다. 부모와의 감정적 역학 관계에서 벗어나려 애쓰면 애쓸수록 자기도 모르게 부모를 모방하게 되는 것이다. 마치 운명이나 저주처럼 느껴진다. 그렇지 않은가?

엘리너는 힐 하우스의 희생자인가, 아니면 그녀 자신의 희생자인가? 엘리너는 전자라고 단언하겠지만, 그녀는 자기 인식에 그다지 뛰어난 사람이 아니다. 어느 날 저녁, 네 명의 탐색자가 두려움의 근원에 대해 논의할 때 다른 세 명은 합리적인 이론을 제시한다. 우리가 정말 두려워하는 것은 우리 자신이라거나, 우리 자신을 있는 그대로 보는 것이라거나, 시어도라가 더없이 예리하게 간파했듯 "우리가 진실로 무엇을 원하는지" 아는 것이라고 말한다. 하지만 엘리너는 "나는 혼자 있는 것이 항상 두려워요"라고 말한다. 그녀의 상상이 대부분 고독과 은둔과 관련되어 있다는 점을 고려하면 참으로 경악스러운 발언이다.

엘리너가 다른 사람에 대해 보이는 통찰력은 자기 인식만큼이나 형편없다. 그녀는 다른 사람의 단점으로 관심에 대한 갈망과 자아도취를 곧잘 지적했지만, 본인이 그 태도를 버리고 좀 더 유심히 귀를 기울였다면 다른 사람들도 그녀만큼이나 가족 운이 없었다는 점을 깨달았을 것이다. 루크가 "나는 어머니가 없었죠"라고 말할 때, 엘리너와 시어도라 둘 다 이러한 탄식을 유혹을 위한 진부한 수법으로 여겼지만 그렇다고 이 말이 거짓이라는 뜻은 아니다(나중에 루크는 힐 하우스에 대해 이렇게 말한다. "모원母院 ……모든 것이 부드럽고 푹신하죠. 하지만 편안할 것만 같은 의자와 소파에 막상 앉으면 단단하고 불편해요. 마치 나를 튕겨 내는 듯하죠." 이는 경험에서 비롯된 표현처럼 보인다). 시어도라가 지나가듯 던진 농담 덕분에 그녀가 학창 시절 방학을 텅 빈 학교 기숙사에서 보냈다는 사실을 알 수 있다. 몬터규 박사는 (어리석고 지배적인 여자와) 결혼을 했으나 뭔가가 결핍되어 있다. 리처드슨의 『패멀라』가 어린아이한테도 수면제 역할을 하는지 시험해 볼 기회를 결코 갖지 못했던 것이다.

한동안 이들 네 사람은 일종의 가족애를 함께 만들어 간다. 루크와 시어도라와 엘리너가 풀밭에 누워 야생 딸기를 먹자 몬터규 박사가 즐거운 얼굴로 환히 웃으며 내려다본다. 첫날 밤 그들이 투우사와 고급 창녀와 변장한 공주인 척하며 즐겁게 농담을 주고받은 것과 마찬가지로 이 관계는 그저 놀이일 뿐이다. 놀랄 것도 없지만 오직 엘리너만이 이것이 실재가 아님을 깨닫지 못한다. 힐 하우스에서 엘리너에게 고립의 가능성을 제시하는 시어도라는 흠 많고 까다로운 사람이 분명하다. 하지만 또한 엘리너에게 가장 다정한 관심을 보여 주는 사람이기도 하다. 힐 하우스를 떠도는 영혼이 엘리너에게 차가운 거짓 손을 내밀어 붙잡았을 때의 느낌은 시어도라의 손길과 확연히 다르다. 엘리너가 시어도라의 외모와 자유로운 태도를 시기하거나(엘리너가 시어도라의 식욕에 대해 비꼴 때 처음으로 둘의 관계가 악화된다), 시어도라가 엘리너를 껍질 밖으로 나오도록 설득할 때 둘 사이에 갈등이 활활 타오른다. 특히 심령 현상에 대한 책임이 엘리너에게 있을지도 모른다고 시어도라가 말했을 때는 폭발적이다. 엘리너가 겉모습만큼 유순한 사람이 아니라는 것을 시어도라가 암시하는 순간, 엘리너는 더없이 분노하며 공포에 질린다. 힐 하우스에 숨어 있는 가장 무시무시한 야수는 바로 어머니와 언니와 인생과 자신에게 억눌려 있는 엘리너의 분노라는 사실을 두 사람 다 의심했던 듯하다.

이 소설에 등장하는 심령 현상 중 가장 기이한 것은 시어도라와 엘리너가 루크를 두고 다투다가 함께 집 밖으로 나가 어둠 속을 걷는 장면이다. 그들 사이에는 분노와 고통의 매듭이 놓여 있지만 또한 진정한 친밀감 역시 자리해 있다. 그들은 서로를 정확히 의식한다. "상대가 무슨 생각을 하고 무슨 말을 하고 싶어 하는지 거의 한몸처럼 알고 있었다. 서로를 위해 울 수도 있을 정도였다". 엘리너는 상대를 미워하지 않고 그 단점을 받아들이는 법을 배우지 못했기에 관계를 형성할 때 실수를 저지른다. 어느 순간 두 여인을 둘러

싼 세계가 변하기 시작한다. 네거티브필름처럼 달빛이 빚어낸 빛과 어둠이 역전된다. 길이 어두워지고, 길가의 나무와 덤불이 하얘진 것이다. 엘리너는 "이제는 정말 두려워"하고 "불타는 단어들"로 생각한다. "흑색과 백색과 빛나는 악" 사이에서 그들 주위를 뭔가가 느껴지지 않을 만큼 미세하게 움직인다. 길이 끝났을 때 두 여인은 천연색 정원의 환상에 직면한다. 아이들이 강아지와 놀며 즐거워하고, 어머니와 아버지가 풀밭에 펼쳐진 체크무늬 식탁보 위에서 애정 어린 눈길로 바라본다. 이윽고 시어도라가 어깨 너머로 말할 수 없는 뭔가를 보고는(그것이 무엇인지 한 번도 얘기하지 않는다) 소리 지른다. "뛰어!"

이 대목은 대단히 특별하다. 시어도라가 무엇을 보았든 이는 엘리너가 유일하게 목격하지 못한 힐 하우스의 중요한 심령 현상으로 남아 있기 때문이다(처음으로 심령 현상이 일어난 밤에 몬터규 박사와 루크가 집 밖으로 쫓아 나간 유령 개가 있긴 하지만, 이는 어디까지나 유인용 술책이다). 두 여인은 그토록 갈망하던 가족적이고 목가적인 환상과 그들을 이끈 괴물적 존재 사이에 잠시 보류된 채 서 있다. 오직 시어도라만이 용기를 내어 뒤돌아본다.

나중에 엘리너는 힐 하우스에 완전히 굴복한 후 시어도라와 함께 가겠다고 고집한다. 시어도라의 집 근처에 살면서 매일 함께 물건을 사러 다니겠다고 한다. 그 물건들은 바로 엘리너의 상상 속 삶을 지켜주는 부적이다. 금테 접시, 하얀 고양이, 별 컵. 시어도라의 단호한 거절에도 엘리너는 전혀 당황하지 않는 듯하다. "너는 늘 반갑지 않은 손님 노릇을 즐기니?" 하고 시어도라가 잔인하게 묻지만 엘리너는 그저 자기 연민이 어린 대답을 온화하게 내놓는다. "어디에서도 나를 반긴 곳이 없긴 하지." 좋든 나쁘든 현실의 유일한 친구인 시어도라와 함께 힐 하우스를 떠나지 않으리라는 점을 엘리너도 마음속 깊은 곳에서는 알았던 것이 분명하다. 사실상 시어도라와 함께 가겠다는 계획은 평생 엘리너를 위로했던 상상의 세계에서 마지막 여행에 지나지 않는다. 그녀는 고립된 삶이라는 절대적 현실과 타협하고 힐 하우스에 서서히 용해되어 간다.

소설은 서두와 똑같은 문장들로 마무리됨으로써 순환 구조를 완성한다.

> 어둠을 품은 채 언덕을 등지고 서 있는 힐 하우스는 광기에 물들어 있다. 지금까지 팔십 년간 자리를 지킨 이 건물은 앞으로도 팔십 년은 우뚝 버티리라. 벽은 똑바르고 벽돌은 차곡차곡 쌓여 있으며 바닥은 탄탄하고 문은 꼭 닫혀 있다. 힐 하우스를 이루고 있는 목재와 석재 위로는 항상 침묵이 내려앉는다. 무엇이든 저택 안을 걸어갈 때는 항상 혼자이다.

마지막 순간 엘리너는 자신의 선택에 의문을 품지만 너무 늦고 만다. 지금 힐 하우스 안을 걸어가는 존재가 엘리너라면 그녀는 독을 품은 협죽도 방어벽 안의 자그마한 시골집에서 살고 싶다는 꿈을 다소 비슷하게나마 이룬 셈이다. 그녀는 홀로 걷는다. 시어도라라면 아마 이렇게 말했으리라. 이는 엘리너가 가장 두려워하면서도 가장 갈망하던 운명이라고.

로라 밀러•

• **로라 밀러** _ Laura Miller. Salon.com의 편집자. 《뉴요커》, 《뉴욕 타임스》, 《월스트리트 저널》 등 많은 잡지에 글을 투고하고 있다.

The Haunting of Hill House

Shirley Jackson

그 어떤 생명체도 절대적 현실에 갇힌 채로 살아간다면 광기에 빠져들 수밖에 없다. 심지어 종달새나 베짱이도 꿈을 꾼다고 주장하는 사람이 있지 않은가. 어둠을 품은 채 언덕을 등지고 서 있는 힐 하우스는 광기에 물들어 있다. 지금까지 팔십 년간 자리를 지킨 이 건물은 앞으로도 팔십 년은 우뚝 버티리라. 벽은 똑바르고 벽돌은 차곡차곡 쌓여 있으며 바닥은 탄탄하고 문은 꼭 닫혀 있다. 힐 하우스를 이루고 있는 목재와 석재 위로는 항상 침묵이 내려앉는다. 무엇이든 저택 안을 걸어갈 때는 항상 혼자이다.

인류학으로 학위를 받은 존 몬터규 박사는 초자연 현상을 연구함으로써 천직을 찾을 수 있으리라는 막연한 희망을 품었다. 그는

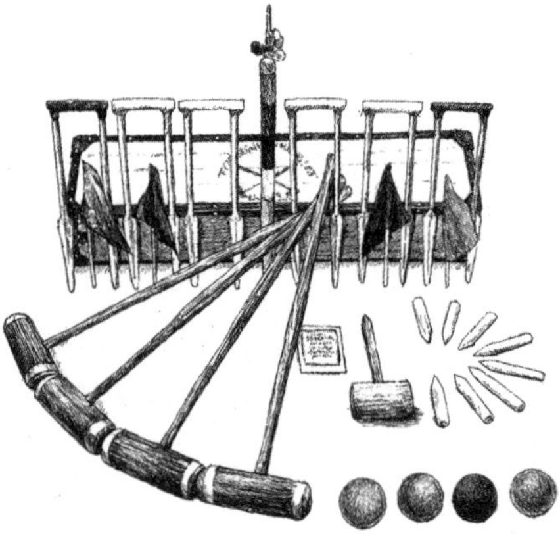

크로케 Croquet

/

지면에 철주 문 아홉 개를 세우고 나무 공을 나무망치로 쳐서

문 사이로 통과시켰다가 다시 시작점으로 돌아오는 경기.

가장 먼저 돌아오는 사람이 승리한다.

박사 학위를 용의주도하게 내세웠다. 자신의 연구가 대단히 비과학적이기에 학벌로 존경은 물론 학문적 권위까지 끌어내고자 한 것이다. 몬터규 박사는 힐 하우스를 석 달간 빌리느라 자금과 자존심 면에서 상당한 대가를 치러야 했다. 사실 그는 남한테 사정하는 데 익숙지 않은 사람이었다. 하지만 '흉가'라고 알려진 집에서 발생하는 초자연 현상의 인과 관계를 분석하여 발표한다면, 대중의 크나큰 관심을 받음으로써 이를 충분히 보상받을 수 있으리라 확신했다. 그는 평생 진짜 흉가를 찾아다녔다. 힐 하우스의 소문을 처음 들었을 때 미심쩍어했던 그는 차츰차츰 희망을 품었고 이내 끈질기게 그 이야기에 매달리게 되었다. 일단 찾아낸 이상 절대 포기할 수 없었다.

몬터규 박사는 19세기의 겁 없는 유령 사냥꾼들이 사용한 방법을 힐 하우스에도 적용하기로 했다. 힐 하우스에 직접 가서 지내며 무슨 일이 벌어지는지 관찰하기로 한 것이다. 처음에는 익명의 귀족 여인이 발레킨 하우스를 여름 한 철 빌려 크로케 시합과 유령 체험이라는 매력적 요소를 내세워 유령의 존재를 믿는 자와 믿지 않는 자를 초대한 사례를 따라야겠다고 생각했다. 하지만 요즘 시대에는 유령을 믿는 자나 믿지 않는 자는 물론이고 뛰어난 크로케 선수도 구하기 힘들었다. 따라서 몬터규 박사는 조수를 고용해야만 했다. 어차피 빅토리아 시대의 여유로운 방식은 심령 현상 연구 기법으로 대체되는 것이 합당할 터였다. 고생스럽더라도 심령 현상을 하나하나 기록하고 분석하여 확고한 신뢰성을 획득하는 편이 나았다. 어쨌든 몬터규 박사는 조수에 적합한 후보를 물색했다.

스스로를 신중하고 성실한 사람이라고 여긴 그는 조수를 찾는 데도 상당한 시간을 들였다. 심령 협회의 기록과 선정적 기사를 싣는 신문과 초심리학자의 보고서를 꼼꼼히 뒤져, 이런저런 면에서 초자연 현상을 아주 잠깐이든 확실치 않든 접해 본 사람들을 찾아냈다. 그런 다음 사망한 사람을 골라냈다. 그러고는 지성이 떨어지거나 언론의 관심을 추구하거나 주인공이 되려는 성향이 강한 것으로 판단되는 이들을 목록에서 제거했다. 그러고 나니 열두 명이 남았다. 몬터규 박사는 이들에게 초대장을 보냈다. 오래되었지만 상하수도와 전기와 중앙난방 시설과 깨끗한 침대를 갖추고 있는 편안한 시골 저택에서 여름에 잠깐이라도 함께 지내면 어떻겠느냐고 제안했다. 또한 거의 팔십 년 내내 이 저택에 관해 돌고 있는 갖가지 흉흉한 소문을 직접 확인하고 체험해 보는 것이 초대의 목적이라고 분명히 밝혔다. 힐 하우스가 유령이 출몰하는 흉가라는 사실을 대놓고 말하지는 않았다. 몬터규 박사는 과학자였다. 또한 힐 하우스의 초자연 현상을 직접 겪기 전까지는 자신의 운을 과신하지 않았다. 따라서 그는 선별된 수신인들의 상상력을 자극하도록 박사 학위의 권위를 은근슬쩍 계산적으로 내세웠다. 열두 통의 초대장을 발송한 결과 네 통의 답장을 받았다. 나머지 여덟 명은 이사를 가고서 새 주소를 남기지 않았거나 초자연 현상에 대한 관심을 잃었거나 애당초 존재하지도 않은 사람이었으리라. 몬터규 박사는 답장을 보낸 네 명에게 다시 편지를 써서 힐 하우스에 공식적으로 숙박 가능한 날짜를 밝혔다. 찾아가는 길도 자세히 설명했다. 저택 근방의 마을 사람들에게 길을 물어봤자 답을 듣기 어려우리라는 점을 솔직히 고백하지 않을 수 없었다. 힐 하우스로 떠나기 전날, 그는 힐 하우스 소유자의 친척이 가문 대표로 합류해야 한다는 제안을 받아들였다. 또한 참가자 네 명 중 한 명이 전보를 보내 거짓말이 뻔한 핑계를 대며 약속을 취소했다. 다른 한 명은 무슨 개인 사정이 생겼는지 불참했지만 찾아오거나 편지로 알리지도 않았다. 참석한 사람은 두 명뿐이었다.

002

☆☆☆

힐 하우스를 방문했을 때 엘리너 밴스는 서른두 살이었다. 어머니가 돌아가신 뒤라 그녀가 진심으로 미워하는 사람은 세상에서 오직 하나, 언니뿐이었다. 형부와 다섯 살짜리 조카딸도 꼴 보기 싫은 것은 마찬가지였으며 주변에 친구라고는 없었다. 앓아 누운 어머니를 돌보느라 십일 년을 보낸 탓이 컸는데, 덕분에 간호사 노릇은 능숙해졌지만 강한 햇빛을 쬐면 눈을 계속 깜박거리는 신세가 되었다. 어른이 된 후 진심으로 행복을 느낀 순간은 없었다. 어머니를 돌보며 보낸 세월은 작은 죄책감과 자잘한 치욕과 끊임없는 피로와 끝이 없는 절망을 그녀 주위로 굳건히 쌓아 올렸다. 바란 적도 없었건만 조용한 운둔자의 삶을 살며 사랑할 사람 하나 없이 긴 세월을 홀로 보내다 보니, 엘리너는 다른 사람과 평범한 대화를 나눌 때도 괜한 자의식에 머뭇대며 적절한 표현을 떠올리지 못했다.

그녀의 이름이 몬터규 박사의 목록에 오른 것은, 엘리너가 열두 살이고 언니가 열여덟 살이며 아버지가 돌아가신 지 한 달도 채 안 되었던 어느 날 집에서 돌멩이들이 쏟아졌기 때문이었다. 어떤 징조나 이유나 목적도 없이 돌이 천장에서 떨어지고, 벽에서 데굴데굴 구르고, 창문을 깨뜨리고, 지붕을 미친 듯이 두드려 댔다. 돌 세례는 사흘 동안 간헐적으로 이어졌다. 엘리너와 언니는 쏟아지는 돌멩이보다 매일 현관문 앞에 모여드는 구경꾼과 이웃 때문에 더 의기소침했다. 어머니는 이사 온 뒤로 쭉 자신을 괴롭혀 온 심술궂은 험담꾼 이웃들이 벌인 짓이라고 맹목적으로 주장하며 히스테리를 부려 댔다. 사흘 후 엘리너 가족은 지인의 집으로 옮겨 갔다. 돌 세례가 그치고 두 번 다시 반복되지 않자 집으로 돌아갔으나 이웃과의 반목은 사라지지 않았다. 대부분 사람들이 잊은 이 이야기를 몬터규 박사가 자문을 구한 이들은 기억하고 있었다. 사실 엘리너와 언니도 잊고 있었다. 당시 두 사람은 돌 세례가 상대방의 짓이리라 짐작했더랬다.

이러한 첫 경험 이후로 엘리너는 내면 깊은 곳에서부터 힐 하우스와 같은 뭔가를 체험하기를 간절히 바랐다. 신경질적인 노모를 의자에서 들어 올려 침대에 누이거나, 수프와 오트밀이 담긴 작은 쟁반을 끝도 없이 나르거나, 마음을 단단히 먹어야 하는 지저분한 빨랫감을 직면할 때마다 그녀는 언젠가 무슨 일이 벌어지리라는 믿음을 굳게 고수했다. 따라서 힐 하우스로 초대하는 편지에 가겠다는 답장을 보냈다. 하지만 형부는 박사라는 인간이 엘리너를 꾀어 야만적 의식에 참여시키려는 수작은 아닌지 두어 사람에게 확인해 보아야 한다고 주장했다. 언니의 생각에 따르면, 그 의식은 미혼 여성이 알기에 부적절한 문제와 관련 있었다. 아마도 언니는 안방에서 은밀히 속삭였으리라. 몬터규 박사가 정말 본명이 맞다 하더라도, 그자가 이런 부류의 여자들을 어떤 실험에 이용하는 것이 아니겠느냐고, 굳이 말 안 해도 어떤 실험인지 뻔하다고. 언니는 소위 박사라고 하는 작자들이 행한다는 실험에 대한 갖가지 상상에 빠져들었으리라. 하지만 엘리너는 전혀 그런 상상을 하지 않았을뿐더러, 상상을 했다 하더라도 전혀 두렵지 않았다. 간단히 말해, 엘리너는 어떤 모험이든 무릅쓸 준비가 되어 있었다.

시어도라는 그녀가 주로 쓰는 이름이었다. 그림에는 '시어'라고 서명하지만, 아파트 문패나 상점 진열창이나 전화번호부나 연한 빛깔의 편지지나 벽난로 선반에 세워 놓은 근사한 사진에는 하나같이 시어도라라고 적혀 있었다. 시어도라는 엘리너와 완전히 다른 사람이었다. 책임감이나 양심 따위는 걸 스카우트에게나 어울린다고 믿었다. 시어도라의 세계는 부드러운 빛깔과 기쁨으로 가득했다. 그녀가 몬터규 박사의 목록에 오른 것은 과거의 한 일화 때문이었다. 꽃향기를 물씬 풍기며 활기차게 연구소에 들어간 시어도라는, 보이지도 들리지도 않는 곳의 조수가 집어 든 스무 장의 카드 중 열여덟 장을, 다시 스무 장의 카드 중 열다섯 장을, 또다시 스무 장의 카드 중 열아홉 장을 정확히 맞혔다. 그녀는 자신의 놀라운 재주를 기쁘게 만끽했다. 시어도라의 이름은 연구소의 각종 문서에서 화려하게 빛났기 때문에 몬터규 박사의 눈에 띄지 않으려야 않을 수가 없었다. 그녀는 몬터규 박사의 첫 번째 편지를 받고서 재밌어하며 호기심에 답장을 보냈다. 보지도 않고 무슨 카드인지 맞히는 능력 덕분에 힐 하우스로 초대된 것이지 싶었다. 하지만 갈 생각은 없었다. 그러다 몬터규 박사가 다시 편지를 보냈을 무렵, 마침 시어도라는 어떤 긴박한 예감과 충동에 휘말렸는지 같이 사는 친구와 격렬하고도 맹목적인 싸움을 벌이고 말았다. 오직 시간만이 치유해 줄 상처를 서로에게 가했다. 시어도라는 친구가 그녀의 모습을 근사하게 새겨 준 자그마한 조각상을 일부러 거침없이 부숴 버렸고, 친구는 시어도라가 생일 선물로 준 알프레드 드 뮈세의 시집을 냉혹하게도 갈기갈기 찢어 버렸다. 시어도라가 사랑스러운 장난을 담아 글귀를 적어 둔 페이지는 특히 공을 들여 찢었다. 쉽사리 잊을 수 없는 이런 행동들로, 두 사람은 시간이 한참 흐른 후에야 서로에게 웃어 줄 수 있을 터였다. 그날 밤 시어도라는 몬터규 박사에게 초대에 응하겠다는 답장을 쓰고, 다음 날 냉랭한 침묵 속에 출발했다.

루크 샌더슨은 거짓말쟁이였다. 또한 도둑이었다. 힐 하우스의 주인인 그의 숙모는 조카가 최고의 교육과 의상과 취향을 갖추었으면서도 지금껏 본 사람들 중 최악의 말동무라고 지적하곤 했다. 조카를 몇 주라도 어딘가에 보낼 수만 있다면 어떤 기회라도 좋았다. 그녀의 가문 변호사는 집주인의 친척이 함께 지내며 실험을 지켜보지 않는다면 절대 힐 하우스를 빌려 줄 수 없다고 몬터규 박사를 납득시키는 데 성공했다. 게다가 처음 만났을 때 박사는 루크에게서 강인함이랄지 고양이와 같은 자기 보호 능력을 감지하고는 거의 샌더슨 부인만큼이나 간절히 루크의 동참을 원했다. 어쨌든 루크는 호기심이 발동했고, 숙모는 기뻐했으며, 몬터규 박사는 크게 만족했다. 샌더슨 부인은 가문 변호사에게 그 집에는 어차피 루크가 훔쳐 갈 만한 물건이 없다고 말했다. 오래된 은식기가 제법 가치 있긴 하지만 훔치고 판매하려면 상당한 노력을 들여야 하는 만큼 루크가 손을 댈 리 없었다. 사실 샌더슨 부인은 루크를 폄하하고 있었다. 그는 친척의 은식기나 몬터규 박사의 손목시계나 시어도라의 팔찌를 훔칠 사람이 전혀 아니었다. 그가 한 나쁜 짓은 숙모의 지갑에서 몇 푼을 슬쩍하거나 카드를 칠 때 속임수를 쓰는 정도에 불과했다. 또한 숙모의 친구들이 발그레한 얼굴로 미소를 지으며 그에게 선물한 시계와 담뱃갑을 팔기는 했다. 루크는 언젠가 힐 하우스를 상속받겠지만 그 집에서 살 생각은 추호도 없었다.

003

☆☆☆

"처제가 차를 가져가서는 안 된다고 생각하는 것뿐이야."

엘리너의 형부가 고집스레 말했다.

"반은 내 차예요. 차를 살 때 나도 돈을 냈잖아요."

엘리너가 대꾸하자 형부는 도움이라도 청하듯 아내를 바라보고는 반박했다.

"그렇다고 차를 가져가 버리면 안 되지. 여름 내내 처제가 차를 쓰고 우리는 차 없이 지내는 것은 불공평해."

"항상 차를 모는 건 캐리 언니였잖아요. 나는 주차장에서 차를 꺼내 본 적도 없다고요. 게다가 여름 내내 형부랑 언니는 산에 가 있을 거잖아요. 거기에서 무슨 차를 몰아요? 언니, 언제부터 산에서 차를 몰았어?"

"꼬맹이 리니가 아프거나 무슨 일이 생기면? 리니를 의사에게 데려가려면 차가 있어야 해."

"반은 내 차예요. 차를 가져가겠어요."

"언니가 병이라도 나면? 그런데 의사가 오지 못해 병원에 가야 한다면?"

"차를 가져가겠어요. 진심이에요."

언니는 말을 고르며 천천히 대꾸했다.

"그건 옳지 않은 것 같아. 어디로 가는지도 안 알려 줬잖니. 우리에게는 자세히 설명하지 않기로 결심했다며? 그런데 어떻게 내 차를 빌려 줄 수 있겠니?"

"반은 내 차야."

"아니, 그렇지 않아."

형부가 끼어들며 고개를 끄덕였다.

"아무렴, 언니 말대로 우리도 차가 필요해, 처제."

언니가 살짝 미소 지으며 말했다.

"너한테 차를 빌려 주었는데 무슨 일이라도 생기면 나 자신을 결코 용서할 수 없을 거야. 그 박사라는 사람이 믿을 만한지 우리가 어떻게 알겠어? 너는 아직 어린 아가씨에 불과해. 그 차는 대단히 비싸고."

"언니, 흥신소의 호머 씨에게 확인해 보니 그 사람은 대학에서 좋게 평가받고 있는데다……."

언니가 여전히 미소를 지으며 말허리를 잘랐다.

"물론 좋은 사람이라고 판단할 이유야 얼마든지 있겠지. 하지만 너는 어디로 가는지, 우리가 차가 필요할 때 어떻게 연락하면 되는지 말해 주지도 않겠다며. 무슨 일이 있어도 우리는 알 수가 없잖

아. 설령 네가…….”

그녀는 찻잔으로 시선을 돌리며 천천히 말을 이었다.

“설령 네가 알지도 못하는 남자의 초대에 응해 지구 끝까지 갈 준비가 되어 있다 하더라도 내 차를 가져가도 된다는 근거는 여전히 없어.”

“반은 내 차야.”

“깊은 산속에서 꼬맹이 리니가 병이 났는데 주위에 아무도 없으면? 의사가 오지 못하면?”

“엘리너, 어머니라면 어떻게 하셨을지 너도 알잖니. 어머니는 나를 믿고 너를 맡겼어. 네가 내 차를 몰고 제멋대로 떠나는 걸 허락한다면 어머니가 나를 용서치 않으실 거야.”

“처제, 심지어 내가 병이 날 수도 있고…….”

“어머니라면 내 뜻에 동의하시리라 믿어, 엘리너.”

형부가 문득 떠올랐다는 듯 말했다.

“게다가 처제가 차를 몰고 가다가 망가지기라도 하면 어떡해?”

세상 모든 일에는 처음이 있기 마련이라고 엘리너는 스스로를 다독였다. 이른 아침에 택시에서 내리는데, 지금쯤 언니와 형부에게 의심이 슬몃슬몃 피어나리라는 생각에 몸이 떨렸다. 그녀가 여행 가방을 재빨리 꺼내는 동안, 택시 운전사가 앞 좌석에 놓여 있던 종이 상자를 꺼내 들었다. 엘리너는 운전사에게 과하게 팁을 주었다. 혹시 언니와 형부가 쫓아오고 있는 것은 아닌지, 지금 모퉁이를 돌며 서로에게 "봐요, 저기 저 도둑년이 있잖아요. 내 말대로잖아요"라고 말하고 있는 것은 아닌지 걱정스러웠다. 그녀는 차를 대 놓은 대형 주차장으로 부랴부랴 돌아서며 길모퉁이를 초조히 힐끔거렸다. 그러다 그만 왜소한 여인과 부딪혀 짐이 사방으로 흩어졌다. 찢어져 길바닥에 뒤집어진 봉지와 산산조각 난 치즈 케이크와 토마토 조각과 롤빵을 보니 당혹감이 밀려들었다.

"이런 빌어먹을! 빌어먹을!"

왜소한 여인이 소리를 치며 엘리너에게 얼굴을 바짝 들이댔다.

"집에 가져가던 중이었는데, 빌어먹을! 이런 빌어먹을!"

"정말 죄송합니다."

엘리너는 몸을 숙였지만 토마토와 치즈 케이크 조각을 찢어진 봉지에 다시 담기란 불가능해 보였다. 노부인이 매섭게 노려보더니, 엘리너가 미처 집기도 전에 다른 짐들을 낚아챘다. 결국 엘리너는 경련하듯 사과의 미소를 지으며 일어났다.

"정말 죄송합니다."

"빌어먹을. 집에 가져가서 점심으로 먹으려고 했는데. 그쪽 탓에……."

여전히 욕을 뱉긴 했어도 노부인의 어조는 한결 가라앉아 있었다.

"제가 변상해 드리면 안 될까요?"

엘리너가 핸드백을 들어 올리자 왜소한 노부인이 가만히 생각에 잠겼다. 그러다 마침내 입을 열었다.

"이런 식으로 돈을 받을 수는 없어. 내가 산 것이 아니니. 남은 음식을 가져왔지."

노부인이 화가 나서 입술을 앙다물었다.

"거기 햄이 있던 걸 봤어야 했는데. 하지만 다른 사람이 채 갔지. 초콜릿 케이크도, 감자 샐러드도. 자그마한 종이 접시에 담긴 자그마한 사탕도. 너무 늦는 바람에 전부 다 놓치고 말았지. 그런데 이제는……."

노부인과 엘리너는 길바닥에 흩어진 지저분한 조각들을 동시에 흘긋 내려다보았다. 노부인이 말했다.

"어쨌든 돈을 받을 수는 없어. 남은 음식을 가져온 것인데 그쪽 돈을 받으면 불공평하지."

"그럼, 이걸 대신할 다른 음식을 사 드리면 어떨까요? 지금 제가 서둘러야 하는 형편이긴 하지만, 문을 연 곳이 있으면……."

왜소한 노부인이 심술궂게 웃으며 봉지 하나를 꼭 껴안았다.

"그나마 이건 무사하니 다행이지. 집까지 타고 갈 택시비를 주면 받겠네. 그럼 이제 아무도 나와 부딪히지 않을 테니."

"기꺼이요."

엘리너는 호기심 가득한 표정으로 여태 바라보고 있던 택시 운전사를 돌아보고 물었다.

"이분을 댁까지 모셔다 드릴 수 있나요?"

왜소한 노부인이 우아하게 말했다.

"이 달러면 충분하지. 물론 이 신사분에게 줄 팁은 제외하고. 나처럼 덩치가 작은 사람은 다른 사람과 부딪힐 경우 무척 위험하다네, 대단히 위험하지. 하지만 그쪽처럼 자신의 잘못을 기꺼이 보상하려고 하는 사람을 발견하니 참말로 기쁘구먼. 다른 사람과 부딪혀 놓고 돌아보지도 않는 인간이 수두룩하지."

엘리너의 도움으로 노부인은 짐을 든 채 택시에 올랐다. 엘리너는 지갑에서 이 달러 오십 센트를 꺼내 건넸다. 노부인이 자그마한 손으로 돈을 꼭 쥐었다.

"그럼 아가씨, 어디로 모실까요?"

택시 운전사가 말하자 노부인이 낄낄거렸다.

"출발한 후 알려 드리죠."

그러고는 엘리너를 돌아보며 말했다.

"행운을 빌어 주지, 귀염둥이. 다음에는 다른 사람과 부딪히지 않도록 조심하고."

"안녕히 가세요. 정말 죄송합니다."

"괜찮아."

택시가 출발하자 노부인이 손을 흔들며 말했다.

"그대를 위해 기도하겠네."

엘리너는 택시를 바라보며 생각했다. 나를 위해 기도해 줄 사람이 있어. 적어도 한 명은.

004

☆☆☆

올여름 들어 처음으로 하늘이 활짝 개었다. 이맘때면 엘리너는 항상 고통스러운 어린 시절의 기억이 떠올랐다. 그녀의 어린 시절은 여름으로만 채워져 있는 듯했다. 어느 춥고 습한 날에 아버지가 돌아가시기 전까지 그녀는 겨울을 기억하지 못했다. 몇 년 전부터, 그녀는 화살처럼 흘러간 지난 세월 동안 여름을 매번 속절없이 허비했다는 생각을 자주 하곤 했다. 어쩌다 여름을 헛되이 보냈더란 말인가? 매년 초여름마다 그녀는 생각했다. 내가 바보지, 내가 바보야. 이렇게 나이가 먹어서야 무엇이 중요한지 깨닫다니. 그러면서도 그녀는 현명하게 생각했다. 세상에 진실로 허비되는 것은 없으며, 심지어 그 어떤 어린 시절도 마찬가지라고. 그러다 매년 어느 여름날 아침, 도시의 거리를 걸어가는데 따뜻한 바람이 스쳐 가면 섬뜩한 생각이 살며시 떠오르곤 했다. 또 시간을 허비했구나. 하지만 이날 아침, 언니와 공동 소유인 소형차를 허락도 없이 덜컥 타고 나왔다. 엘리너는 언니 내외가 지금쯤 눈치챘든 아니든 신경 쓰지 않았다. 차량의 흐름을 따라 차분히 차를 몰면서 신호에 맞춰 멈추고 원하는 대로 좌회전이나 우회전을 하는 동안, 거리에 비스듬히 드리우는 햇살에 한껏 미소를 머금고서 그녀는 생각했다. 내가 가고 있어. 내가 가고 있어. 마침내 발걸음을 뗀 거야.

예전에 언니의 허락을 받고 이 조그마한 차를 몰 때면 차에 흠집이나 상처를 내 언니가 노발대발할까 봐 항상 전전긍긍했다. 하지만 종이 상자는 뒷좌석에, 여행 가방은 뒤쪽 바닥에, 장갑과 핸드백과 가벼운 코트는 조수석에 놓고서 차를 몰고 가는 지금, 이 차는 전적으로 그녀의 것이었다. 나 자신만의 작은 세상. 나는 정말 가고 있어.

도시의 마지막 신호등에 걸려 드넓은 고속 도로에 들어서기 직전 멈춘 그녀는 몬터규 박사의 편지를 핸드백에서 꺼냈다. 지도를 볼 필요도 없겠구나. 박사는 정말 꼼꼼한 성격인가 봐.

……39번 도로를 타고 애슈턴으로 간 다음 5번 도로에서 서쪽으로 좌회전하세요. 오십 킬로미터쯤 가면 힐즈데일이라는 작은 마을이 나옵니다. 힐즈데일을 가로질러 주유소 모퉁이에서 좌회전하여 교회에서 우회전한 다음, 좁은 시골길처럼 보이는 곳으로 좌회전해 들어가세요. 언덕 사이로 이어진 비포장도로입니다. 십 킬로미터쯤 되는 길을 끝까지 따라가면 힐 하우스의 정문에 도달합니다. 이토록 자세히 알려 주는 까닭은 힐즈데일에 들러 길을 물어보는 것이 도움이 되지 않기 때문입니다. 그곳 사람들은 외지인에게 불친절하며, 힐 하우스에 대해 물어볼 경우 무조건 적대적으로 행동합니다.

힐 하우스에 와 주셔서 무척 기쁩니다. 6월 21일 목요일에 뵙기를 고대하며…….

신호가 바뀌었다. 그녀는 고속 도로로 들어서며 도시에서 벗어났다. 이제 아무도 나를 잡을 수 없어. 그치들은 내가 어디로 가는지도 모르고 있어.

엘리너는 혼자 멀리까지 운전을 해 본 적이 없었다. 이 근사한 여행을 거리나 시간 단위로 나눈다는 것은 어리석은 짓이리라. 그녀는 도로의 차선과 가로수 사이로 조심스레 차를 모는 매 순간순간 새로운 뭔가를 발견하며 낯선 공간의 놀라운 신선함을 만끽했다. 여행이라는 긍정적 행위를 통해 상상할 수도 없고 어쩌면 존재하지도 않을 미지의 운명을 향해 달려갔다. 엘리너는 여행길 굽이굽이를 음미하며 길과 나무와 집과 추한 소도시를 사랑스러운 눈길로 바라보았다. 아무 데나 멈추고서 그곳에 그대로 눌러살면 어떨까 하는 생각이 문득 들었다. 고속 도로 한쪽에 차를 세워 두고(불법이라 실제로 그랬다가는 벌금을 내야겠지만) 나무 사이로 걸어 들어가 온화하고도 다정한 시골 마을에 이르는 것이다. 지칠 때까지 나비를 쫓거나 개울을 따라가다가 어둠이 내리면 가난한 나무꾼의 오두막에 찾아가 하룻밤 재워 달라고 해야지. 이스트 배링턴이나 데즈먼드나 버크의 자치구에 영원한 나의 집을 꾸미는 거야. 아니면 자동차 바퀴가 닳아 해지고 세상 끝에 이를 때까지 쉬지 않고 도로를 달려가도 좋겠지.

아니면 그냥 계획대로 힐 하우스로 가서, 도시의 생활을 포기하고 바깥세상을 보러 나온 대가로 약속된 봉급과 숙식을 제공받아도 괜찮겠지. 몬터규 박사가 어떤 사람일지 궁금해. 힐 하우스는 어떨지도. 과연 어떤 사람들이 올까.

엘리너는 도시에서 꽤 멀어지자 속세의 온갖 길에서 벗어나 힐 하우스와 몬터규 박사에게로 안전히 이끌어 줄 마법의 실인 39번 도로의 진입로를 지나치지 않을까 유심히 살폈다. 현재의 처지에서 벗어나 꿈의 장소로 가려면 반드시 39번 도로를 타야 했다. 몬터규 박사의 편지는 정확하기 이를 데 없었다. '39번 도로' 표지판 아래에 '애슈턴 200킬로미터'라고 적힌 표지판이 보였다.

이제 절친한 친구가 된 길이 굽이치며 오르내렸다. 각 굽이를 돌 때마다 깜짝 선물이 기다리고 있었다. 한 번은 울타리 너머로 바라보는 소였고, 한 번은 무심한 개였다. 그녀는 소도시들이 자리한 분지들을 내려다보며 밭과 과수원을 스쳐 갔다. 어느 마을의 중심가에서는 기둥이 세워진 웅장한 주택을 지나쳤는데, 창문에 덧문이 닫혀 있고, 석조 사자상 한 쌍이 계단을 호위하고 있었다. 저기에서 살 수 있다면 아침마다 사자의 먼지를 털어 주고 밤마다 머리를 쓰다듬어 줄 텐데. 여전히 유월의 아침이건만 시간이 새롭게 흘러가는 느낌이었다. 기이하고도 새로운 시간이었다. 몇 초 동안 나는 사자 두 마리가 현관을 지키는 집에서 한평생을 보낸 거야. 아침마다 현관을 쓸며 사자의 먼지도 털고, 저녁마다 사자의 머리를 쓰다듬으며 잘 자라고 인사했지. 일주일에 한 번은 사자의 얼굴과 갈기와 발을 따뜻한 물과 소다로 씻겨 주고 면봉으로 이빨 사이를 청소해 주었어. 집 안의 방들은 천장이 높아 훤하고, 바닥과 창문은 반질반질 윤이 났지. 체구가 작고 신중한 성격의 할멈이 나를 보살펴 주며 은찻잔이 놓인 쟁반을 품위 있게 들고 오고, 저녁에는 나의 건강을 위해 엘더베리주酒를 한 잔씩 챙겨 주었어. 나는 조용하고 기다란 식당에서 반들거리는 식탁에 홀로 앉아 새 한 마리와 텃밭에서 기른 무와 집에서 만든 자두 잼을 저녁으로 먹었고, 높다란 창문 사이의 하얀 패널 벽에 촛불이 어른거렸지. 하얀 모슬린 천 커튼이 드리워진 침대에서 잠을 자고, 종야등이 나를 복도의 어둠에서 지켜 주었어. 마을의 거리에서 나를 마주치면 사람들은 모두 고개를 숙여 인사했지. 다들 나의 사자를 무척이나 자랑스러워하기 때문이야. 내가 죽었을 때는…….

마을에서 한참 멀어지자 문 닫은 지저분한 간이식당과 부서진 간판들이 연이어 스쳐 갔다. 한때는, 아주 오래전이었겠지만 이곳 근방에서 축제와 오토바이 경주가 열렸던 모양이었다. 간판에 글자들이 토막토막 남아 있었다. 어떤 것에는 'DARE(용기)'라고, 다른 것에는 'EVIL(악)'이라고 씌어 있었다. 무엇을 보든 어떤 징조를 찾고 있다는 사실을 깨달은 그녀는 웃음을 터뜨렸다. 'DAREDEVIL(무모한)'이라는 단어가 문득 떠올랐다. 무모한 운전사 엘리너. 그녀는 자신이 너무 빠르게 달리고 있으며, 너무 일찍 힐하우스에 도착할지도 모른다는 생각에 속도를 늦추었다.

한번은 길가에 차를 세우고 경이와 불신이 가득 담긴 눈길로 길을 응시했다. 눈부시게 잘 가꾸어진 협죽도가 길가를 따라 사백 미터쯤 주르르 늘어서서 분홍이나 순백의 꽃을 피우고 있었다. 협죽도가 호위하는 정문을 지난 후에도 나무들이 이어졌다. 정문이라고 해 봐야 무너진 돌기둥 한 쌍이 다였다. 길은 텅 빈 들판 사이로 계속되었다. 협죽도가 널따란 사각 모양의 광장 주위를 에워싼 곳에 이르렀다. 맞은편에 주르르 늘어선 나무들 너머로 개울이 흐르는 듯했다. 하지만 광장 안에는 아무것도 없었다. 집도, 건물도 없이 그저 길이 똑바로 이어져 개울에서 끝나는 것 같았다. 여기가 어디지? 여기는 어디고, 원래 뭐가 있던 곳이지? 아니면 앞으로 뭔가가 세워질 계획이었지만 여태 미루어진 걸까? 집이나 정원이나 과수원일까? 계획은 영원히 무산된 걸까, 아니면 나중에 실행될까? 그녀는 협죽도에는 독이 있다는 사실이 떠올랐다. 나무들이 뭔가를 보호하고 있는 것일까? 차에서 내려 폐허가 된 정문으로 나갔다가 다시 마법의 협죽도 광장으로 돌아오면, 지나쳐 가는 사람들의 시선을 독 나무로 막고 있던 요정 나라에 들어서게 되는 것은 아닐까? 마법의 정문 기둥 사이에 서 있다가 방어벽을 통과하면 주문이 깨지지 않을까? 그러면 분수와 나지막한 벤치와 잘 가꾸어진 장미 정자가 있는 멋진 정원이 나타나겠지. 거기엔 오솔길이 하나 있는

데, 루비와 에메랄드로 장식된 그 길은 공주님이 샌들을 신은 자그마한 발로 걸어도 될 만큼 부드러울 거야. 그리고 그 길을 따라가면 주문으로 숨겨져 있던 궁전이 나오는 거야. 석조 사자상 호위병을 지나쳐 나지막한 석조 계단을 오르면 분수가 흐르는 안마당에서 왕비가 오래전 떠나 버린 공주를 기다리며 울고 있겠지. 나를 보고서 자수 수건을 떨어뜨리고는 하인들을 소리쳐 부르겠지. 기나긴 잠에서 마침내 깨어난 하인들은 화려한 축제를 준비할 거야. 저주가 끝나고 궁정이 다시 살아났으니. 우리는 영원히 행복하게 살 거야.

물론, 그러면 안 되지. 그녀는 차의 시동을 다시 걸었다. 일단 저주가 풀리고 궁전이 드러나면 협죽도 너머의 시골 풍경은 진짜 모습으로 돌아가겠지. 마을과 간판, 소는 사라지고 동화책의 삽화 같은 파스텔 톤 녹색 풍경으로 변할 거야. 녹색과 은색 옷을 화려하게 차려입은 왕자가 백 명의 궁수를 거느리고서 말을 타고 언덕을 내려오겠지. 깃발이 흔들리고 말들이 고개를 젓고 보석이 반짝이고…….

그녀는 깔깔 웃으며 마법의 협죽도 나무에 작별의 미소를 지었다. 언젠가, 언젠가 돌아와 주문을 풀어 줄게.

백오십 킬로미터 하고도 약 일 킬로미터를 더 달린 후 그녀는 점심을 먹으려고 차를 세웠다. 올드 밀이라는 이름의 시골 식당에 들어가 발코니에 자리 잡았다. 놀랍게도 바로 아래에서 개울이 콸콸 흘러갔다. 그녀는 젖은 바위와 황홀한 물비늘을 내려다보았다.

코티지치즈가 담긴 유리그릇과 옥수수 머핀을 감싼 냅킨이 탁자에 놓였다. 순식간에 마법에 걸렸다가 풀리는 시공간이기에 그녀는 점심을 느긋하게 즐기고 싶었다. 날이 저물기 전에만 힐 하우스에 도착하면 되었다. 식당의 다른 손님은 어느 가족뿐이었는데, 어머니와 아버지와 어린 아들과 딸이 서로 온화하고 상냥하게 이야기 나누고 있었다. 한번은 딸이 고개를 돌려 호기심을 오롯이 드러내며 엘리너를 바라보더니 이내 미소를 지었다. 발코니 아래의 개울에서 반사된 빛이 천장과 반들거리는 탁자와 소녀의 곱슬곱슬한 머리카락에 어른거렸다.

아이 엄마가 말했다.

"별 컵으로 마시고 싶은 거예요."

엘리너는 깜짝 놀라 고개를 들었다. 소녀가 시무룩한 얼굴로 의자 깊숙이 앉아서는 우유를 안 먹겠다고 고집부리고 있었다. 아빠는 인상을 썼고, 오빠는 낄낄거렸고, 엄마는 차분하게 말했다.

"별 컵으로 마시고 싶은 거예요."

엘리너는 생각했다. 맞아, 나도 그래. 당연히 별 컵으로 마셔야지.

이 시골 식당의 질 좋은 우유가 어린 소녀의 입맛에 맞지 않을 수도 있다는 사실에 여종업원은 충격을 받은 표정으로 서 있었다. 아이 엄마가 미안한 듯 웃으며 해명했다.

"집에서는 바닥에 별이 그려진 작은 컵으로만 우유를 마시거든요. 아이가 우유를 마시는 동안 별들이 보여서 별 컵이라고 부른답니다."

여종업원은 납득하지 못하겠다는 얼굴로 고개를 끄덕였다. 아이 엄마가 딸에게 말했다.

"저녁에 집에 돌아가면 별 컵으로 우유를 마시렴. 하지만 지금은 착하고 얌전하게 굴어야지. 이 컵으로 우유를 마실 거지?"

엘리너는 아이에게 말했다. 그러지 마, 네 별 컵을 고집해. 다른 사람들처럼 행동하라는 덫에 한번 걸리는 순간, 다시는 네 별 컵을 볼 수 없어. 그러지 마. 엘리너를 힐끗 돌아보며 오롯이 알아들었다는 듯 살짝 미소를 짓는 소녀의 얼굴에 보조개가 패었다. 소녀가 컵을 향해 고집스레 고개를 저었다. 용감한 아이로구나. 현명하고 용감한 아이야.

아이 아빠가 한마디했다.

"이러다 나쁜 버릇이 들겠어. 이렇게 맘대로 굴게 내버려 두면 안 돼."

"이번 한 번만 봐주도록 해요."

아이 엄마가 우유 컵을 내려놓더니 아이의 손을 살며시 어루만졌다.

"아이스크림을 먹으렴."

가족이 식당을 나설 때 아이가 엘리너를 향해 작별의 손짓을 했다. 엘리너도 손을 마주 흔들었다. 그녀는 즐거운 고독 속에서 커피를 마시며 아래에서 유쾌하게 콸콸 흘러가는 개울물 소리를 들었다. 곧 여행이 끝나겠지. 벌써 반 이상 왔어. 여행이 끝나다니. 머릿속에서 어떤 노래의 일부가 개울처럼 반짝이며 맴을 돌았다. 가사가 아련히 떠올랐다. 시간을 허비한들 무엇을 얻으리. 시간을 허비한들 무엇을 얻으리.

그녀는 애슈턴을 바로 눈앞에 두고 영원히 길을 멈출 뻔했다. 정원에 파묻히듯 에워싸인 자그마한 시골집을 마주쳤던 것이다. 저곳에서 혼자 살면 좋겠다는 생각에 차의 속도를 늦추고, 굽이굽이 이어진 오솔길 끝에 서 있는 자그마한 푸른색 현관문과 현관 계단에 완벽한 조화를 이루며 앉아 있는 새하얀 고양이를 보았다. 저 장미 덤불 뒤에 숨으면 아무도 나를 찾아내지 못할 거야. 혹시 모르니 길가에 협죽도를 심어야지. 쌀쌀한 저녁에는 벽난로를 지피고 건강을 위해 사과를 구워 먹을 거야. 하얀 고양이들을 키우고 창문에 달 새하얀 커튼을 지어야지. 때때로 집 밖으로 나가 상점에 가서 계피와 차와 실을 사 올 거야. 사람들은 나에게 찾아와 점을 보겠지. 나는 슬픔에 잠긴 처녀들에게 사랑의 물약을 만들어 주고, 종달새 한 마리를 키우고……. 그러다 시골집이 한참 멀어지자 몬터규 박사가 자세히 알려 주었던 다른 길을 찾아야 할 순간이 왔다.

'5번 도로에서 서쪽으로 좌회전하세요' 하고 편지에 적혀 있었다. 마치 그가 멀리 떨어진 곳에서 그녀의 차를 조종해 길을 이끌듯 안내는 꼼꼼하고 정확했다. 그녀는 5번 도로를 타고 서쪽으로 향했다. 여행이 거의 끝나 갔다. 편지에서는 말렸지만 그래도 힐즈데일에 잠시 들러 커피를 한 잔 마셔야지. 긴 여행이 이렇게 빨리 끝나는 것이 싫어. 어쨌든 박사의 조언을 따르지 않는 것은 아니야. 편지에는 힐즈데일에 들러 길을 물어보지 말라고 했지, 커피를 마시지 말라고는 안 했잖아. 힐 하우스를 언급하지만 않으면 아무 문제 없을 거야. 어쨌든 이것이 나의 마지막 기회야, 하는 생각이 어렴풋이 들었다.

힐즈데일은 마음의 준비도 하기 전에 덜컥 나타났다. 지저분한 집과 구불구불한 길이 정신없이 얽혀 있었다. 작은 마을이었는데, 중심가에 들어서니 저 멀리 길 끝에 주유소와 교회가 보였다. 커피를 마실 만한 곳은 한 군데뿐인 듯했고, 그 식당은 꼴이 말이 아니었다. 하지만 힐즈데일에 들르겠다고 결심한 그녀는 식당 앞의 부서진 연석에 차를 세우고 내렸다. 그러고는 잠시 생각한 끝에 힐즈데일에게 고개를 끄덕여 조용히 인사를 하고 차 문을 잠갔다. 차 바닥의 여행 가방과 뒷좌석의 종이 상자가 염려되었던 것이다. 그녀는 길 위아래를 살펴보며 힐즈데일에 오래 머물지 말아야겠다고 생각했다. 햇살이 환히 비추는데도 길이 우중충해 보였다. 벽 앞에 드리운 그늘에서 개가 불편하게 잠을 자고, 한 여인이 거리 맞은편 문가에 서서 엘리너를 바라보았다. 남자애 둘이 울타리에 느긋이 기대선 채 애써 침묵을 지키고 있었다. 낯선 개와 야유를 퍼붓는 여자와 어린 불한당을 언제나 두려워하는 엘리너는 핸드백과 차 열쇠를 꼭 움킨 채 재빨리 식당으로 들어갔다. 나약해 보이는 여자가 지친 기색으로 카운터를 지키고 있고, 남자가 카운터 끝에서 식사하고 있었다. 저 남자는 얼마나 배가 고프면 이런 곳에서 식사를 할까 하는 생각이 잠깐 스쳤다. 쥐색 카운터하며, 도넛 접시의 얼룩진 유리 덮개하며.

"커피 주세요."

그녀가 주문하자 카운터의 여자가 지친 듯 몸을 돌려 선반에 차곡차곡 포개진 잔들 중 하나를 내렸다. 한번 결심한 이상 커피를 마셔야 해, 하고 엘리너는 다짐하면서도 다음에는 몬터규 박사의 조언에 꼭 귀를 기울이겠다고 맹세했다.

식사하는 남자와 카운터 뒤의 여자 사이에 묘한 익살이 오고 갔다. 종업원이 엘리너의 커피를 내려놓으며 남자를 향해 힐긋 미소 짓자 남자가 어깨를 으쓱했고 종업원은 깔깔 웃었다. 엘리너가 고개를 드니, 여자는 손톱을 살펴보고 있었고 남자는 빵으로 접시를 훑고 있었다. 엘리너의 커피에 독을 탄 모양이었다. 보면 볼수록 그런 듯했다. 힐즈데일이라는 마을을 제대로 경험하기 위해 엘리너는 말했다.

"도넛 하나 주세요."

종업원이 남자를 힐끗 보더니 접시에 도넛을 담아 엘리너 앞에 놓고는 남자의 표정을 보고 또 깔깔거렸다.

"예쁘장한 마을이네요. 이름이 뭐죠?"

엘리너가 묻자 종업원이 가만히 응시했다. 힐즈데일을 보고 예뻐장한 마을이라고 말하는 뻔뻔한 사람은 생전 처음 본 것이리라. 잠시 후 종업원이 도움이라도 구하듯 남자를 쳐다보더니 대꾸했다.

"힐즈데일이에요."

"여기 오래 사셨나요?"

엘리너가 물었다. 그러면서 멀리 떨어져 있을 몬터규 박사에게 변명했다. 힐 하우스라는 이름은 절대 언급 안 할게요. 그저 시간을 좀 죽이고 싶은 것뿐이에요.

"네."

"이런 작은 마을에서 살면 참 좋을 것 같아요. 나는 도시에서 살거든요."

"그래요?"

"이 마을이 좋나요?"

"그럭저럭요. 놀 거리는 그다지 없지만요."

종업원이 남자를 바라보았다. 그는 유심히 듣고 있었다.

"마을 크기가 얼마나 되죠?"

"아주 작아요. 커피 더 드릴까요?"

뒤의 문장은 남자를 향한 것이었다. 그가 커피 잔을 잔 받침에 대고 달그락거렸다. 엘리너는 커피를 한 모금 마셔 보고는 진저리 치며 어떻게 이런 커피를 더 마시겠다고 할 수 있는지 의아해했다.

커피를 따른 종업원이 다시 선반에 기대자 엘리너가 물었다.

"여기 외지인이 자주 오나요? 그러니까, 관광객 말예요."

"뭐하러요? 고작 이런 곳에 올 인간이 있겠어요?"

엘리너가 지금껏 본 적 없는 거대한 공허가 여자의 눈에 한동안 번득였다. 그러더니 시무룩한 얼굴로 남자를 돌아보며 덧붙였다.

"극장 하나 없는데."

"하지만 언덕들이 참 예쁘던걸요. 이렇게 외딴 작은 마을에 도시인들이 찾아와서 언덕 위에 집을 짓는 경우가 많잖아요. 조용한 삶을 즐기려고요."

종업원이 짧게 웃었다.

"여기는 그런 사람 없을걸요."

"아니면 오래된 집을 개조하든가……."

"조용한 삶이라니."

종업원이 또 깔깔거렸다.

"놀랍네요."

엘리너는 남자가 자신을 응시하는 것을 느끼며 대꾸했다.

"네, 극장이라도 생기면 얼마나 좋겠어요."

종업원이 말했다. 엘리너는 조심스레 말을 골랐다.

"이 마을을 좀 둘러볼까 싶어요. 오래된 집은 보통 싸거든요. 그런 집을 새로 꾸미는 것은 즐거운 일이죠."

"이 근방에는 없어요."

"네? 이 근방에는 오래된 집이 없나요? 그럼 언덕 너머에는요?"

"없어요."

남자가 일어나 주머니에서 동전을 꺼내며 처음으로 입을 열었다.

"이 마을은 사람들이 떠나는 곳이지, 들어오는 곳이 아니오."

그가 떠나고 문이 닫히자 종업원은 거의 분개한 듯 단호한 눈길로 엘리너를 바라보았다. 엘리너와 수다를 떠는 바람에 남자가 떠났다는 양. 마침내 종업원이 말했다.

"저 말이 맞아요. 사람들은 이곳을 떠나죠. 운 좋은 사람들은요."

"그럼 이곳을 떠나지 그래요?"

엘리너가 묻자 종업원은 어깨를 으쓱했다.

"그런다고 뭐가 달라지겠어요?"

종업원이 무심히 엘리너의 돈을 받더니 잔돈을 주었다. 그러다 다시 눈빛을 번득이며 카운터 끝의 텅 빈 접시들을 힐긋 보고 웃을 듯 말 듯한 표정이 되었다.

"아까 그 손님은 매일 오죠."

엘리너는 미소와 함께 대꾸를 하려고 했지만, 종업원은 몸을 돌려 선반의 컵들을 분주히 정리했다. 엘리너는 이만 가도 된다는 신호에 감사하며 일어나 차 열쇠와 핸드백을 집어 들었다.

"안녕히 계세요."

엘리너가 인사하자 종업원이 여전히 등 돌린 채 대꾸했다.

"행운을 빌죠. 좋은 집을 찾기를."

005

☆☆☆

주유소와 교회를 지나 나타난 길은 실로 형편없었다. 바큇자국이 깊이 팬데다 자갈투성이였다. 엘리너의 소형차는 이런 형편없는 언덕길을 더 이상 가기 싫다는 양 덜컹덜컹 울어 댔다. 길 양쪽을 압박하듯 빽빽이 들어찬 나무들 때문에 날이 빨리 저무는 듯 느껴졌다. 여기로는 차가 거의 다니지 않는 모양이야. 엘리너는 얼굴을 찡그리며 생각하다 사납게 툭 불거진 바위를 피하려고 재빨리 핸들을 꺾었다. 이런 길을 십 킬로미터나 달리면 차에 피해가 만만치 않을 터였다. 엘리너는 몇 시간 만에 처음으로 언니를 떠올리고 깔깔 웃어 댔다. 지금쯤이면 그녀가 차를 타고 사라져 버린 사실을 언니 내외가 깨닫고도 남았으리라. 하지만 그녀가 어디로 가는지 그들은 몰랐다. 두 사람은 기가 막히다는 어조로 서로에게 말하리라, 설마 엘리너가 이런 짓을 할 줄은 몰랐다고. 그녀는 계속 웃으며 생각했다. 나 역시도 몰랐어. 세상이 완전히 달라진 것 같아. 나는 집에서 멀리 벗어나 새사람이 됐어. 시간을 허비한들 무엇을 얻으리. 지금 즐거워야 지금 웃을지니. 그때 차가 바위에 쿵 부딪혀 비틀거리고 아래쪽에서 긁히는 소리가 불길하게 울렸다. 엘리너는 헉하고 숨을 들이켰지만 차는 이내 씩씩하게 기운을 차리고 끈질기게 달려갔다. 나뭇가지가 앞 유리를 쓸어 댔다. 사방이 조금씩 어두워져 갔다. 힐 하우스의 입구에라도 들어가는 것 같아. 여기에 과연 햇살이 비친 적이 있을까. 차는 분투 끝에 낙엽과 잔가지로 얽히고설킨 도로를 벗어나 마침내 힐 하우스의 정문이 세워진 공터에 이르렀다.

내가 왜 여기에 있지? 내가 왜 여기에 있지? 그녀는 정문을 보는 순간 자기도 모르게 의구심이 들었다. 높다랗고 육중한데다 불길해 보이는 철제 정문은 나무들 사이로 우뚝 선 돌담에 굳건히 박혀 있었다. 심지어 차에서도 빗장을 휘감고 있는 사슬과 자물쇠가 보였다. 정문 너머로는 굽이굽이 이어진 도로만 보일 뿐이었는데, 그나마도 길 양편에 선 고요하고 시커먼 나무들의 그림자에 묻혀 있었다.

정문은 잠겨 있는 것이 분명했다. 그것도 쇠사슬과 빗장으로 이중으로 단단히 잠겨 있었다. 누가 이런 곳에 그토록 들어가고 싶어 한단 말인가? 그녀는 도저히 차에서 내릴 마음이 안 들었다. 그래서 경적을 울렸다. 그 소리에 나무와 정문이 부르르 떨며 슬쩍 움츠리는 듯했다. 잠시 후 다시 경적을 울렸다. 한 남자가 정문 너머에서 다가오고 있었다. 자물쇠만큼이나 시커멓고 쌀쌀맞아 보였다. 그런데 그는 정문을 열기는커녕 문살 사이로 노려보며 인상을 잔뜩 쓰는 것이었다.

"뭐요?"

날카롭고 심술맞은 목소리였다.

"들어가려고 하니까 문 좀 열어 주세요."

"누구신데?"

"왜……."

그녀는 머뭇거리다 마침내 말했다.

"이곳에 오기로 한 사람인데요."

"무슨 일로?"

"초대받았어요."

과연 그럴까? 하는 의구심이 문득 들었다. 대체 뭐하러 여기까지 왔을까?

"누구한테?"

그녀는 그가 자신의 권위를 지나치게 즐기고 있다는 것을 알았다. 일단 문을 열기만 하면 잠시 그가 가졌다고 여기던 작은 권위는 사라질 터였다. 그녀는 궁리했다. 그렇다면 나는 어떤 권위를 갖고 있을까? 나는 문밖에 있으니 별수 없어. 사실 그녀는 무능한 사람이 되는 것을 너무도 두려워하기에 벌컥 화를 내는 일이 좀처럼 없었다. 게다가 화를 내 봐야 남자는 돌아서서 가 버릴 것이고 그녀는 여전히 정문에 가로막힌 채 헛되이 투덜댈 터였다. 그가 이 오만불손한 행동에 대해 나중에 꾸중을 듣는다 하더라도 아무것도 몰랐다며 변명할 것이 뻔했다. 악의 어린 텅 빈 미소를 짓고서 두 눈을 얼빠진 듯 뜨고 징징대며 늘어놓으리라. 안으로 들이려고 했다고, 들일 계획이었다고, 하지만 이 사람이 정말 그 사람이 맞는지 어떻게 확신할 수 있었겠느냐고, 지시는 따라야 하지 않느냐고, 명령대로 해야만 했다고, 안에 들여서는 안 되는 누군가를 들였다가는 자신이 호된 꾸지람을 듣지 않느냐고. 그가 어깨를 으쓱하는 모습이 훤히 떠오르자 그녀는 깔깔 웃고 말았다. 이 상황에서는 최악의 행동이었으리라.

그가 그녀를 주시하며 뒤로 물러섰다.

"나중에 다시 오든가 말든가."

그가 의기양양하게 등을 돌렸다. 그녀는 화난 어조로 말하지 않으려고 애쓰며 소리쳤다.

"저기요, 나는 몬터규 박사의 손님이에요. 박사님이 나를 지금 기다리고 있을 거예요. 저기, 내 말 좀 들어요!"

그가 돌아서서 씩 웃었다.

"기다리고 있을 리 없지. 지금까지 여기에 온 사람은 그쪽뿐이니."

"지금 집에 아무도 없다는 건가요?"

"내가 알기로는. 참, 아내가 집을 정리하고 있겠군. 따라서 아무도 그쪽을 기다리고 있지 않소. 어찌 기다리겠소?"

그녀는 좌석 등받이에 몸을 기대고 눈을 감았다. 힐 하우스는 천국만큼이나 들어가기 힘든 곳이로구나.

"여기 무슨 일로 왔는지는 아시겠지? 도시에서 설명은 들었겠지? 이곳에 대해 듣지 못했소?"

"몬터규 박사의 손님으로 초대받았을 뿐이에요. 문을 열어 주면 안으로 들어가겠어요."

"문을 열지, 문을 열 거라구. 앞으로 무슨 일이 기다리고 있는지 확실히 아는지 확인하고 싶었을 뿐이오. 전에 와 본 적 있소? 아니면 이 집안 사람인가?"

그는 문살 사이로 그녀를 응시했다. 자물쇠와 쇠사슬에 이어 조롱기 가득한 얼굴까지 그녀의 입장을 가로막고 있었다.

"확인을 해야만 안으로 들일 수 있소. 이름이 뭐라고?"

그녀는 한숨을 쉬었다.

"엘리너 밴스예요."

"그럼, 집안사람은 아니로군. 이곳에 대해 들어 보기는 했소?"

그녀는 생각했다. 이번이 기회야, 마지막 기회. 지금 바로 차를 돌려 떠나는 거야. 아무도 나를 비난하지 못해. 누구나 달아날 권리가 있어. 화가 난 그녀는 차창으로 얼굴을 내밀고 말했다.

"내 이름은 엘리너 밴스예요. 힐 하우스에 초대받았고요. 그러니 당장 문을 열어요."

"그러지, 그러고말고."

남자는 보라는 듯 과장되게 열쇠를 끼워 자물쇠를 연 다음 쇠사슬을 풀더니 차가 간신히 들어갈 만큼만 문을 젖혔다. 엘리너가 차를 살살 몰고 들어서는데도 남자는 길가로 펄쩍 물러났다. 그녀의 마음에 끓어오르는 충동을 알아차린 듯했다. 그녀는 깔깔 웃고는 차를 세웠다. 그가 다가오고 있었기 때문이다. 안전하게, 차 옆으로.

"후회할 짓을 했군. 나더러 문을 열라고 한 것을 나중에 후회할 거요."

"비켜 주세요. 이미 시간을 충분히 허비했으니."

"다른 사람도 과연 올 것 같소? 우리 부부 외에 그 긴 시간을 이 집에서 보낼 사람이 또 있을 것 같소? 자기가 뭐든지 다 안다고 생각하는 도시내기들을 위해 집을 정리하고 문을 여느라 우리가 우리 일을 제대로 못 해내리라 생각하겠지."

"부탁이니 비켜 주세요."

그녀는 그가 두렵다는 사실을 감히 인정할 수 없었다. 그랬다가는 그가 눈치챌 터였다. 차 옆으로 바짝 붙어 선 꼴은 추해 보였고, 그가 왜 그렇게 화를 내는지 알 수 없었다. 문을 열게 만드는 데는 확실히 성공했지만, 아무래도 이자가 이 집과 정원을 자기 것으로 여기는 듯싶었다. 몬터규 박사의 편지에서 본 이름이 문득 떠오르자 그녀는 호기심에 물었다.

"관리인인 더들리 씨죠?"

"그렇소. 내가 관리인인 더들리지. 아니면 달리 누구겠소?"

그가 그녀를 흉내 내어 대꾸했다. 자부심과 충성심은 가득하나 불쾌하기 짝이 없는 늙은 충복 같으니.

"부인과 두 분이서 이 집을 다 관리하시는 건가요?"

"그럼 달리 누구겠소?"

이는 그의 자랑이자 저주이자 입버릇이리라.

그녀는 그에게서 달아나려고 하는 티를 내지 않으려고 하면서도, 차에 시동을 거는 동작만으로 그가 비켜서기를 바라면서 초조히 움직였다. 그리고 애써 단호한 어조로 말했다.

"두 분 덕분에 편안히 지낼 수 있으리라 믿어요. 아무튼 최대한 빨리 집에 들어가 보고 싶네요."

그가 불만스러운 기색으로 낄낄거렸다.

"나야말로 집으로 들어가고 싶소. 해가 진 후에는 이 근처에 얼씬도 않지."

그는 스스로에게 만족한 채 씩 웃으며 차에서 물러섰다. 엘리너는 그의 시선을 받으며 어색하게 시동을 걸긴 했지만 어쨌든 안도했다. 아마도 집까지 가는 내내 그는 비웃는 체셔 고양이처럼 중간중간 튀어나와 매번 고함을 쳐 대리라. 어두워진 후에도 이 집에 기꺼이 남아 있는 사람이 있어 다행인 줄 알라고. 나무 사이로 나타나는 문지기 더들리의 얼굴을 상상하면서도 전혀 동요하지 않았다는 것을 보여 주려고 그녀는 휘파람을 불었다. 여전히 그 노래가 머릿속을 맴돌고 있다는 사실에 약간 짜증이 났다. 지금 즐거워야 지금 웃을지니……. 그녀는 화가 나서 다짐했다. 일부러라도 다른 생각을 해야겠어. 아무리 해도 떠오르지 않는 나머지 가사는 힐 하우스에 도착하며 부르기에는 부적합하고 품위 없는 내용이 분명해.

이따금 나무들 너머로 숲과 언덕 사이에 세워진 힐 하우스의 일부가 언뜻언뜻 보였다. 지붕이거나 탑이리라. 힐 하우스와 같은 시대에 지어진 집들은 하나같이 괴이했다. 탑과 첨탑과 부벽과 목제 장식은 물론 때로는 고딕 양식의 뾰족 지붕과 괴물 조각상까지. 어디 한 곳 빈 데 없이 장식으로 빽빽했다. 아마도 힐 하우스에는 탑이나 밀실이 있으리라. 심지어 언덕 아래로는 밀수업자가 이용하던 비밀 통로도 나 있으리라. 하지만 이런 외딴곳에서 대체 뭘 밀수한단 말인가? 지독히도 근사한 밀수업자와 마주칠지도…….

힐 하우스까지 곧게 뻗은 진입로에 들어서자 그녀는 본능적으로 차의 방향을 틀고, 브레이크를 꾹 밟은 채 가만히 앉아 집을 응시했다.

혐오스럽기 짝이 없는 건물이었다. 몸을 부르르 떠는 동안, 단어들이 마구잡이로 머릿속을 갈겨 댔다. 힐 하우스는 혐오스럽기 짝이 없고, 병들었어. 지금 즉시 떠나야 해.

002

힐 하우스의 선과 공간은 불행한 우연으로 인해 집의 정면에 악마적 분위기를 드리웠다. 그 원인을 눈치챈 사람은 없었으나 광기 어린 배치와, 고약하게 비틀린 각도와, 하늘을 등진 지붕을 보노라면 절망이 밀려들었다. 게다가 힐 하우스는 살아 있는 것만 같았다. 텅 빈 유리창은 노려보는 듯했고, 지붕의 눈썹 꼴 창문은 누군가의 불행을 고소해하며 비웃는 듯해 섬뜩했다. 보통 특이하거나 기이한 각도로 지어진 건물은 사람들에게 한바탕 웃음을 선사하기 마련이다. 심지어 뜬금없는 자그마한 굴뚝이나 보조개처럼 팬 지붕창조차 구경꾼들에게 유대감을 끌어낼 수 있다. 하지만 오만과 증오를 담은 채 항상 경계하는 집은 사악함이 넘실댈 수밖에 없다. 이 집은 집을 짓는 사람들의 손길 아래서 스스로 강력한 형식을 추구해 자신만의 선과 각도를 완성한 것만 같았다. 하늘을 배경으로 거대한 머리를 쳐든 힐 하우스에서는 일말의 인간성도 느껴지지 않았다. 친절이라고는 없으며, 사람이 들어와 살기 위한 곳이 아닌 듯했다. 사람이나 사랑, 희망에 전혀 맞지 않는 건물이었다. 구마 의식을 한다고 해도 이 집의 표정을 바꾸기란 불가능했다. 힐 하우스는 파괴될 때까지 이런 몰골로 서 있을 터였다.

정문 앞에서 그냥 차를 돌려 떠날걸 그랬어. 배에서 본능적 충동이 일렁였다. 엘리너는 그 정체가 뭐든 사악함의 근원을 찾고자 지붕의 선을 쭉 훑어보았지만 아무 소득이 없었다. 긴장 탓에 담배를 꺼내는 손이 차가워져 부들부들 떨렸다. 무엇보다도 두려움이 밀려왔다. 마음속 병든 목소리의 속삭임에 절로 귀가 기울여졌다. 여기에서 달아나, 달아나.

하지만 이곳을 보려고 여기까지 왔잖아. 돌아갈 수는 없어. 게다가 정문을 통해 돌아가려고 하면 그자가 비웃어 댈 거야.

엘리너는 집을 바라보지 않으려고 애쓰며 다시 시동을 걸었다. 거대하고 시커먼 집이 그녀를 내려다보고 있다는 것 외에는 색깔도, 크기도, 양식도 알 수 없었다. 현관 계단 앞까지 곧장 차를 몰고 갔다. 현관 계단은 탈출을 엄두도 못 낼 만큼 곧게 뻗어 현관 베란다와 현관문으로 이어져 있었다. 진입로 끝 부분은 집 양쪽으로 갈라져 힐 하우스를 휘감고 있었다. 나중에 차를 타고 돌아보면 주차용 건물이 있을 터였다. 하지만 지금은 탈출 수단과 완전히 끊어지는 것이 꺼림칙했다. 그녀는 나중에 올 사람들에게 방해가 되지 않도록 차를 현관에서 살짝 떨어진 곳에 세워 두었다. 인간의 자동차처럼 친숙한 물건이 앞에 세워져 있는 광경을 봐야 한다니 이 건물을 처음 보는 사람에게 참으로 애석한 일이야, 하는 음울한 생각이 들었다. 여행 가방과 코트를 들고 차에서 내렸다. 자, 도착했어.

엘리너는 도덕적 의지를 십분 발휘해 발을 들어 현관 계단을 디뎠다. 힐 하우스와 처음 접촉할 때 너무도 꺼려졌던 까닭은 이 집이 사악한 동기를 품고서 끈질기게 그녀를 기다리고 있었다는 느낌이 강렬했기 때문이리라. 연인과의 만남으로 여행은 끝난다네, 라는 구절이 떠올랐다. 마침내 노래를 다 기억해 낸 그녀는 깔깔 웃으며 힐 하우스 계단에 서 있었다. 연인과의 만남으로 여행은 끝난다네. 그녀는 현관 베란다와 현관문을 향해 단호히 올라갔다. 힐 하우스가 순식간에 다가와 그녀의 위로 그림자를 드리웠다. 나무 베란다를 밟는 소리는 절대적 침묵 속의 분노 같았다. 힐 하우스의 바닥은 아주 오랫동안 누구에게도 밟힌 적 없으리라. 그녀는 아이 얼굴 모양의 묵직한 철제 노커를 잡고서는 두드리고, 다시 두드렸다. 그녀가 왔다는 사실을 힐 하우스가 이제 분명히 알게 되었으리라. 아무 조짐도 없이 문이 벌컥 열리더니 웬 여자가 나타났다. 닮은꼴이라는 표현은 바로 이럴 때 쓰는 것이리라. 관리인의 아내가 분명했다.

엘리너는 호흡을 가다듬고서 말했다.

"더들리 부인? 저는 엘리너 밴스입니다. 여기에 초대받았죠."

여자가 말없이 비켜섰다. 앞치마도 깨끗하고 머리도 단정했지만 왠지 남편 못지않게 지저분하리라는 인상을 주었다. 여자의 얼굴에 어린 의심스러운 무뚝뚝함 역시 남편의 악의 넘치는 무례함과 어울렸다. 엘리너는 스스로를 다독였다. 아니야, 이곳의 모든 것이 음울해 보이는데다 그 남자의 아내는 추하리라고 예상했기 때문일 거야. 힐 하우스를 보지 않았더라면 이 두 사람을 이렇게 폄하하지 않았을지 몰라. 이들은 그저 이 집을 관리할 뿐이야.

길게 뻗은 거대한 계단 아래 어스레한 현관홀은 시커먼 목재와 묵직한 조각으로 가득했다. 저 너머에 집을 가로지르는 또 다른 복도가 있는 듯했다. 하지만 지금으로서는 드넓은 계단참과, 계단 위쪽 복도에 주르르 늘어서 있는 닫힌 문들이 보일 뿐이었다. 그녀 양쪽으로 거대한 문이 있었는데, 과일과 곡식과 인간이 새겨져 있었다. 보이는 문은 모두 닫혀 있었다.

어둑한 고요 속에서 말을 하려니 목소리가 기어드는 것 같아 그녀는 소리 높여 말하려고 애써야 했다.

"제 방으로 안내해 주시겠어요?"

마침내 말을 뱉고는 바닥에 놓인 여행 가방을 가리켰는데, 반들거리는 바닥에 깔린 짙은 어스름 속에서 그녀의 손 그림자가 부들부들 떨렸다.

"제가 첫 손님이라면서요. 더들리 부인이라고 하셨죠?"

이러다 울음을 터뜨리겠어. 아이처럼 훌쩍이며 부르짖겠지. 여기 있기 싫어요.

더들리 부인이 몸을 돌려 계단을 올라갔다. 엘리너는 여행 가방을 집어 들고 따라갔다. 이 집에서 유일하게 살아 있는 존재를 부랴부랴 좇아가며 생각했다. 그래, 여기 있기 싫어. 더들리 부인이 계단 꼭대기에 이르더니 오른쪽으로 방향을 틀었다. 이 집의 건축가는 희귀한 통찰력을 갖고 있어 우아함을 위한 노력을 완전히 포기한 듯했다. 그가 원하든 원치 않든 이 집이 어떤 건물이 되리라는 것을 알았던 모양이었다. 길게 뻗은 2층 복도에는 침실 문들이 늘어서 있었는데, 건축가가 서두르며 2층과 3층을 마무리한 흔적이 노골적으로 드러났다. 어서 작업을 끝내고 이곳을 벗어나기 위해 최대한 단순하게 지은 것이리라. 왼쪽 복도 끝에 또 다른 계단이 있었다. 3층의 하인용 침실과 1층의 작업용 공간을 연결하는 계단인 듯했다. 오른쪽 복도 끝에는 방이 있었는데, 햇살이 가장 많이 드는 곳일 터였다. 형편없는 판화처럼 양쪽에 똑같은 꼴로 늘어서 있는 닫힌 목조 문 말고는 쭉 뻗은 복도를 방해할 것이 없었다.

더들리 부인이 복도를 가로질러 문을 열었는데, 아무 문이나 내키는 대로 고른 것이 분명했다.

"푸른 방입니다."

계단에서 몸을 돌렸을 때 엘리너는 그 방이 집 앞쪽에 위치해 있으리라 짐작했다. 앤 수녀님, 앤 수녀님, 하고 그녀는 생각했다.

그리고 방의 빛을 향해 감사하며 걸어갔다.

"참 멋지네요."

문가에 서서 그렇게 말하긴 했지만 그저 예의상 한 말이었다. 전혀 멋지지 않았다. 간신히 견딜 만한 정도였다. 힐 하우스의 다른 곳들처럼 부조화로 가득했다.

더들리 부인이 엘리너가 들어올 수 있도록 비켜서더니 벽을 향해 말하듯 입을 열었다.

"정확히 6시에 식당의 준비대에 저녁을 차려 놓습니다. 원하는 음식을 알아서 덜어 드세요. 식탁은 아침에 치웁니다. 아침 식사는 9시지요. 이것이 내 방식입니다. 원하는 대로 방을 꾸며 드릴 수는 없어요. 나 말고는 일할 사람도 없지요. 시중은 들지 않습니다. 시중 들기는 내 방식이 아니죠."

문가에 선 엘리너는 머뭇거리며 고개를 끄덕였다.

"저녁 식사를 차린 후에는 귀가합니다. 해가 진 후에는 이곳에 없죠. 어둠이 내리기 전에 떠납니다."

"알아요."

"우리는 십 킬로미터 떨어진 마을에 살지요."

"네."

엘리너는 힐즈데일을 떠올리며 대꾸했다.

"따라서 도움이 필요하다 하더라도 도와줄 사람은 아무도 없을 겁니다."

"그렇군요."

"밤에 비명을 질러도 듣지 못하죠."

"설마……."

"아무도 듣지 못하죠. 사람이 사는 가장 가까운 곳은 마을입니다. 하지만 마을에서 이쪽으로 가까이 오려는 사람은 한 명도 없지요."

"알아요."

엘리너는 지쳐서 대꾸했다.

"밤에는요. 밤에는 말이에요."

더들리 부인이 대놓고 웃으며 말하더니 문을 닫고 나갔다.

엘리너는 거의 낄낄대고 있었다. 이렇게 소리치면 어떨까 싶었다.

"아, 더들리 부인, 밤에 당신 도움이 필요해요."

몸이 부들부들 떨렸다.

002

☆☆☆

그녀는 코트를 팔에 건 채 여행 가방 곁에 홀로 서 있었다. 철저한 비참함에 잠겨 속절없이 중얼거렸다. 연인과의 만남으로 여행은 끝난다네. 집으로 돌아갈 수 있으면 얼마나 좋을까 싶었다. 그녀 뒤에는 시커먼 계단과 번득이는 복도와 거대한 현관문과 더들리 부인과 정문에서 비웃어 대는 더들리 씨와 자물쇠가 있고, 힐즈데일과 꽃이 만발한 시골집과 식당의 가족과 협죽도 정원과 석조 사자상이 현관을 지키고 있는 저택도 있었다. 몬터규 박사의 철저한 감시하에 그 장소들이 그녀를 힐 하우스의 푸른 방으로 이끈 것이었다. 도통 움직일 마음이 나지 않았다. 끔찍해. 움직이면 이곳에 있고 싶다고 동의하게 되는 거야. 끔찍해. 여기 있기 싫어. 하지만 달리 갈 곳이 없었다. 몬터규 박사의 편지는 그녀를 여기까지 데려왔지만 이 이상으로는 데려갈 수 없었다. 잠시 후, 그녀는 한숨을 쉬며 고개를 젓고 방을 가로질러 여행 가방을 침대에 내려놓았다.

여기 힐 하우스의 푸른 방에 내가 있어, 하고 그녀는 나직이 소리 내어 말했다. 의문의 여지 없이 푸른 방이기는 했다. 푸른색 줄무늬 커튼이 두 창문에 걸려 있었다. 창문 너머로는 현관 베란다 지붕과 잔디밭이 내다보였다. 바닥에 푸른 무늬의 카펫이 깔려 있고, 침대에 푸른색 침대보가 펼쳐져 있고, 침대 발치에 푸른색 퀼트 이불이 놓여 있었다. 벽은 어깨 높이까지는 시커먼 목재였지만, 그 위로는 자그마하고 섬세한 푸른 꽃다발이나 화환이 그려진 벽지로 꾸며져 있었다. 아마도 한때 누군가가 힐 하우스의 푸른 방을 앙증맞은 꽃무늬로 환하게 꾸미려 했던 모양이었다. 힐 하우스에서 그런 희망은 모조리 증발해 버려 희미한 흔적만이 남는다는 사실을 몰랐던 것이리라. 머나먼 곳에서의 울음소리가 들리지 않는 메아리가 되듯……. 엘리너는 방 전체를 보기 위해 몸을 돌리며 부르르 떨었다. 믿기지 않을 만큼 형편없이 설계된 방이었다. 어디를 보나 섬뜩하도록 엉망이었다. 한쪽 벽은 눈에 거슬릴 만큼 긴 반면, 다른 쪽 벽은 숨 막힐 만큼 짧았다. 기가 막혔다. 이런 곳에서 잠을 자라니. 저 높다란 구석에서 어떤 악몽이 어둠에 몸을 숨긴 채 기다리고 있을까. 무심한 공포의 숨결이 내 입으로 다가와……. 다시 몸이 떨렸다. 그녀는 스스로에게 말했다. 정말이야. 정말 힐 하우스의 푸른 방에 있는 거야, 엘리너.

그녀는 침대 위에 놓인 여행 가방을 열고 딱딱한 외출용 구두를 벗었다. 감사의 마음과 안도감이 밀려들었다. 심란한 마음을 달래는 최고의 방법은 편안한 신발을 신는 것이라는, 철저히 여성적인 확신이 그녀의 마음 깊이 새겨졌다. 어제 도시에서 짐을 꾸릴 때 그녀는 외딴 시골 저택에서 입기에 적당한 옷들을 골랐다. 마지막 순간에는 거의 뛰어나가 바지 두 벌을 사며 자신의 용기를 만끽했다. 언제 바지를 입었는지 기억도 나지 않았다. 혹시 바지를 입을 용기를 잃더라도 그녀에게 바지가 있다는 사실을 누구도 알지 못하도록 일부러 여행 가방 맨 밑에 바지를 넣었다. 어머니가 알면 노여워하시겠지. 하지만 힐 하우스에서 보니 바지는 더 이상 신선하지 않았다. 짐을 되는 대로 풀었다. 원피스는 옷걸이에 비딱하게 걸고, 바지는 상판이 대리석으로 된 높다란 서랍장의 맨 아래 서랍에 휙 던져 넣고, 외출용 구두는 커다란 옷장 한구석에 대충 두었다. 미리

사 온 책들이 벌써 지겹게 느껴졌다. 어차피 여기 오래 머물지도 않을 거야, 하고 생각하며 텅 빈 가방을 닫고 옷장 구석에 놓았다. 다시 짐을 꾸리는 데 오 분도 채 걸리지 않으리라. 여행 가방을 조용히 놓으려고 애쓰고 있다는 사실을 알아차린 순간, 그녀는 짐을 푸는 내내 양말 차림으로 가능한 한 소리 없이 움직였다는 점을 깨달았다. 마치 힐 하우스에서는 침묵을 깨뜨리는 것이 치명적이라는 듯. 더들리 부인 역시 소리 없이 걸었다는 사실이 떠올랐다. 방 한가운데 가만히 서 있자 힐 하우스의 침묵이 사방에서 조여 왔다. 마치 괴물에게 통째로 삼켜지는 자그마한 생명체가 된 것 같아. 괴물은 배 속에서 바르작대는 나의 자그마한 움직임을 음미하고 있지.

"아냐."

그녀의 말 한마디가 메아리가 되어 울렸다. 그녀는 재빨리 방을 가로질러 푸른색 줄무늬 커튼을 걷었다. 하지만 두꺼운 유리창을 통해 스며든 햇살은 파리했다. 현관 베란다 지붕과 그 너머 죽 뻗은 잔디밭 외에는 아무것도 보이지 않았다. 저기 어딘가에 그녀를 다시 데리고 가 줄 소형차가 있을 터였다. 연인과의 만남으로 여행은 끝난다네. 여기 온 것은 내 선택이었어. 그러다 그녀는 문득 자신이 방을 다시 가로질러 가기를 두려워한다는 사실을 깨달았다.

엘리너는 창문을 등진 채 서서 문과 옷장, 서랍장과 침대를 바라보며 두렵지 않다고 스스로를 다독였다. 저 아래에서 차 문을 쿵 하고 닫는 소리, 춤을 추듯 빠르게 현관 계단을 오르는 소리, 현관 베란다를 걸어오는 발걸음 소리가 들렸다. 커다란 철제 노커가 울렸다. 다른 사람들이 온 거야. 나는 혼자가 아니야. 웃음을 터뜨린 그녀는 방을 가로질러 복도로 나가 계단 아래의 현관홀을 내려다보았다.

그녀는 어스름 사이로 말을 건넸다.

"이렇게 와서 다행이에요. 다른 사람도 있다니 얼마나 기쁜지 모르겠어요."

현관홀에 더들리 부인이 똑바로 서 있는 모습이 희미하게 보이는데도 그녀에게는 들리지 않을 거란 듯이 말하고 있음을 깨달았지만, 엘리너는 별로 놀라지 않았다.

"올라와요. 가방은 직접 들어야 해요."

숨이 가빴다. 도저히 말을 끊을 수가 없었다. 평소의 수줍음은 안도감에 밀려 사라지고 없었다.

"엘리너 밴스예요. 이렇게 만나서 정말 반가워요."

"나는 그냥 시어도라예요. 이 망할 집하고는……."

"위층도 형편없어요. 올라와요. 내 옆방을 쓰는 게 좋겠어요."

시어도라가 더들리 부인을 따라 거대한 계단을 올라오며, 계단참의 스테인드글라스 창문과 벽감에 놓인 대리석 화병과 무늬가 들어간 카펫을 기가 막히다는 듯 바라보았다. 그녀의 여행 가방은 엘리너의 것보다 상당히 컸으며 훨씬 고급스러웠다. 엘리너는 자기 짐이 보이지 않는 곳에 안전하게 치워져 있다는 사실에 안도하며 시어도라를 도우려고 다가갔다.

"침실은 더 가관이에요. 내 방은 미라 제작실이 아니었던가 싶어요."

시어도라가 대꾸했다.

"나는 늘 이런 집에서 살고 싶었죠. 혼자 생각에 잠기고 싶을 때면 조용히 은둔할 수 있는 작은 집. 특히 살인이나 자살에 대해 생각하고 싶을 때면……."

"초록 방입니다."

더들리 부인이 냉담하게 말했다. 이 집에 대해 비판하거나 무례한 이야기를 하면 더들리 부인이 불쾌해한다는 사실을 엘리너는 재빨리 감지했다. 아무래도 이 집이 우리 말을 듣는다고 여기나 봐. 그 순간 그런 생각을 한 것이 후회스러웠다. 몸도 떨렸던 모양이었다. 시어도라가 얼른 미소를 지으며 돌아서더니 위로하듯 그녀의 어깨를 살며시 쓰다듬었던 것이다. 엘리너는 마주 미소 지으며 생각했다. 매혹적인 여자야. 이런 어둡고 음울한 장소에는 전혀 어울리지 않는 사람이네. 하지만 나도 이런 곳에 어울리는 건 아니야. 힐 하우스에 잘 맞는 사람이 아니지. 하긴 세상 누구도 여기하고는 안 맞을 거야. 초록 방의 문가에 서 있는 시어도라의 표정을 보고 엘리너는 웃음을 터뜨렸다.

시어도라가 엘리너를 힐끗 보며 말했다.

"세상에나. 정말 매력적이네요. 훌륭한 은둔처예요."

더들리 부인이 설명했다.

"정확히 6시에 식당의 준비대에 저녁을 차려 놓습니다. 원하는 음식을 알아서 덜어 드세요. 식탁은 아침에 치웁니다. 아침 식사는 9시지요. 이것이 내 방식입니다."

"겁이 난 얼굴이네요."

시어도라가 엘리너를 주시하며 말했다.

"원하는 대로 방을 꾸며 드릴 수는 없어요. 나 말고는 일할 사람도 없지요. 시중은 들지 않습니다. 시중 들기는 내 방식이 아니죠."

"나 혼자뿐이라고 생각했거든요."

엘리너가 대꾸했다.

"6시에는 여기를 떠납니다. 해가 진 후에는 이곳에 없죠."

"내가 왔잖아요. 그러니 괜찮아요."

"우리 침실 사이에 욕실이 연결되어 있어요. 두 방의 배치가 완전히 똑같네요."

엘리너는 바보처럼 말을 늘어놓았다.

시어도라의 방 창문에 걸린 줄무늬 커튼, 화환 무늬의 벽지, 침대보와 퀼트 이불이 초록색인 걸 빼면, 상판이 대리석으로 된 서랍장부터 거대한 옷장까지 엘리너의 방과 똑같았다.

"내 평생 이렇게 끔찍한 곳은 처음이에요."

엘리너의 목소리가 높아졌다.

"꼭 최고급 호텔이나 여학생 캠프장 같네요."

시어도라가 대꾸했다.

"어둠이 내리기 전에 떠납니다."

더들리 부인이 줄줄 읊자 엘리너가 끼어들었다.

"밤에 비명을 질러도 아무도 들을 수 없고요."

그녀는 자신이 문손잡이를 꽉 쥐고 있다는 사실을 깨달았다. 시어도라의 어리둥절한 시선을 느끼며, 엘리너는 손가락을 풀고 침착하게 방을 가로질렀다.

"창문을 어떻게 여는지 알아내야 해요."

"도움이 필요하다 하더라도 도와줄 사람은 없을 겁니다. 심지어 고요한 한밤중에 비명을 질러도 아무도 듣지 못하죠. 아무도요."

"이제 괜찮아요?"

시어도라가 묻자 엘리너는 고개를 끄덕였다.

"사람이 사는 가장 가까운 곳은 마을이죠. 하지만 마을에서 이쪽으로 가까이 오려는 사람은 한 명도 없습니다."

"그냥 배가 고픈 것뿐일 수도 있어요. 나도 지금 굶어 죽을 것 같거든요."

시어도라는 여행 가방을 침대에 올려놓더니 구두를 벗고는 말을 이었다.

"배고픈 것만큼 괴로운 것도 없죠. 나는 배가 고프면 으르렁대고 투덜대다가 울기까지 하는걸요."

그녀가 매끈하게 재단된 바지를 가방에서 꺼냈다.

"밤에는요. 밤에는 말이에요."

더들리 부인이 씩 웃으며 말하고 문을 닫고 나갔다.

잠시 후 엘리너가 말했다.

"저 여자는 소리도 내지 않고 걸어요."

시어도라가 돌아서서 방을 살펴보았다.

"거참, 유쾌한 아주머니이기도 하지. 최고급 호텔 같다는 말은 취소하죠. 사실 한동안 다녔던 기숙사 학교와 좀 비슷해요."

"내 방도 구경해요."

엘리너는 욕실 문을 열고 푸른 방으로 안내했다.

"짐을 다 풀었다가, 도로 싸서 떠날까 하는데 그쪽이 온 거예요."

"이런 가엾어라. 배가 무지 고팠던 모양이네요. 밖에서 이 집을 보고 여기에서 얼마나 재밌는 경험을 할까, 집이 불타는 모습을 보면 근사하겠다, 하는 생각을 했죠. 혹시 알아요? 우리가 떠나기 전에……."

"이런 곳에 혼자 있는 것은 끔찍해요."

"내가 방학 동안 머물렀던 기숙사 학교를 봤어야 하는데."

시어도라가 자기 방으로 돌아갔다. 두 방에서 인기척이 난다는 것만으로도 엘리너는 한결 기운이 났다. 그녀는 옷장 옷걸이의 옷을 바로 하고 침대 옆 보조 탁자에 놓인 책을 가지런히 정돈했다.

옆방에서 시어도라가 소리쳤다.

"꼭 입학 첫날 같지 않아요? 모든 것이 추하고 낯선데다 아는 사람 하나 없죠. 내 옷을 보고 모두들 비웃지 않을까 걱정되고요."

서랍장을 열어 바지를 꺼내던 엘리너는 우뚝 멈추고 깔깔 웃으며 바지를 침대에 던졌다.

시어도라가 말을 이었다.

"내가 제대로 이해한 것 맞아요? 밤에 비명을 질러도 더들리 부인은 오지 않는다고 한 건가요?"

"그건 자기 방식이 아니래요. 정문에서 상냥한 관리인 노인은 만났나요?"

"멋진 대화를 나눴죠. 그 사람은 나더러 들어올 수 없다고 하고, 나는 들어갈 수 있다고 하고. 그러다가 차로 그자를 치려고 했는데 얼른 피하지 뭐예요. 이봐요, 그냥 방에 앉아서 수다만 떠는 게 좋은 생각일까요? 뭔가 즐거운 일을 하고 싶은데. 저녁 식사를 위해 차려입을 게 아니라면."

"그쪽이 편안한 차림을 하면 나도 그럴 거예요."

"그쪽이 편안한 차림을 하면 나도 그러죠. 저 사람들이 우리 둘을 싸워 이길 수는 없어요. 어쨌든 밖으로 나가 탐험을 해 볼까요? 어서 이 지붕 밖으로 나가고 싶어 안달이 나네요."

"여기는 일찍 어두워져요. 언덕이랑 숲 때문에……."

엘리너는 다시 창가로 갔지만 여전히 햇살이 잔디밭에 비스듬히 드리워지고 있었다.

"해가 지려면 적어도 한 시간은 있어야 해요. 밖에 나가 잔디밭에서 데굴데굴 구르고 싶어요."

엘리너는 붉은색 스웨터를 고르며 생각했다. 이 집의 이 방에선 스웨터와 샌들의 붉은색이 서로 전쟁이라도 벌이는 것 같아. 어제 도시에서 고를 때만 해도 서로 잘 어울리겠지 싶었는데. 생애 처음으로 이런 옷을 입고 이런 신발을 신는 것만으로도 내 소망은 이루었으니 됐어. 하지만 막상 그녀가 벽장문에 부착된 기다란 거울 앞에 서 보니 묘하게 잘 어울리는 듯했다. 편안해 보이기까지 했다.

"다른 초대 손님은 누구인지, 언제 오는지 아나요?"

그녀가 묻자 시어도라가 대꾸했다.

"몬터규 박사가 다른 사람들보다 먼저 와 있을 줄 알았어요."

"몬터규 박사를 오랫동안 알았나요?"

"생전 본 적도 없는걸요. 그쪽은요?"

"저도요. 준비 다 됐나요?"

"그럼요."

시어도라가 욕실 문으로 들어왔다. 엘리너는 돌아보며 생각했다. 정말 매력적이야. 나도 저렇게 매혹적이면 좋겠어. 시어도라는 화려한 노란색 셔츠 차림이었다. 엘리너는 웃으며 말했다.

"창문으로 들어오는 빛보다 그 옷이 방을 더 환히 밝히네요."

시어도라가 다가와 엘리너의 거울에 스스로를 비추어 보며 만족스러운 표정을 지었다.

"이런 음울한 장소에서는 되도록 환하게 입는 것이 의무라고 봐요. 빨간 스웨터가 참 예쁜걸요. 우리 둘이 힐 하우스의 양쪽 끝에서 있어도 서로 볼 수 있을 거예요."

그녀가 여전히 거울을 응시하며 물었다.

"몬터규 박사가 편지를 보냈죠?"

엘리너는 당황해하며 대꾸했다.

"네. 처음에는 장난인지 아닌지 확신이 들지 않았어요. 그런데 형부가 그 사람에 대해 조사해 보았죠."

시어도라가 천천히 말했다.

"있죠, 실은 정문에 도착할 때까지만 해도 정말 힐 하우스가 존재하리라고는 생각지 않았어요. 정말 기대하고 오는 사람은 없을걸요."

"몇 명은 정말 있기를 희망하고 올 거예요."

시어도라가 깔깔 웃더니 몸을 휙 돌려 엘리너의 손을 잡았다.

"그럼, 우리 두 철부지끼리 탐험을 해 볼까요?"

"너무 멀리 가는 건……."

"그쪽이 그만 가자고 하면 단 한 발자국도 더 가지 않을게요. 더들리 부인한테 나갔다 온다고 알려야 할까요?"

"어차피 우리의 일거수일투족을 낱낱이 살펴보고 있을걸요. 그게 그녀의 방식일 거예요."

"누구의 뜻에 따른 방식일까요? 드라큘라 백작?"

"힐 하우스에 정말 그가 있을까요?"

"여기에서 주말을 보낼걸요. 아래층 조각에서 분명히 박쥐를 봤거든요."

그들이 계단을 가볍게 달려 내려가자 그들의 생기와 색깔이 시커먼 목재와 어스름에 대조되어 두드러져 보였다. 아래에 서 있던 더들리 부인이 말없이 그들을 응시했다.

"탐험을 하러 가는 길이에요, 더들리 부인. 한동안 바깥 구경을 하려고요."

시어도라가 쾌활하게 말했다.

"금방 돌아올 거예요."

엘리너가 덧붙였다.

"6시에 식당의 준비대에 저녁을 차려 놓고 떠날 겁니다."

더들리 부인이 대꾸했다.

엘리너는 거대한 현관문을 힘껏 당겨 열었다. 보이는 만큼 묵직했다. 다시 들어올 때는 이렇게 끙끙대고 싶지 않았기에 어깨 너머로 시어도라에게 말했다.

"이걸 그냥 열어 놓고 가요. 엄청 무겁거든요. 저 커다란 화병을 가져와 받쳐 놓으면 되겠네요."

시어도라가 현관홀 모퉁이에 있는 거대한 석조 화병을 문가로 굴려 왔다. 두 사람은 화병을 세워 문에 괴었다. 어두침침한 집 안에 있다 밖에 나오니 저물녘의 햇살이 환하게 느껴지고, 공기는 신선하고 달콤했다. 그때 뒤에서 더들리 부인이 화병을 도로 옮기는 바람에 거대한 현관문이 쿵 하고 닫혔다.

"거참, 사랑스러운 늙은이 같으니."

시어도라가 닫힌 문을 향해 말했다. 일순 그녀의 눈초리가 분노로 가늘어졌다. 그녀가 나를 저런 표정으로 보는 일은 없었으면 좋겠어. 그러다 엘리너는 자신이 낯선 사람과 있을 때면 항상 수줍어 말도 제대로 못 하면서 겨우 삼십 분 함께한 시어도라를 없으면 안 될 절친한 친구로 여긴다는 사실에 화들짝 놀랐다. 시어도라가 화를 내면 가슴이 갈기갈기 찢어질 것만 같았다.

"저기……."

엘리너는 머뭇거리다 시어도라가 돌아보며 미소를 짓자 마음을 놓고 말을 이었다.

"더들리 부인이 이곳에 머무는 낮 동안, 집에서 멀리 떨어진 곳에서 재밋거리를 찾아야 할 것 같아요. 테니스 코트에서 구른다거나 온실의 포도를 손질한다거나."

"정문에서 더들리를 돕거나."

"아니면 쐐기풀밭에서 이름 없는 무덤들을 찾아보거나."

그들은 현관 베란다 난간 앞에 서 있었다. 숲 사이로 진입로가 파고드는 부분까지 훤히 보였다. 또한 완만하게 굽이치는 언덕들 너머 가느다란 선이 아스라이 보였는데, 고속 도로가 아닐까 싶었다. 그들이 왔던 도시로 돌아가는 길이리라. 숲 속의 어느 지점에서 집까지 이어진 전선을 제외하고는 힐 하우스가 바깥세상에 속해 있다는 증거는 전혀 없었다. 엘리너는 몸을 돌려 현관 베란다를 따라 걸었다. 베란다는 집을 감싸고서 쭉 이어져 있었다.

"어머, 저기 좀 봐요."

시어도라가 모퉁이를 돌며 말했다.

집 뒤쪽의 거대하고 압도적인 언덕들이 여름의 짙은 초록과 고요로 출렁이듯 쌓여 있었다.

"그래서 여기를 힐 하우스라고 부르나 봐요."

엘리너는 뻔한 말을 했다.

"전형적인 빅토리아 양식이네요. 그 시대 사람들은 이런 식으로 커다랗게 물결치는 과장된 광경에 열광했죠. 심지어 옷까지도 벨벳과 장식 술과 자줏빛 플러시 천으로 파묻힐 만큼 휘감고 다녔어요. 그 전이나 후에 태어난 사람이라면 이 집을 언덕 꼭대기에 세웠을 거예요. 언덕 아래에 바짝 붙여 세우는 대신에."

"언덕 꼭대기에 있다면 사방에서 훤히 보일 거예요. 나는 이렇게 감추어져 있는 것이 좋아요."

"여기 올 때마다 두려울 것 같아요. 언덕이 우리 위로 쓰러질 것 같지 않아요?"

"언덕은 쓰러지지 않아요. 그저 산사태가 날 뿐이죠. 소리 없이 은밀히. 우리가 달아나려고 애쓰는 동안 우리를 덮치겠죠."

시어도라가 나직한 목소리로 대꾸했다.

"거참, 고맙네요. 더들리 부인이 시작한 것을 그쪽이 멋지게 마무리 지었으니. 지금 당장 짐을 꾸려 달아나야겠어요."

일순 진담인 줄 안 엘리너는 몸을 돌려 그녀를 응시했다. 시어도라의 즐거운 표정을 보니 자신보다 용감한 사람이 분명하다 싶었다. 불현듯 시어도라가 엘리너의 생각을 눈치챘는지 대꾸했다. 사실 나중에 그녀의 갑작스러움이 무척 익숙해진 엘리너는 '시어도라' 하면 '불현듯'을 떠올리게 될 정도였다.

"항상 두려워할 필요는 없어요. 우리의 용기가 어디에서 오는지 우리는 결코 알지 못하죠."

시어도라가 손가락으로 엘리너의 뺨을 쓰다듬으며 말했다. 그러더니 재빨리 계단을 뛰어 내려가, 몇 그루씩 모여 있는 높다란 나무들 사이의 잔디밭으로 달려갔다.

"어서 와요. 여기 어디에 개울이 있는지 찾아보도록 해요."

"너무 멀리 가면 안 돼요."

엘리너는 뒤를 따랐다. 그들은 어린애처럼 풀밭을 뛰어갔다. 힐하우스에는 아주 잠시 있었을 뿐이었지만 이렇게 탁 트인 공간에 들어서니 무척이나 상쾌한 기분이 들었다. 딱딱한 바닥을 밟다가 푹신한 풀밭을 밟으니 걸음걸음이 즐거웠다. 그들은 거의 동물적 본능으로 물의 소리와 냄새를 따라갔다. 시어도라가 말했다.

"저기 봐요. 오솔길이 있어요."

오솔길을 따라 걷는 동안, 나무들 사이로 이리저리 부딪혀 울리는 물소리가 감질나게 가까워졌다. 이따금 나무들 사이로 언덕 아래의 진입로가 보였다. 오솔길은 바위투성이 초원을 가로지르며 힐하우스를 돌아 계속 내리막길로 이어졌다. 한참 걸어가 숲에서 완전히 벗어나 햇살이 환히 비치는 곳에 이르자 엘리너는 마음이 놓였다. 다만, 켜켜이 쌓인 언덕들에 태양이 바짝 붙어 있는 것이 맘에 걸렸다. 그녀가 부르자 시어도라는 그저 이렇게 외칠 뿐이었다.

"어서 와요, 어서 와."

그러고는 달려가다가 덜컥 멈추었다. 숨을 헐떡이고 몸을 휘청이며 개울 바로 앞에 서 있었다.

"개울은 숲이 주는 깜짝 선물이죠."

시어도라가 헐떡이며 말했다.

"물에 빠질 뻔했잖아요. 그렇게 달려가다니."

"정말 예쁘지 않나요?"

개울이 작게 물결치며 빠르게 흘러갔다. 물가와 이어진 건너편의 풀밭에는 노랗고 파란 꽃들이 고개를 숙이고 있었다. 저 멀리 보이는 나지막하고 완만한 언덕 너머 역시 초원인 것 같았다. 한참 떨어진 곳에 거대한 언덕들이 여전히 햇살을 받으며 우뚝 서 있었다.

"정말 근사해요."

시어도라가 단호히 말했다.

"여기 와 본 적이 있는 것만 같아요. 아마 동화책에서 봤겠죠."

엘리너가 대꾸했다.

"아무렴요. 물수제비를 뜰 줄 아나요?"

"공주가 마법의 황금 물고기를 만나러 이 개울로 오겠죠. 사실 그 물고기는 왕자가 변신한 것인데……."

"황금 물고기가 제대로 헤엄치기는 힘들겠는걸요. 깊이가 팔 센티미터도 안 되겠어요."

"저기 징검다리가 있네요. 자그마한 물고기들이 헤엄치고 있어요. 피라미일까요?"

"모두 물고기로 변신한 왕자일 거예요."

시어도라가 기슭에서 햇살을 받으며 한껏 기지개를 켜고 하품을 하더니 말을 이었다.

"올챙이 아닐까요?"

"피라미일 거예요. 올챙이는 봄에 나오잖아요. 장담하건대 개구리 알을 찾을 수 있을 거예요. 어릴 때 손으로 피라미를 잡았다가 놓아주곤 했죠."

"농부의 훌륭한 아내가 될 자질이 있네요."

"소풍 오기에 좋은 곳이네요. 개울 옆에서 점심과 삶은 달걀을 먹는 거예요."

시어도라가 깔깔 웃었다.

"치킨 샐러드와 초콜릿 케이크도요."

"보온병에 담아 온 레모네이드와 엎질러진 소금."

시어도라가 풀밭에서 태연히 몸을 굴렸다.

"개미에 대한 소문은 모두 거짓이에요. 풀밭에는 개미가 거의 없죠. 소라면 모르지만. 소풍을 나와서 개미는 단 한 번도 본 적이 없어요."

"들판에는 항상 황소가 있다고들 하잖아요. 누군가 꼭 이렇게 말하죠. '저 들판을 가로지르면 안 돼. 저런 곳에는 늘 황소가 있지.'"

시어도라가 한쪽 눈을 떴다.

"혹시 우스꽝스러운 삼촌이 있지 않았나요? 무슨 말을 하든 모두를 웃기는 삼촌. 황소를 겁낼 필요 없다고, 황소가 쫓아오면 코뚜레를 잡고서 휙 던져 버리면 그만이라고 말해 준 삼촌이 있지 않았나요?"

엘리너는 돌멩이를 개울에 던지고는 바닥으로 또렷이 가라앉는 광경을 구경하다 물었다.

"삼촌이 많았나요?"

"천 명은 됐죠. 그쪽은요?"

잠시 후 엘리너는 대답했다.

"아, 네. 덩치 좋은 삼촌, 왜소한 삼촌, 뚱뚱한 삼촌, 날씬한 삼촌……."

"에드나라는 숙모는 없었나요?"

"뮤리얼 숙모가 있었죠."

"날씬하고, 무테안경을 쓴?"

"석류석 브로치를 달았죠."

"가족 모임에 진홍색 원피스를 입고 오지 않았나요?"

"소매 끝에 레이스가 달려 있었죠."

"아무래도 우리는 친척이 분명해. 어릴 때 교정을 했니?"

"아니, 주근깨가 많았어."

"나는 사립 학교에 들어가 무도회에서 절하는 법을 배웠지."

"나는 겨울이면 항상 감기에 걸렸어. 어머니는 내게 모직 스타킹을 신겼지."

"우리 어머니는 오빠더러 나를 데리고 무도회에 가라고 시켰어. 나는 미친 듯이 절을 해야 했지. 오빠는 아직도 나를 미워해."

"졸업식 도중에 넘어졌어."

"오페레타 공연 중에 가사를 잊어버렸어."

"어릴 때 시를 썼어."

"그래, 우리 둘은 친척이 분명해."

시어도라가 깔깔 웃으며 일어나 앉았다. 그 순간 엘리너가 말했다.

"가만. 저기 뭔가가 움직이고 있어."

그들은 서로 어깨를 맞댄 채 얼어붙어서 개울 너머의 언덕 중턱에서 움직이는 뭔가를 응시했다. 진초록빛 언덕에서 보이지 않는 뭔가가 움직이고 있었다. 햇살도, 찰랑이는 개울도 삽시간에 얼어붙은 듯했다.

"저게 뭐지?"

엘리너가 숨죽여 말하자 시어도라가 그녀의 손목을 힘껏 쥐었다.

"갔어. 토끼였을 거야."

시어도라의 말 한마디에 햇살과 온기가 돌아왔다.

"나는 못 봤는데."

엘리너가 대꾸했다.

"아까 뭐가 있다고 한 순간에 토끼를 봤어. 언덕을 올라가 사라져 버렸지."

시어도라가 단호히 말했다.

"너무 오래 나와 있었어."

엘리너는 언덕 정상에 닿을락 말락 붙어 있는 태양을 올려다보고 불안해졌다. 얼른 일어났지만 축축한 풀밭에 무릎을 꿇고 있었던 탓에 다리가 뻣뻣했다.

"우리처럼 근사한 여인들이 소풍을 나왔다가 토끼 때문에 겁을 먹다니."

시어도라가 말했다. 엘리너는 몸을 숙여 친구가 일어나도록 거들었다.

"이제 정말 서둘러야겠어."

엘리너는 불안감이 밀려드는 이유를 알 수 없었기에 이렇게 덧붙였다.

"다른 손님들이 지금쯤 와 있을 거야."

"조만간 또 여기로 놀러 오자. 개울가에서 제대로 된 근사한 소풍을 즐기는 거야."

시어도라는 나지막한 오르막길을 조심스레 걸어가며 말했다.

"더들리 부인에게 달걀을 삶아 달라고 하자."

그러다 엘리너는 걸음을 우뚝 멈추고 돌아보지 않은 채 말을 이었다.

"시어도라, 난 해낼 수 없을 거 같아. 견디지 못할 거야."

시어도라가 그녀의 어깨에 팔을 걸쳤다.

"엘리너, 이제 와서 저들에게 지면 안 돼. 우리가 친척인 걸 알았는데 이렇게 금방 헤어질 수는 없잖아."

003

해가 언덕 너머로 스미듯이 가라앉았다. 푹신푹신한 대지에 어서 눕고 싶어 안달 난 듯했다. 엘리너와 시어도라가 힐 하우스의 옆으로 난 오솔길을 걸어갈 때 잔디밭에는 이미 그림자가 길게 드리워지고 있었다. 다행히도 짙어지는 어스름 덕분에 힐 하우스의 광기 어린 표정이 보이지 않았다.

"저기 누가 우리를 기다리고 있나 봐."

엘리너는 걸음을 재촉했다. 그리하여 처음으로 루크와 마주쳤다. 연인과의 만남으로 여행은 끝난다네, 하는 가사를 떠올리며 엘리너는 불필요한 질문을 했다.

"우리를 찾고 있었나요?"

그는 베란다 난간에 붙어 서서 어스름에 묻힌 그들을 내려다보더니 환영하듯 깊이 허리를 숙이고는 말했다.

"'이들이 죽은 것이라면 나 역시 기꺼이 죽으리.' 숙녀분들, 그대들이 힐 하우스의 유령이라면 나는 여기에서 영원히 살렵니다."

바보 같은 사람이로군, 하고 엘리너는 엄격히 생각했다. 시어도라가 대꾸했다.

"기다리지 않고 나가서 미안해요. 탐험을 해 보고 싶었거든요."

"덕분에 심술궂은 혹투성이 노파가 우리를 맞이해 주더군요. 이렇게 말하지 뭔가요. '안녕하세요. 내일 아침 돌아왔을 때 살아 있는 모습으로 만나길 빕니다. 저녁은 식당 준비대에 차려져 있습니다.' 그러고는 첫 번째 살인자와 두 번째 살인자와 함께 최신형 자동차를 타고 떠났죠."

시어도라가 대꾸했다.

"더들리 부인이에요. 첫 번째 살인자는 문지기 더들리일 테고, 두 번째 살인자는 드라큘라 백작이겠죠. 근사한 가족이에요."

"이왕 우리 연극의 배우들을 늘어놓은 김에 제 소개를 하죠. 루크 샌더슨입니다."

엘리너가 놀라서 물었다.

"그럼 이 집안 사람인가요? 힐 하우스 주인 말이에요. 몬터규 박사의 손님이 아니고요?"

"집안의 일원이자 언젠가 이 거대한 덩어리를 물려받을 사람이죠. 하지만 그 전까지는 몬터규 박사의 손님으로 와 있는 겁니다."

시어도라가 낄낄거렸다.

"우리는 엘리너와 시어도라예요. 개울에서 소풍을 즐기다가 토끼 때문에 혼비백산하여 집으로 돌아온 두 소녀죠."

"토끼라면 나 역시 죽음과 같은 공포에 빠졌을 겁니다. 다음에 소풍 바구니는 제가 책임질 테니 동행할 수 있을까요?"

루크가 예의 바르게 청했다.

"우쿨렐레를 가져와서 우리가 치킨 샌드위치를 먹는 동안 연주해 준다면 근사하겠어요. 몬터규 박사님은 도착했나요?"

"안에 계세요. 유령 들린 집을 흡족하게 음미하고 있죠."

두 여인은 일순 침묵에 잠겨 서로 몸을 바짝 붙이고 싶은 충동을 억눌렀다. 이윽고 시어도라가 나직이 말했다.

"어둠이 내릴 때 그런 말을 들으니 썩 재밌지만은 않네요."

그 순간 거대한 현관문이 열렸다.

"숙녀분들, 반갑습니다. 안으로 들어오세요. 저는 몬터규 박사입니다."

002

☆☆☆

그들 넷은 어둠에 잠긴 드넓은 현관홀에 처음으로 함께 서 있었다. 힐 하우스가 사방에서 그들을 지긋이 주시하는 듯했다. 저택 뒤쪽의 언덕들은 신경을 곤두세우고 잠들어 있었다. 공기와 소리와 움직임의 자그마한 소용돌이들이 일렁이다 가만히 숨죽이며 속삭였다. 그들 네 사람이 신뢰 가득한 눈길로 서로를 바라보고 서 있는 이 작은 공간에 저택의 모든 의식이 집중되어 있었다.

몬터규 박사가 입을 열었다.

"모두들 무사히 제때 도착해서 다행입니다. 힐 하우스에 오신 것을 환영합니다. 아무래도 여기 이 신사분은 더더욱 기쁘겠지만요. 어쨌든 잘 오셨습니다. 루크, 마티니 만들 줄 아는가?"

003

☆☆☆

몬터규 박사가 잔을 들더니 희망찬 태도로 한 모금 마시고는 한숨을 쉬었다.

"괜찮군. 그럭저럭 괜찮아, 젊은이. 자, 힐 하우스에서의 성공을 위해 건배."

"이런 일에서 성공의 기준은 뭔가요?"

루크가 호기심 가득한 어조로 묻자 박사가 껄껄 웃었다.

"그렇다면 이렇게 말하지. 우리 모두 이곳에서 즐거운 시간을 보내고 나의 저서를 읽은 대학 동료들이 까무러치기를 빌며 건배.

이곳에서의 시간이 휴가처럼 보이겠지만 실은 그렇지 않답니다. 열심히 일해 주시면 감사하겠습니다. 뭐, 물론 일이라고 해 봐야 어떤 일이 벌어지느냐에 달려 있지만요. 메모를 해 주세요, 메모. 그다지 어려운 일은 아닐 겁니다."

그는 안개의 세상 속에서 확고부동한 토대 위에 서 있는 듯 편안하게 말했다.

"메모를 한답시고 갖가지 유령 이야기를 지어내는 건 안 되겠죠."

시어도라가 말하며 술을 더 따라 달라는 듯 루크에게 잔을 내밀었다.

박사가 그녀를 응시했다.

"유령요? 유령이라. 네, 그렇죠. 물론, 우리 중 그 누구도……."

그가 인상을 쓰며 주저하다 말을 이었다.

"아무렴 안 되죠."

그는 동요한 듯 재빨리 술을 세 모금 마셨다.

엘리너가 끼어들었다.

"모든 것이 너무나 기이해요. 그러니까 제 말은, 오늘 아침 저는 힐 하우스가 어떤 곳일지 궁금해했죠. 그런데 지금 우리가 바로 실제로 존재하는 힐 하우스에 있다는 사실이 너무나 놀라워요."

그들은 박사가 고른 자그마한 방에 앉아 있었다. 박사가 좁은 복도를 따라 그들을 이곳으로 안내했는데, 처음에 약간 헤매긴 했지만 이내 길을 찾았다. 안락한 방은 결코 아니었다. 천장이 지나칠 만큼 높았고, 타일이 발린 좁다란 벽난로는 루크가 단번에 불을 붙이는 데 성공했음에도 왠지 추워 보였다. 그들이 앉아 있는 의자는 둥글고 미끈거렸다. 색색의 구슬이 달린 전등갓 사이로 빠져나온 빛이 모퉁이로 그늘을 드리웠다. 방은 자주색으로 점철되어 있었다. 발아래 카펫의 희미한 소용돌이 무늬가 번들거렸고, 벽은 벽지와 금박으로 장식되었고, 벽난로 선반 위의 대리석 큐피드가 얼빠진 미소를 지은 채 그들을 내려다보았다. 일순 말이 끊기자 힐 하우스의 묵직한 고요가 사방에서 그들을 내리눌렀다. 엘리너는 자신이 정말 이곳에 있는 것인지, 아니면 어처구니없게도 머나먼 안전한 곳에서 힐 하우스의 꿈을 꾸고 있는 것은 아닌지 의아했다. 그녀는 방을 천천히 주의 깊게 둘러보며, 벽난로 타일에서부터 대리석 큐피드까지 모든 것이 실제로 존재한다고, 이 사람들은 자신의 친구가 될 것이라고 스스로를 다독였다. 턱수염을 기르고 장밋빛 혈색에 오동통한 체형의 박사는 쾌적하게 꾸며진 작은 거실의 벽난로 앞에서 고양이를 무릎에 앉히고 아내가 가져다주는 젤리를 먹으면 딱 어울릴 듯했다. 하지만 그는 분명히 엘리너를 이곳으로 이끈 몬터규 박사였다. 지식과 고집을 두루 갖춘 자그마한 남자. 현명하게도 박사 맞은편의 그나마 가장 편안한 의자를 골라 앉은 시어도라는 팔걸이에 두 다리를 걸치고 등받이에 머리를 대고 있었다. 엘리너는 생각했다. 꼭 고양이 같아. 저녁 식사를 기다리는 고양이. 루크는 한시도 가만히 있지 않았다. 그림자를 가르며 이리저리 서성이면서 잔을 채우고, 벽난로를 들쑤시고, 대리석 큐피드를 쓰다듬었다. 환히 드리워진 벽난로 불빛에도 그의 모습은 불안해 보였다. 그들 모두 말없이 벽난로를 바라보며 여행의 피로에 늘어져 있었다. 엘리너는 생각했다. 나는 이 방에 있는 네 번째 사람이야. 이들 중 하나이지. 나는 여기 속해 있어.

대화가 한 번도 끊어진 적 없다는 양, 루크가 느닷없이 입을 열었다.

"자, 이렇게 모였으니 자기소개를 하면 어떨까요? 우린 그저 서로의 이름만 알고 있으니. 여기 붉은 스웨터를 입으신 분은 엘리너이니, 노란 셔츠를 입으신 분은 당연히 시어도라일 테고……."

시어도라가 끼어들었다.

"턱수염을 기른 사람은 몬터규 박사이니, 그럼 댁은 루크겠군요."

엘리너도 동참했다.

"그럼 너는 시어도라야. 내가 엘리너이니."

당당한 일원으로서 친구들과 벽난로 앞에 앉아 편안하게 말하는 엘리너라니.

"따라서 너는 붉은 스웨터를 입고 있지."

시어도라가 침착하게 말하자 루크가 받아쳤다.

"나는 턱수염이 없으니 저분이 몬터규 박사가 분명하죠."

몬터규 박사는 신이 나 활짝 미소를 짓고는 그들을 돌아보며 말했다.

"나는 턱수염이 있죠. 아내가 턱수염 기른 남자를 좋아한답니다. 대부분의 여자들이 턱수염을 싫어하는데도요. 루크에게는 미안한 말이지만, 아내의 주장에 따르면 깨끗이 면도한 남자는 옷을 제대로 갖추어 입지 않은 것 같다는군요."

그가 루크를 향해 잔을 들었다. 루크가 말했다.

"우리 중에 내가 누구인지 알게 되었으니, 이제 내 정체를 밝히지요. 사적인 생활에서는, 지금 이곳이 공적인 생활이고 바깥세상을 사적이라고 규정한다면 말이지요, 사적인 생활에서 나는, 보자…… 투우사Bullfighter입니다. 그래요, 투우사죠."

엘리너는 자기도 모르게 말이 나왔다.

"나는 B에 대한 나의 사랑을 너무나 사랑한답니다. 왜냐하면 그는 턱수염Beard이 있기 때문이죠."

루크가 그녀를 향해 고개를 끄덕였다.

"참으로 지당하십니다. 그렇다면 이제 내가 몬터규 박사가 되는 거군요. 나는 방콕Bangkok에 살고, 취미는 여자 지분거리기Bothering랍니다."

몬터규 박사가 신이 나서 반박했다.

"아니죠. 나는 벨몬트Belmont에 산답니다."

시어도라가 깔깔 웃으며, 아까 엘리너에게 보냈던 공감의 눈빛을 루크에게 재빨리 보냈다. 이를 본 엘리너는 비꼬듯 생각했다. 시어도라처럼 뛰어난 직관력으로 금방 상대방의 비위를 맞추는 사람과 오랫동안 함께 있으면 좀 피곤할 거야. 엘리너는 생각을 멈추려고 얼른 말했다.

"나는 화가의 모델로 일하죠. 되는 대로 미친 듯이 살아왔어요. 숄을 두른 채 이 다락방 저 다락방 전전했죠."

루크가 물었다.

"당신은 음탕하고 무정한가요? 아니면 귀족의 아들과 사랑에 빠져 슬픔 속에 일생을 보내는 연약한 연인인가요?"

"미모를 잃고 심하게 기침을 하는 연인?"

시어도라가 덧붙이자 엘리너는 사색에 잠겨 대답했다.

"나는 황금의 심장을 갖고 있죠. 어쨌든 나의 연애는 카페의 이야깃거리로 회자되죠."

아, 근사해라. 아, 근사해라.

시어도라가 말했다.

"어머나, 나는 왕의 딸이랍니다. 평소에는 실크와 레이스와 금실로 짠 옷을 입지만 오늘은 평민처럼 보이려고 시녀가 아끼는 옷을 빌려 입었죠. 내가 평민의 삶에 너무도 매혹된 나머지 돌아가지 않는 바람에 가엾은 시녀는 옷을 새로 장만해야 할 거예요. 그럼, 몬터규 박사님은요?"

그가 벽난로 불빛을 받으며 씩 미소 지었다.

"순례자이자 방랑자이죠."

루크가 찬성하듯 말했다.

"참으로 죽이 잘 맞는 네 사람이 만났군요. 이건 분명히 평생 친구로 남을 운명입니다. 고급 창녀, 공주, 순례자, 투우사라니. 힐 하우스는 우리 같은 사람들을 결코 본 적이 없을 겁니다."

시어도라가 맞장구쳤다.

"모두 힐 하우스 덕분이죠. 나는 이런 집을 본 적이 없답니다."

그녀가 잔을 든 채 일어나 유리 조화가 꽂혀 있는 화병을 유심히 살피며 말했다.

"여기는 무슨 방이죠?"

몬터규 박사가 대답했다.

"응접실이나 거실일 겁니다. 다른 방보다 더 편안할 것 같아 이곳으로 골랐죠. 사실상 이곳을 우리의 주 작업실로 삼아야 한다고 봅니다. 일종의 모임 방이라고나 할까요. 그다지 쾌적한 곳은 아니지만……."

시어도라가 확고한 어조로 말허리를 잘랐다.

"어머, 쾌적하고말고요. 적갈색 덮개와 오크나무 패널 벽만큼 사람을 기분 좋게 만드는 것은 없죠. 저기 모퉁이에 있는 건 뭐죠? 의자식 가마인가요?"

"내일 다른 방을 보여 드리죠."

박사가 말했다.

"이곳을 아지트로 삼을 거라면 좀 더 편안한 의자를 가져오는 게 좋겠어요. 이런 의자에는 오래 앉아 있을 수가 없거든요. 줄줄 미끄러지니."

루크가 엘리너를 향해 털어놓듯 이야기하자 박사가 대꾸했다.

"사실상 내일 우리는 이 집 전체를 탐험하면서 우리 편의에 맞게 가구를 배치할 거랍니다. 그럼, 이야기는 대충 정리된 것 같으니 더들리 부인이 우리를 위해 어떤 음식을 준비해 놓았는지 보러 갈까요?"

시어도라가 얼른 일어났다가 당황하여 멈추었다.

"누가 길 안내를 해 주셔야겠어요. 식당이 어디에 있는지 난 짐작도 못 하겠답니다."

그녀가 손으로 한 문을 가리켰다.

"아마 저 문으로 나가면 긴 복도가 나오고, 그 끝에 현관홀이 있겠죠."

박사가 킬킬거렸다.

"잘못 짚으셨군요. 저 문은 온실로 통한답니다."

그가 길 안내를 위해 일어나더니 흡족한 어조로 말했다.

"실은 이 집의 구조를 미리 공부해 놓았답니다. 여기 이 문으로 나가 복도를 걸어가면 현관홀이 나오고, 그곳을 가로질러 휴게실로 들어가면 식당이 이어져 있답니다. 어렵지 않아요. 일단 익숙해지면요."

“왜 이렇게 뒤죽박죽으로 만들어 놓았을까요? 조그마한 방을 왜 이렇게 많이 만들었죠?”

시어도라가 물었다.

“서로에게서 숨고 싶었나 봅니다.”

루크가 대꾸했다.

“집을 왜 이렇게 어둡게 지었는지 도통 모르겠어요.”

시어도라는 엘리너와 함께 몬터규 박사를 따라 복도를 걸어갔다. 루크는 뒤에서 따라오면서, 좁고 기다란 탁자의 서랍을 살피거나 어둑한 현관홀의 패널 위쪽에 장식된 리본 다발과 큐피드 머리의 균형에 대해 혼자 중얼거렸다.

박사가 맨 앞에서 말했다.

“어떤 방은 외벽에서 완전히 떨어져 있어 창문이 아예 없고, 실외로 나갈 통로마저 없지요. 이 시대에 지어진 집에는 이런 폐쇄적인 방들이 많답니다. 당시 창문 안쪽은 온갖 벽걸이와 천으로 뒤덮여 있고 바깥쪽은 관목으로 가려져 있었던 걸 감안하면, 뭐 그리 놀랄 일도 아니지요. 아.”

그가 복도 끝의 문을 열자 현관홀이 나왔다. 맞은편 중앙의 거대한 문 양쪽에 자리한 작은 문 두 개를 바라보더니 가장 가까운 문을 열고서 다른 사람들이 방의 어둠 속으로 먼저 들어가도록 기다리며 말을 이었다.

“이 집에는 좀 별난 구석이 있지요. 루크, 이리 와서 이 문을 좀 잡고 있게. 식당으로 연결된 문을 찾아야 하니."

박사는 어둠에 잠긴 방을 조심스레 가로질러 문을 열었다. 그를 따라 들어간 일행은 지금껏 본 중에 가장 쾌적한 방에 이르렀다. 빛이 환한데다 음식의 풍경이 찬란했고 향긋한 내음도 물씬 풍겼다. 박사가 기쁜 듯 두 손을 문지르며 말했다.

"나 자신이 대견하군요. 힐 하우스의 불가사의한 폐허를 통과해 여러분을 문명사회로 이끌었으니."

시어도라가 어깨 너머를 초조히 흘긋거리며 말했다.

"문을 모두 열어 두어야겠어요. 어둠 속을 더듬대며 돌아다니는 건 질색이거든요."

엘리너가 대꾸했다.

"문을 뭔가로 괴어 두어야겠어. 이 집의 문은 전부 손잡이에서 손을 떼는 순간 저절로 닫히지 뭐야."

몬터규 박사가 말했다.

"내일 문을 꼭 괴어 두도록 하죠."

그는 흥이 나서 준비대로 걸어갔다. 보온용 오븐 곁에 덮개로 덮인 접시가 주르르 늘어서 있는 광경은 매혹적이었다. 식탁에 사인분의 식기류가 차려져 있었는데, 초와 다마스크 천과 묵직한 은식기류 덕분에 호화로워 보였다.

"아낌없이 준비했군요. 은제 식기구라는 멋진 친구가 생겼어요."

루크가 포크를 살짝 훔치는 시늉을 했다. 숙모가 이를 본다면 자신의 깊은 의심이 사실이었다고 확신했으리라.

"더들리 부인은 이 집을 자랑스러워하는 것 같아요."

엘리너가 말하자 박사가 보온용 오븐을 들여다보며 대꾸했다.

"어쨌든 식사를 제대로 준비했군요. 훌륭한데요. 해가 지기 전에 더들리 부인이 떠난 덕분에 귀찮은 간섭 없이 우리끼리 편안하게 식사를 즐길 수 있어 다행이에요."

루크는 음식이 듬뿍 담긴 접시를 바라보며 말했다.

"더들리 부인이 나를 좋게 본 것 같군요. 그런데 그 여자를 생각할 때마다 왜 '친절한 더들리 부인'이라는 단어가 떠오르는 걸까요? 사실 그 여자를 아주 안 좋게 평가했는데. 내일 아침에 살아서 만나기를 빈다고 하기에 무슨 뜻인가 했더니, 나를 폭식으로 죽게 할 셈이었나 보군요."

엘리너가 몬터규 박사에게 물었다.

"왜 이곳을 떠나지 않았을까요? 남편과 단둘이 이 집에서 계속 일한 이유가 뭘까요?"

"들은 바에 따르면, 더들리 부부는 아주 오래전부터 이 집의 관리인으로 일했다더군요. 샌더슨 가문이야 그 두 사람이 계속 일을 해 주어서 기뻐했을 겁니다. 하지만 내일은……."

시어도라가 낄낄거리며 말했다.

"더들리 부인은 끝까지 살아남아 힐 하우스의 진정한 주인이 될 거예요. 루크를 비롯해 샌더슨가의 모든 후계자들이 온갖 끔찍한 방법으로 죽은 후, 그녀가 이 집과 지하실에 숨겨진 보물을 물려받게 되기를 기다리고 있는 거죠. 아니면 더들리 부부가 밀실에 금을 비축해 두었거나 땅속에 석유가 매장되어 있을 거예요."

박사가 단호히 말했다.

"힐 하우스에 밀실은 전혀 없답니다. 물론 전에도 그런 가능성이 제기되었지만, 그런 낭만적인 장치는 이곳에 존재하지 않는다고 감히 단언하는 바입니다. 하지만 내일……."

루크가 시어도라에게 말했다.

"어쨌든 석유는 한물갔어요. 요즘은 전혀 돈이 되지 않죠. 더들리 부인이 피도 눈물도 없이 나를 살해할 이유라면 적어도 우라늄 정도는 되어야죠."

"아니면 순전히 재미로 그러거나요."

시어도라가 대꾸했다.

"그런데 우리가 왜 여기에 온 거죠?"

엘리너가 묻자 한참 동안 세 사람이 그녀를 응시했다. 시어도라와 루크는 호기심 어린 표정으로, 박사는 진지한 표정으로. 이윽고 시어도라가 말했다.

"나도 막 그걸 물으려던 참이었어요. 왜 여기죠? 힐 하우스에 어떤 사연이 있는 거죠? 앞으로 어떤 일이 일어날까요?"

"내일……."

시어도라가 거의 성을 내듯 박사의 말허리를 잘랐다.

"아뇨. 우리 세 사람은 지성이 있는 성인이에요. 몬터규 박사님을 만나기 위해 먼 곳에서 여기 힐 하우스까지 왔죠. 엘리너는 이유를 알고 싶어 해요. 나도 마찬가지고요."

"나도 동감이랍니다."

루크가 맞장구쳤다.

"왜 이 집으로 오라고 한 거죠? 박사님은 왜 여기 오신 거예요? 힐 하우스에 대해 어떻게 알게 되었고, 이 집은 어쩌다 그런 평판을 얻게 되었고, 실제로 어떤 일이 있었던 거죠? 앞으로 어떤 일이 일어날까요?"

박사는 불쾌한 듯 인상을 쓰고서 말했다.

"나도 모릅니다."

시어도라가 짜증 난 듯 어서 말하라고 손짓하자 박사는 말을 이었다.

"이 집의 사연에 대해서는 아주 조금 알 뿐입니다. 당연히 앞으로 벌어질 일에 대해 아는 대로 모두 알려 줄 생각이었습니다. 그리고 여러분은 자신의 체험을 내게 알려 주면 되고요. 하지만 내일 말해도 늦지 않답니다. 아무래도 환한 낮에……."

"난 아니에요."

시어도라가 말하자 박사가 대꾸했다.

"오늘 밤은 아무 일도 없으리라 보장합니다. 이런 일에는 형식이 있기 마련이죠. 초자연 현상이 구체적 규칙에 따라 벌어지는 게 아닐까 싶을 정도로요."

"오늘 밤 이야기해야 한다고 진심으로 생각합니다."

루크가 말했다.

"우리는 전혀 두렵지 않아요."

엘리너가 맞장구치자 박사는 다시 한숨을 쉬더니 천천히 말했다.

"힐 하우스의 사연에 대해 듣고 떠나기로 결심한다면요? 오늘 밤 어떻게 떠나겠습니까?"

그는 다시 세 사람을 재빨리 둘러보고는 말을 이었다.

"정문은 잠겨 있습니다. 힐 하우스는 집요하다 할 만큼 끈질긴 접대로 유명하죠. 아무래도 손님을 내보내길 싫어하는 모양입니다. 분명히 말해 두는데, 십팔 년 전에 해가 진 후 힐 하우스를 떠나려고 시도했던 마지막 사람은 진입로 굽이에서 살해당했죠. 말이 날뛰는 바람에 거대한 나무로 날아가 부딪혀 버렸습니다. 힐 하우스의 사연을 알고 우리 중 한 명이라도 떠나려고 한다면 어찌 되겠습니까? 하지만 내일 날이 밝으면 안전하게 마을로 돌아갈 수 있답니다."

"우리는 달아나지 않을 거예요. 나도 아니고, 엘리너도 아니고, 루크도 아니에요."

"이 집을 요새인 양 철저히 지키겠습니다."

루크가 맞장구쳤다.

"이렇게 반항적인 조수들이라니. 그럼, 저녁 식사 후에 작은 응접실로 돌아가 커피를 마시고, 루크가 가져온 고급 브랜디를 음미하며 힐 하우스의 사연을 이야기해 보지요. 하지만 지금은 음악이나 그림이나 심지어 정치가 더 나은 화젯거리일 것 같군요."

004

☆☆☆

박사는 브랜디 잔을 돌리며 말했다.

"힐 하우스에 대해 어떻게 알려 드리는 것이 최선인지 알 수가 없었답니다. 편지에다 쓸 수는 없었죠. 직접 체험하기 전에 힐 하우스의 사연을 알면 판단에 영향을 미칠 수도 있습니다. 지극히 망설여지는군요."

그들은 작은 응접실로 돌아가 있었다. 방이 따뜻하여 졸음이 쏟아질 것 같았다. 시어도라는 의자에 앉기를 포기하고 벽난로 앞 깔개에 책상다리로 앉아 졸음과 싸우고 있었다. 엘리너는 그녀 곁에 앉았더라면 좋았을 거라고 생각하며, 제때 그 생각을 하지 못한 자신을 원망한 채 미끈거리는 의자에 앉아 있었다. 그렇다고 괜히 움직여 사람들의 관심 속에서 깔개에 앉는 것은 내키지 않았다. 더들리 부인의 훌륭한 음식과 한 시간 동안의 조용한 대화는 힐 하우스가 주는 비현실성과 압박을 모조리 증발시켰다. 그들은 서로의 목소리와 버릇과 얼굴과 웃음소리를 익히며 친해졌다. 힐 하우스에 겨우 네다섯 시간 있었다는 사실을 떠올린 엘리너는 문득 놀라며 벽난로를 향해 슬며시 미소 지었다. 술잔의 가느다란 손잡이가 손가락 사이로 느껴지고, 딱딱한 의자가 등을 밀어 대고, 희미한 바람에 장식 술과 구슬이 보일 듯 말 듯 일렁였다. 방 모퉁이가 어둠에 물들어 있었다. 토실토실한 대리석 큐피드가 장난기 가득한 미소를 지으며 내려다보았다.

"유령 이야기를 하기에 딱 적당한 시간이네요."

시어도라의 말에 박사가 경직된 태도로 대꾸했다.

"정 원하신다면야. 하지만 지금 우리는 서로를 겁주려는 어린애들이 아닙니다."

시어도라가 그를 올려다보며 미소 지었다.

"죄송해요. 전 그저 이 상황에 적응하기 위해 애쓸 따름이랍니다."

"단어 사용에 최대한 주의를 기울여야 할 것 같군요. 유령이나 혼령 같은 단어는 선입견을 유발하여……."

루크가 끼어들었다.

"수프에서 쑥 튀어나온 손 역시 마찬가지죠."

"우리 매력 넘치는 청년께서 정 원하신다면야. 나는 그저 우리가 여기에 모인 목적을 설명하려는 겁니다. 이건 과학적 실험입니다. 뭐랄까, 마시멜로를 구우면서 나눌 화젯거리로나 적합할 유령 이야기에 영향을 받거나 이성을 완전히 잃어서는 안 된다는 겁니다."

박사는 자신에게 만족스러워하며 다른 사람들도 즐거워하는지 확인차 둘러보았다.

"사실상 지난 몇 년 동안의 연구 결과, 심령 현상에 관한 이론을 정립하게 되었죠. 이번에 처음으로 그 이론을 실험할 기회를 갖게 된 겁니다. 물론 이상적으로는 여러분이 힐 하우스에 대해 전혀 몰라야 합니다. 순수한 시선으로 상황을 있는 그대로 보아야 하니까요."

"그리고 메모도 하고요."

시어도라가 중얼거렸다.

"메모. 네, 맞습니다. 메모. 하지만 배경지식이 아예 없다면 실험에 오히려 방해가 될 가능성이 크죠. 여러분 모두, 준비되지 않은 상황에 마주치는 것이 익숙하지는 않을 테니까요."

그가 장난꾸러기처럼 활짝 웃더니 말했다.

"여기 모인 세 분은 잠들기 전에 이야기를 들려 달라고 조르는 고집 세고 버릇없는 어린아이들 같군요."

시어도라가 키득거리자 박사가 고개를 끄덕이며 흐뭇하게 그녀를 바라보았다. 그러곤 자리에서 일어나더니 수업중인 교수의 자세로 벽난로 옆에 섰다. 뒤에 칠판이 없어서 그도 아쉬운 모양이었다.

한두 번 몸을 반쯤 틀어서는, 분필을 찾거나 그림을 그리려는 듯 손을 슬쩍 들어 올렸던 것이다.

"자, 이제 힐 하우스의 역사에 대해 이야기해 봅시다."

엘리너는 생각했다. 우리가 공책과 펜을 갖고 있었더라면 박사님이 한결 편하게 느꼈을 텐데. 시어도라와 루크를 힐긋 보니, 둘 다 오롯이 집중하는 학생의 표정을 짓고 있었다. 뜨거운 열정. 우리는 모험의 새로운 단계에 들어섰구나.

"『레위기』에는 차라아스, 즉 '문둥병에 걸린 집'이 나오고 고대 그리스의 시인인 호메로스는 저승을 아이다오 도모스, 즉 '하데스의 집'이라고 표현했지요. 불결하거나 출입이 금지되거나 때로는 신성시되는 집이라는 개념이 인간의 역사만큼이나 오래되었다는 사실을 굳이 상기할 필요는 없을 겁니다. 신성하거나 선한 분위기를 필연적으로 띠는 곳이 있기 마련이죠. 따라서 어떤 집은 처음부터 사악하게 지어졌다고 말하는 것이 지나친 비약은 아닐 겁니다. 힐 하우스는 이유가 뭐든 이십 년 전부터 인간이 거주하기에 부적합한 곳이 되었습니다. 그 전에는 어땠는지, 이곳에 거주하던 사람이나 그 행동으로 인해 그러한 특성을 띠게 되었는지, 처음부터 사악함이 자리 잡은 건물이었는지에 대한 질문에는 나 역시 전혀 대답할 수 없습니다. 우리가 떠나기 전에 힐 하우스에 대해 보다 많이 알게 되기를 바랄 뿐이죠. 왜 집에 유령이 씌는지조차 아무도 아는 이가 없지요."

"힐 하우스를 달리 어떻게 표현할 수 있지요?"

루크가 단호히 물었다.

"글쎄요. 비틀렸다, 나병에 걸렸다, 병들었다. 광기를 완곡하게 표현한 단어라면 뭐든 좋겠죠. 흉가라는 표현을 가장 많이들 씁니다. 하지만 으스스하거나 기이한 현상을 부정하는 이론이 널리 퍼져 있지요. 소위 '심령 현상'의 진상은 수맥이나 전류나 대기 오염으로 인한 환각이라는 주장입니다. 회의론자들은 기압, 태양의 흑점, 약한 지진 등 온갖 이유를 대고요."

박사가 슬픈 어조로 말을 이었다.

"사람들은 이름 붙일 수만 있다면, 심지어 무의미한 이름일지언정 과학적인 분위기를 띤 이름이기만 하면 그걸로 세상만사를 규정해 버리고 싶어 안달하죠."

그가 한숨을 쉬며 긴장을 풀더니 다소 짓궂은 미소를 지었다.

"유령 씐 집이라니, 모두들 비웃죠. 나 역시도 대학 동료들에게는 여름에 캠핑을 갈 거라고 말해 두었습니다."

시어도라가 맞장구쳤다.

"나는 과학 실험에 참가한다고 했죠. 물론 어디에서 무엇을 하는지는 말 않고요."

"시어도라의 친구분들은 내 친구들보다야 과학 실험에 별 관심이 없었으리라 짐작됩니다."

박사가 다시 한숨을 쉬고 말했다.

“이 나이에 캠핑이라니. 그런데도 그걸 믿더군요.”

그가 몸을 도로 쭉 펴더니 옆구리를 더듬거렸다. 교편을 찾는 것이리라.

“일 년 전 처음으로 힐 하우스에 대해 들었습니다. 이 집에 세 들었던 사람을 통해서였죠. 가족이 외딴 시골에서 살기를 싫어해 힐 하우스를 떠났다고 처음에는 단언하더니, 결국에는 이렇게 말하더군요. 이 집을 불태우고 땅에 소금을 뿌려야 한다고요. 힐 하우스를 빌렸던 다른 사람들에 대해 알아보았지만 그 누구도 며칠 이상 지낸 적이 없었습니다. 임대 계약을 채우고 떠난 이가 없었죠. 일 때문에 급히 이사해야 한다느니 습기 때문이라느니 갖가지 이유를 댔지만, 사실 습기는 터무니없는 핑계죠. 이 집은 건조하기 이를 데 없으니. 힐 하우스의 세입자들은 급히 떠나는 데 합리적인 이유를 대려고 애를 썼습니다. 어쨌든 분명한 것은 모두 떠나 버렸다는 사실입니다. 당연히 예전 세입자들에게서 더 많은 정보를 얻으려고 애써 보았죠. 하지만 이 집에 대해 이야기하도록 설득할 수가 없었답니다. 이곳에서 보낸 시간을 회상하거나 설명하는 것을 영 내켜 하지 않더군요. 다만 한 가지 점에 대해서만은 다들 생각이 같았죠. 이 집에서 살아 본 사람은 기간에 관계없이 누구나 이렇게 말하더군요. 이 집에서 가능한 한 멀리 떨어지라고요. 전 세입자 중 어느 누구도 힐 하우스가 유령에 씌었다고 말하지 않았습니다. 하지만 힐즈데일을 찾아가 신문 기사를 살펴보니…….”

"신문요? 무슨 스캔들이 실렸던가요?"

시어도라가 물었다.

"네. 대단히 요란한 스캔들이었죠. 자살과 광기와 소송. 그러다 마을 주민들이 이 집을 흉가라고 확고히 믿는다는 것을 알게 되었죠. 물론 십여 가지 이야기를 듣긴 했지만, 본디 흉가에 대해 정확한 정보를 얻기란 믿기지 않을 만큼 어렵답니다. 약간의 정보를 확보하기 위해 얼마나 고생했는지 안다면 다들 경악할 거예요. 아무튼 그 결과 나는 루크의 숙모인 샌더슨 부인을 찾아가 힐 하우스를 빌렸습니다. 더없이 솔직하게 이 집의 바람직하지 않은 상태에 대해……."

루크가 끼어들었다.

"집을 불태우는 건 생각보다 힘든 일이죠."

"다행히 샌더슨 부인은 자신의 친척이 동참한다는 조건으로 이번 실험을 위한 단기 임대에 동의했습니다."

"근사한 옛 스캔들을 더 이상 파내지 말라고 박사님을 설득하라던걸요."

루크가 진지하게 말했다.

"그렇군요. 지금까지 어떻게 해서 이 집을 택했는지, 루크가 왜 왔는지 설명했습니다. 두 숙녀분들은 나의 초대장을 받고 왔다는 것 역시 이미 다들 알고 있습니다. 두 분 다 이번 실험에 큰 도움이 되리라 믿습니다. 시어도라는 일종의 텔레파시 능력을 갖고 있고,

엘리너는 과거에 폴터가이스트 현상•을 직접 경험한 적이 있지요."

"제가요?"

박사가 묘하다는 표정으로 엘리너를 보았다.

"물론입니다. 수년 전 아이였을 때 돌멩이들이……."

그녀는 인상을 쓰며 고개를 저었다. 술잔 손잡이를 쥔 손가락이 바르르 떨렸다. 이윽고 그녀가 말했다.

"그건 이웃들 짓이었어요. 어머니가 그렇게 말했죠. 사람들은 늘 질투한다고요."

"그럴 수도 있겠지요."

박사는 차분히 대꾸하고 엘리너를 향해 미소 지은 뒤 말을 이었다.

"물론 그 사건은 오래전에 잊혔지요. 왜 힐 하우스에 초대했는지 설명하기 위해 그저 언급했을 뿐입니다."

시어도라가 느긋하게 말했다.

"아이였을 때, 그러니까 박사님의 표현을 빌자면 '수년 전' 온실 지붕에 벽돌을 던졌다가 채찍을 맞았죠. 오랫동안 그 일을 곱씹곤 했어요. 채찍도 채찍이었지만, 온실 지붕이 깨지는 순간 얼마나 근사했는지 떠올리곤 했죠. 결국 한참을 고민한 끝에 밖으로 나가 다시 벽돌을 던졌죠."

"나는 그 일이 잘 기억나지 않아요."

엘리너는 자신 없는 어조로 박사에게 말했다. 그 순간 시어도라

• **폴터가이스트 현상** _ 이유 없이 이상한 소리나 비명이 들리거나 물체가 스스로 움직이거나 파괴되는 현상.

가 물었다.

“하지만 왜죠? 힐 하우스가 유령에 씌었다는 사실은 얼마든지 받아들일 수 있어요. 이곳에서 일어나는 현상을 관찰하고 기록하기 위해 몬터규 박사님이 우리를 불렀다는 것도요. 게다가 이런 곳에 혼자 있기는 싫었겠지요. 하지만 한 가지가 도통 이해되지 않아요. 이 집은 보기만 해도 끔찍해요. 내가 이런 집을 빌렸더라면 현관홀에서 쓱 둘러본 뒤에 강력히 환불을 요구했을 거예요. 하지만 여기에 뭐가 있는 거죠? 실제로 무엇이 사람들을 공포에 떨게 하는 거죠?”

“이름이 없는 것에 이름을 붙일 수는 없겠지요. 나도 모릅니다.”

엘리너가 급히 끼어들었다.

“실제로 무슨 일이 있었는지 아무도 설명해 주지 않았어요. 어머니는 이웃들 짓이라고, 자기가 그들과 섞여 지내지 않아 항상 우리를 괴롭힌다고 했죠. 어머니는…….”

루크가 교묘하면서도 느긋한 어조로 그녀를 막았다.

“제가 보기엔, 우리 모두 사실을 알고 싶은 듯합니다. 이해하고 설명할 수 있는 뭔가를요.”

“우선, 세 분 모두에게 질문을 하나 하겠습니다. 떠나고 싶습니까? 지금 짐을 싸서 힐 하우스를 떠나야 한다고, 더 이상 이런 집과 엮이지 말아야 한다고 생각합니까?”

박사가 바라보자 엘리너는 두 손을 단단히 맞잡았다. 달아날 새로운 기회야. 하지만 그녀는 대꾸했다.

"아뇨."

그리고 당황하여 시어도라를 힐긋 보고 말을 이었다.

"사실 오늘 오후만 해도 나는 어린애나 다름없었어요. 아무 이유 없이 혼자 겁에 질렸죠."

시어도라가 의리 있게 나섰다.

"그게 전부는 아니에요. 나 역시 겁을 먹었죠. 우리 둘 다 토끼를 보고 죽을 만큼 무서워했어요."

"끔찍한 동물이죠, 토끼라니."

루크가 한마디하자 박사가 껄껄 웃었다.

"어차피 우리 모두 오후에 상당히 예민해져 있었습니다. 굽잇길을 도는 순간 느닷없이 힐 하우스가 짠 하고 나타나니 누군들 충격을 안 받겠습니까."

"박사님이 차를 나무에 들이박는 줄 알았다니까요."

루크가 말했다.

"벽난로가 따뜻하게 몸을 데워 주고 친구가 곁에 있으니 용기가 샘솟는걸요."

시어도라가 말했다.

"설령 떠나고 싶다 해도 떠날 수가 없잖아요."

엘리너는 자신이 무슨 말을 하려는 것인지, 다른 이들에게 이 말이 어떻게 들릴지 미처 깨닫지 못한 채 말했다. 사람들이 빤히 응시하자 그녀는 깔깔 웃으며 어설픈 어조로 덧붙였다.

"더들리 부인이 우리를 결코 용서하지 않을 거예요."

처음부터 이런 의도로 말한 것임을 믿어 줄지 걱정스러웠다. 아무래도 우리는 이 집의 포로가 된 것 같아. 이 집은 우리를 절대 놓아주지 않을 거야.

박사가 말했다.

"자, 브랜디를 한 잔 더 하죠. 그리고 이제 힐 하우스의 사연을 들려 드리겠습니다."

그는 다시 벽난로 앞에서 수업중인 교수의 자세로 돌아가, 오래전 벌어진 전쟁과 죽은 왕에 대해 설명하듯 천천히 입을 열었다. 담담한 목소리를 신중히 유지했다.

"힐 하우스는 팔십 년 전 세워졌습니다. 휴 크레인이라는 사람이 가족과 함께 살 시골 저택으로 지었지요. 이곳에서 아이들과 손자들이 행복하고 풍요롭게 자라는 모습을 보며 평화로이 노년을 보내기를 빌었죠. 불행히도 힐 하우스는 처음부터 슬픔을 선사했습니다. 휴 크레인의 젊은 아내가 집을 처음 보기 몇 분 전에 사망했던 것이죠. 진입로에서 마차가 전복되었고, 결국 아내는 숨을 거둔 채 남편이 그녀를 위해 지은 집으로 들어갔지요. 휴 크레인은 슬픔과 고통 속에서 어린 두 딸을 키워야 했지만 힐 하우스를 떠나지는 않았습니다."

"아이들이 이곳에서 자랐다고요?"

엘리너가 기가 막혀 묻자 박사가 빙그레 웃으며 대꾸했다.

"아까 말했다시피, 이 집은 건조합니다. 주위에 습지가 없으니 열병에 걸릴 일은 없죠. 깨끗한 시골 공기는 아이들 건강에 좋을 터이고, 집은 호화로웠습니다. 두 어린아이가 이곳에서 뛰놀며 자라는 동안 외로웠을지는 모르지만 불행하지는 않았으리라 짐작됩니다."

시어도라는 벽난로 불빛을 지긋이 응시하며 말했다.

"아이들이 개울 속을 걸어 보았기를 빌어요. 가엾은 아이들. 초원을 달리고 야생화를 꺾어 보았다면 좋았을 텐데."

박사가 설명을 계속했다.

"아버지는 재혼했습니다. 사실 두 번이나 했죠. 아무래도 아내 운이 없었던 모양입니다. 두 번째 크레인 부인은 추락사했지요. 원인이나 과정은 알 수 없지만요. 전 부인만큼이나 비극적이고 갑작스러운 죽음이었던 것 같습니다. 세 번째 크레인 부인은 유럽 어디에선가 폐결핵으로 사망했죠. 아버지와 새어머니가 유럽의 휴양지를 돌며 여행하는 동안 힐 하우스의 두 딸에게 보낸 엽서 뭉치가 서재에서 발견되었답니다. 새어머니가 사망할 때까지 두 딸은 가정교사와 함께 힐 하우스에서 지냈습니다. 휴 크레인은 세 번째 아내마저 잃자 힐 하우스를 폐쇄하고 해외에서 지내기로 결심했죠. 딸들은 이모에게 맡겨져 어른이 될 때까지 그곳에서 지냈습니다."

"이모가 아버지보다는 유쾌한 사람이었기를 빌어요. 이런 음울한 곳에서 아이들이 버섯처럼 자란다는 것은 상상만 해도 끔찍해요."

시어도라가 여전히 벽난로를 어두운 눈빛으로 응시하며 말하자 박사가 대꾸했다.

"정작 아이들은 이 집에 대해 다르게 생각했죠. 두 자매는 힐 하우스의 소유권을 놓고 거의 평생을 다투었습니다. 어쨌든 휴 크레인은 후손이 대대로 이 집에서 살기를 희망했지요. 세 번째 아내를 잃고 얼마 후 그는 유럽에서 사망했고, 힐 하우스는 두 자매에게 공동 상속되었죠. 당시 꽤 어린 나이였을 텐데, 아무튼 언니는 사교계에 데뷔한 후였습니다."

"머리를 틀어 올리고, 샴페인 마시는 법을 배우고, 부채를 들고 다니고……."

"힐 하우스는 오랫동안 비어 있었지만 언제든 가족이 돌아올 수 있도록 관리되었죠. 처음에는 휴 크레인을, 그가 죽은 다음에는 자매 중 하나가 이 집에서 살기로 선택하기를 기다렸죠. 그러던 중 힐 하우스는 언니가 갖는 것이 옳다고 두 자매가 동의하게 되었습니다. 여동생은 언니의……."

시어도라가 끼어들었다.

"아, 동생이 언니의 남자를 가로채서 결혼했군요. 뻔하죠."

"언니가 사랑에 좌절했다고들 하더군요. 하지만 무슨 이유로든 혼자 살기로 결심한 여성은 거의 대부분 이런 소문이 나기 마련이죠. 어쨌든 언니는 이곳으로 돌아와 살았습니다. 아버지를 많이 닮았던 듯 오랫동안 거의 은둔하며 홀로 지냈죠. 힐즈데일 사람들이야 그녀를 알았지만요. 믿기지 않겠지만 그녀는 힐 하우스를 진심으로 사랑했고 고향 집으로 여겼던 듯싶습니다. 세월이 흘러 올드미스 크레인이, 결국 이것이 그녀의 호칭이 되었죠, 마을의 한 처녀를 말동무 겸 비서로 고용해 이 집에 들였습니다. 조사해 본 결과, 당시만 해도 마을 주민들은 이 집을 흉가로 여기지 않았던 듯합니다. 마을 주민들이 기꺼이 이곳에서 하인으로 일했고, 마을 처녀가 말동무 겸 비서로 고용된 것을 좋은 일로 여겼으니까요. 한편 올드미스 크레인은 이 집과 관련해 여동생과의 반목을 계속했지요. 여동생은 집을 언니에게 양보하는 대신 상당히 값비싼 가보를 자신이 갖기로 했다고 주장했습니다. 특히 어떤 보석과 고가구와 금테 접시 세트를 무척 갖고 싶어 했죠. 언니는 양도를 거부했고요. 샌더슨 부인의 허락을 받고서 이 집에 관련된 법률 서류가 담긴 상자를 뒤져 볼 수 있었는데, 크레인 양이 여동생에게서 받은 편지가 몇 통 있었답니다. 특히 접시 세트는 계속 논란의 중심이 되었더군요. 어쨌든 언니는 이 집에서 폐렴으로 사망했습니다. 곁에서 도와줄 사람이라고는 그 마을 처녀뿐이었죠. 하지만 나중에 소문이 돌았습니다. 의사를 너무 늦게 불렀다는 둥, 크레인 양이 2층에 홀로 누워 있는 동안 마을 처녀는 정원에서 어느 건달과 시시덕거렸다는 둥. 괜히 부풀려진 추문이 아닌가 싶답니다. 당시 마을 주민들이 이를 정말 믿었다는 증거는 찾지 못했죠. 게다가 대부분 이야기는 여동생이 독기 어린 복수심에 불타 지어낸 듯합니다. 여동생은 평생 분노를 품고 살았죠."

시어도라가 말했다.

"그 여동생이란 사람이 마음에 들지 않아요. 처음에는 언니의 연인을 뺏더니, 나중에는 언니의 접시를 뺏으려고 들다니. 영 별로예요."

"힐 하우스에서는 비극이 줄줄이 일어났죠. 하지만 오래된 집이라면 대부분 그럴 겁니다. 사람은 어딘가에서 살다가 죽기 마련이니. 팔십 년 전에 세워진 건물에서 거주자가 단 한 명도 죽지 않기란 거의 불가능하죠. 언니의 죽음 후 이 집을 두고 소송이 벌어졌습니다. 말동무 겸 비서로 고용된 마을 처녀는 자신이 집을 물려받았다고 주장했죠. 하지만 여동생 부부는 이 집이 법적으로 자기들 것이라고 강력히 주장하면서, 언니는 여동생에게 물려줄 생각이었는데 마을 처녀의 속임수에 넘어가 유언장에 서명한 것이라고 우겨댔던 겁니다. 여느 재산 싸움처럼 상황은 추하게 흘러갔습니다. 잔인하기 짝이 없는 말들이 서로를 오갔죠. 마을 처녀는 여동생이 밤에 몰래 들어와 물건을 훔쳤다고 법정에서 증언했습니다. 바로 여기에서 힐 하우스의 본성이 살짝 드러난다고 생각됩니다. 그 점에 대해 자세히 설명하라고 압력을 받자 마을 처녀는 사뭇 초조해하며 일관성 없이 말을 늘어놓았고, 결국 증거를 제시해야 하자 은식기

세트와 값비싼 법랑 식기 세트와 그 유명한 금테 접시 세트가 사라졌다고 말했죠. 하지만 생각을 해 보면 이런 그릇 세트를 훔친다는 것은 사실상 무척 어려운 일입니다. 반면, 여동생은 태만과 직무 유기를 암시하며 올드미스 크레인이 살해당했을지 모른다고 경찰 수사를 촉구했죠. 이러한 주장이 진지하게 받아들여졌다는 증거는 없습니다. 언니의 사망 증명서 외에 그 어떤 기록도 없더군요. 다만 마을 주민들이 이때 처음으로 그 죽음에 대해 미심쩍어하기 시작한 것은 확실합니다. 결국 마을 처녀가 소유권 재판에서 이겼고, 명예 훼손 소송에서도 이겼습니다. 힐 하우스는 법적으로 그녀의 것이 되었죠. 여동생은 결코 포기하지 않고 평생 이 집을 뺏으려고 했지만요. 편지와 위협을 계속했고, 온갖 황당한 고소를 해 댔죠. 마을 경찰서에는 빗자루로 공격하는 여동생을 막아 달라고 마을 처녀가 경찰 보호를 요청했다는 기록이 남아 있지요. 처녀는 공포 속에서 살았던 듯합니다. 야밤에 불법 침입을 당했다거나, 여동생 부부가 들어와 물건을 훔쳐 간다고 계속 주장했지요. 어느 편지에서는 올드미스 크레인이 사망한 후 단 하루도 힐 하우스에서 평화로이 잘 수가 없다고 애처롭게 불평하더군요. 그런데 기이한 것은 마을 주민들이 대부분 여동생을 측은하게 여겼다는 겁니다. 한때 마을 사람이었던 처녀가 이제는 대저택의 주인이 된 것이 싫었던 모양입니다. 마을 처녀가 교활하게 올드미스 크레인을 속여서 이 집을 물려받았다고 마을 주민들은 믿었고, 지금도 그렇게 믿는 듯합니다. 그렇다고 올드미스 크레인을 살해했다고까지는 생각하지 않았죠. 다만 그 처녀가 부정직했다고는 기꺼이 믿었던 것 같습니다. 분명 자기들도 기회가 왔을 때 부정직하게 굴었기 때문이겠죠. 소문은 항상 골치 아픈 적이기 마련이에요. 결국 마을 처녀가 자살했을 때…….”

엘리너가 놀란 나머지 반쯤 일어나며 물었다.

“자살했다고요? 자살해야만 했던 건가요?”

“고통에서 벗어날 다른 방법이 있었을까요? 그 처녀는 그렇게 생각하지 않았던 듯합니다. 양심의 가책 때문에 자살을 선택했다고 마을 주민들은 생각했죠. 하지만 내가 보기에 그녀는 자기 의지를 필사적으로 관철은 하지만 지속적인 괴롭힘과 압박을 견뎌 낼 정신력은 가지지 못한 여자였던 것 같습니다. 여동생의 증오에 맞서 싸울 무기가 없었던데다 마을 친구들마저 등을 돌렸으니, 자물쇠와 빗장만으로는 밤에 침입해 물건을 훔쳐 가는 적을 막을 수 없다는 생각에 미쳐 버렸던 모양입니다.”

엘리너가 말했다.

“이 집을 떠나면 됐을 텐데. 되도록 멀리 떠나 버리면 그만이잖아요.”

“사실상 그렇게 했습니다. 증오에 내몰려 스스로 목을 맸죠. 탑 꼭대기에서 목을 맸다고 소문이 났지만, 힐 하우스처럼 탑이 많은 집에서 죽으면 으레 그런 소문이 돌기 마련이죠. 그녀가 죽은 후 집은 합법적으로 샌더슨 집안의 소유가 되었습니다. 마을 처녀의 사촌이었는데, 여동생이 괴롭혀 대든 말든 끄떡도 하지 않았죠. 사실상 그 무렵 여동생은 다소 정신 이상이 아니었나 싶습니다. 샌더슨 부인의 시부모님이 처음 이 집을 보러 왔을 때 여동생이 나타나 욕설을 퍼부었다더군요. 도로에 버티고 서서 마구 악을 써 대다가 결국 경찰서로 연행되었죠. 그 사건을 마지막으로 문제의 여동생은 나타나지 않았고, 몇 년 후 그녀가 죽었다는 짧은 부고가 도착했습니다. 그동안 여동생은 잘못을 반성하며 조용히 지냈다고 하더군요. 아무튼 다시는 샌더슨 가족을 괴롭히지 않았지요. 기이하게도 그녀는 온갖 난리를 피워 대긴 했지만 밤에 도둑질이나 다른 목적을 위해서 힐 하우스에 들어온 적도 없고 들어올 수도 없었다는 주장만큼은 일관성 있게 고수했습니다."

"정말 도난당한 물건이 있긴 했나요?"

루크가 물었다.

"아까 말했다시피, 도난 물품 목록을 대라고 압박을 받자 마을 처녀는 한두 가지가 사라졌다고 했지만 무엇인지 확실히 말하지는 못했습니다. 다들 짐작하겠지만, 야간 침입 이야기는 힐 하우스에 대한 소문을 부채질했죠. 샌더슨 가족은 이곳에서 아예 살지 않았고요. 이 집에서 며칠 지내며 조만간 이곳에 들어와 살 계획이라고 마을 주민들에게 말했지만, 어느 날 갑자기 짐을 싸 떠나 버렸고 힐 하우스는 폐쇄되었죠. 사업상 급한 일이 생겨 도시에서 살아야 한다는 이유를 마을 주민들은 믿지 않았습니다. 이후로 어느 누구든 이곳에 며칠만 머물다가 떠나 버렸죠. 지금껏 매매나 임대로 시장에 나와 있는 상태이고요. 자, 긴 이야기를 마쳤으니 브랜디나 한잔 할까요."

엘리너가 벽난로를 바라보며 말했다.

"가엾은 두 소녀들. 어둑한 방들을 걸어 다니거나, 이 방이나 2층 침실에서 인형 놀이를 하려고 애쓰는 모습이 저절로 떠올라요."

루크가 주저하듯 손을 뻗어 대리석 큐피드를 조심스레 쓰다듬으며 말했다.

"그리하여 이 오래된 집이 이렇게 홀로 서 있게 된 거군요. 만지는 이 없이, 사용하는 이 없이, 필요로 하는 이마저 없는 채로 여기 이렇게 생각에 잠겨 홀로 서 있게 된 거군요."

"가만히 기다리면서요."

엘리너가 말하자 박사가 맞장구치며 천천히 말했다.

"네, 가만히 기다리면서. 본질적으로 악의 원흉은 이 집 자체라고 생각됩니다. 이곳에 사는 사람들을 사슬로 얽매어 그 삶을 파괴해 버리죠. 악의가 가득한 곳입니다. 그럼, 내일 이 집을 샅샅이 살펴보도록 하죠. 샌더슨 가족이 처음 이 집에서 살기로 했을 때, 전기와 배관과 전화 시설을 설치한 것 외에는 전혀 달라진 것이 없답니다."

잠시 침묵이 이어진 후 루크가 말했다.

"그럼, 이곳에서의 밤이 아주 편안하시길 바랍니다."

005

☆☆☆

엘리너는 뜻밖에 자기 발을 찬미하듯 바라보고 있었다. 시어도라는 눈앞에서 불타는 벽난로를 꿈꾸듯 바라보고 있었다. 엘리너는 붉은색 샌들을 신은 자기 발이 근사하다는 깊은 만족감에 젖어 들었다. 붉은 신발을 신은 발부터 머리 꼭대기까지 나는 완전하고 독자적인 존재야. 오직 나에게만 속하는 특성을 소유한 개별적인 존재로서의 나. 나는 빨간 샌들을 신고 있고, 이로써 나는 엘리너인 것이지. 나는 가재를 싫어하고, 왼쪽으로 누워 자고, 초조할 때면 손마디를 꺾고, 단추를 모으지. 나는 내 브랜디 잔을 들고 있어, 나는 여기 있고, 잔을 사용하고 있고, 이 방에 내 자리도 있지. 나는 빨간 신발을 신었고, 내일 아침에 깨어나도 여전히 여기 있을 거야.

"나는 빨간 신발을 신었어."

그녀가 들릴 듯 말 듯 나직이 말하자 시어도라가 돌아보며 빙그레 미소 지었다.

"혹시 해서 말인데……."

박사가 쾌활하면서도 초조한 기대감을 품은 채 그들을 둘러보더니 말을 이었다.

"혹시 해서 말인데, 브리지를 하면 어떨까요?"

"좋죠."

엘리너는 대꾸하며 생각했다. 나는 브리지를 해. 댄서라는 이름의 고양이를 길렀지. 나는 수영을 할 줄 알아.

"난 빠질게요."

시어도라가 말하자 다른 세 명이 실망한 얼굴로 빤히 응시했다.

"브리지를 싫어하나요?"

박사가 물었다.

"나는 십일 년 전부터 매주 두 번씩 브리지를 했답니다. 어머니와 어머니의 변호사 부부와요. 다른 사람들도 분명 그만큼 자주 브리지를 하겠죠."

엘리너가 끼어들어 말하자 시어도라가 물었다.

"그럼, 나한테 가르쳐 줄래? 나는 빨리 배우거든."

"아, 이런."

박사가 말하자 엘리너와 루크가 깔깔 웃었다.

"그럼, 다른 게임을 해요."

엘리너는 말하며 생각했다. 나는 브리지를 할 수 있어. 사워크림을 바른 애플파이를 좋아해. 나는 혼자 차를 몰고 여기까지 왔어.

"백개먼•."

박사가 씁쓸한 어조로 말했다.

"나는 체스를 꽤 잘 두죠."

조금 전만 해도 활기찼던 박사를 향해 루크가 말했다. 시어도라가 고집 어린 표정으로 입술을 앙다물고는 말했다.

"우리가 여기에 게임하러 온 건 아니잖아요."

"그저 휴식 삼아 하자는 거죠."

박사가 모호한 어조로 말하자 시어도라는 삐친 듯 어깨를 으쓱하더니 몸을 돌려 다시 벽난로를 응시했다.

"어디에 있는지 알려만 주시면 제가 체스판과 말을 가져오죠."

루크가 말하자 박사가 빙그레 웃었다.

"내가 가는 편이 낫겠네. 이 집의 평면도를 자세히 연구했다고 하지 않았나. 자네를 보냈다가 길을 잃기라도 하면 두 번 다시 볼 수 없을 거야."

박사가 문을 닫고 나가자 루크는 시어도라를 묘하다는 표정으로 힐긋 보더니 엘리너 곁에 가서 섰다.

"초조한 건 아니죠? 이야기를 듣고 겁이 났나요?"

엘리너가 전혀 아니라며 단호히 고개를 젓자 루크가 말했다.

"창백해 보이는걸요."

"피곤해서일 거예요. 오늘처럼 멀리 운전한 건 처음이거든요."

"브랜디를 드세요. 그럼 한결 편히 잠들 겁니다. 시어도라도요."

그가 시어도라의 뒤통수를 향해 말했다.

"고마워요. 하지만 나는 머리를 베개에 대는 순간 곧장 잠든답니다."

• **백개먼** _ 열다섯 개의 말을 주사위로 진행시켜서 먼저 전부 자기 쪽 진지에 모으는 쪽이 이기는 반상 놀이.

그녀가 돌아보지도 않고 냉담하게 말했다.

루크는 뻔하다는 듯한 미소를 엘리너를 향해 씩 짓더니, 문 열리는 소리에 돌아보았다.

"하여튼 사람의 상상력이란 엉뚱하다니까요. 정말 기이한 집이에요."

박사가 체스판을 놓으며 말했다.

"무슨 일이라도 있었나요?"

엘리너가 묻자 박사는 고개를 젓고 말했다.

"혼자 집 안을 돌아다니지 않기로 약속을 해 두는 편이 좋을 것 같군요."

"무슨 일이 있었는데요?"

엘리너가 묻자 박사가 단호히 대꾸했다.

"그냥 헛것을 본 것뿐이에요. 이 탁자가 좋겠지, 루크?"

"정말 근사한 옛날 체스판이로군요. 여동생이 이걸 왜 간과했는지 모르겠네요."

루크의 말에 박사가 대꾸했다.

"한 가지만은 분명하다네. 밤에 여기를 몰래 돌아다닌 게 정말 여동생이었다면 쇠심줄 같은 신경을 갖고 있었던 게 분명해."

그가 느닷없이 덧붙였다.

"이 집은 지켜보고 있어. 모든 움직임 하나하나를. 물론, 다 상상력 때문에 그렇게 느껴지겠지만."

벽난로 불빛 속에서 시어도라의 얼굴은 시무룩하면서도 경직되어 있었다. 관심받는 걸 좋아하나 봐, 하고 엘리너는 지혜롭게 판단하고 아무 어색함 없이 곁으로 가 앉았다. 뒤에서 체스 말을 판에 놓느라 달가닥달가닥하는 소리가 울렸다. 루크와 박사는 번갈아 가며 조용하고도 편안하게 말을 옮겼고, 벽난로에서는 불꽃이 살짝 흔들리며 타올랐다. 시어도라가 입을 열기를 잠시 기다리던 엘리너는 기분 좋게 말했다.

"아직도 여기 온 게 믿기지 않니?"

시어도라가 대꾸했다.

"이렇게 따분한 곳일 줄은 몰랐어."

"아침에 신 나는 일을 잔뜩 찾을 수 있을 거야."

엘리너가 말했다.

"집에서는 사람들이 와글와글 웃고 떠들고 빛과 흥분이 가득했는데……."

엘리너는 거의 사과하는 듯한 어조로 말했다.

"난 그런 걸 별로 안 좋아해. 사실 신 날 일이 별로 없었고, 어머니와 살아야 하기도 했지. 어머니가 잠이 들면 나는 혼자 카드놀이를 하거나 라디오를 들었는데, 저녁마다 책을 읽는 걸 견딜 수가 없었어. 오후마다 두 시간씩 어머니를 위해 책을 낭독해야 했거든. 주로 연애 소설이었지."

그녀는 살짝 미소 지으며 벽난로를 바라보았다. 스스로에게 경악하며 생각했다. 이게 다가 아니야. 이것만으로 내 과거를 다 설명할 수는 없어. 하지만 설명하고 싶은 것도 아닌데 왜 이렇게 늘어놓지?

시어도라가 재빨리 몸을 돌려 엘리너의 손에 손등을 얹었다.

"나 정말 형편없지 않아? 재밌는 놀잇거리가 없다고 여기 이렇게 앉아 투덜대고 있다니. 너무 이기적이야. 내가 얼마나 끔찍한 사람인지 말해 줘."

벽난로 불빛에 그녀의 눈이 기쁨으로 빛나고 있었다.

"너는 끔찍해."

엘리너는 부탁을 충실히 따랐다. 시어도라의 손이 자기 손 위에 있다는 사실이 당황스러웠다. 그녀는 접촉을 싫어했다. 하지만 이런 작은 몸짓이 시어도라에게는 반성이나 기쁨 혹은 연민의 표현 방식인 듯했다. 엘리너는 지금 손톱이 깨끗한지 걱정하며 손을 살며시 뺐다. 시어도라는 다시 유쾌해져 말했다.

"나는 끔찍해. 끔찍하고 불쾌해서 누구도 나를 견디지 못해. 자, 이제, 너에 대해 말해 봐."

"나는 끔찍하고 불쾌해서 누구도 나를 견디지 못해."

시어도라가 깔깔 웃었다.

"나를 놀리는구나. 너는 다정하고 상냥해서 모두가 좋아해. 루크는 너와 불타는 사랑에 빠졌고, 나는 질투하지. 자, 이제, 너에 대해 더 알고 싶어. 어머니를 오랫동안 보살폈다는 게 정말이니?"

"그래. 십일 년간. 석 달 전 돌아가셨지."

엘리너의 손톱은 정말 지저분했다. 그녀의 손은 못생겼고, 사람들은 때때로 재밌다는 이유로 사랑에 대한 농담을 했다.

"그때 슬펐니? 내가 참으로 안됐다고 말해야 할까?"

"아니. 어머니의 삶은 행복하지 않았어."

"너도?"

"그래, 나도 그랬어."

"그럼, 지금은 어때? 마침내 해방되고 나서 무엇을 했니?"

"집을 팔았어. 언니와 나는 원하는 물건을 각자 챙겼지. 사소한 것들이었어. 어머니가 모아 둔 자잘한 물건들 말고는 남은 게 거의 없었거든. 아버지의 손목시계와 오래된 장신구. 힐 하우스의 자매들하고는 전혀 달랐지."

"그리고 나머지 모든 것을 팔고?"

"그래. 되도록 빨리 팔아 치웠지."

"그러고는 당연히 미친 듯이 즐기기로 했고, 그 결과 힐 하우스에 오게 되었구나?"

"꼭 그런 건 아니야."

엘리너가 깔깔 웃었다.

"하지만 긴 세월을 힘들게 보냈잖아! 크루즈 여행을 가고, 유쾌하고 매력적인 젊은 남자들을 만나고, 새 옷을 샀니?"

엘리너는 담담히 말했다.

"불행히도 돈이 별로 없었어. 언니는 자기 몫을 딸의 학비를 위해 은행에 넣었지. 나는 옷을 좀 산 뒤에 힐 하우스로 왔고."

그녀는 생각했다. 사람은 자신에 대한 질문에 대답하기를 좋아하는구나. 이렇게 즐겁다니 별나기도 하지. 지금이라면 어떤 질문에도 대답할 수 있겠어.

"돌아가면 뭘 할 거니? 취직할 거니?"

"아니, 바로는 아니야. 앞으로 뭘 할지 모르겠거든."

"나는 앞으로 뭘 할지 알아."

시어도라가 한껏 기지개를 켜더니 말을 이었다.

"우리 아파트의 모든 전등을 켠 뒤에 빛을 쬘 거야."

"너희 집은 어떤 곳이니?"

시어도라가 어깨를 으쓱했다.

"괜찮은 곳이야. 오래된 집을 구해 우리가 직접 수리했지. 큰 방이 하나 있고, 작은 침실이 두 개 있고, 근사한 부엌이 있어. 붉은색과 흰색으로 칠한 뒤에, 중고품 가게에서 오래된 가구를 잔뜩 구해왔지. 윗부분이 대리석으로 된 근사한 탁자를 하나 건졌어. 우리 둘 다 오래된 물건을 고쳐 쓰는 걸 사랑하거든."

"결혼했니?"

잠시 침묵이 이어지더니 시어도라가 짧게 웃고 말했다.

"아니."

엘리너는 끔찍하게 당황해하며 대꾸했다.

"미안해. 캐물으려던 것은 아니었어."

"너 참 재밌는 사람이구나. 너희 집에 대해 말해 줘."

시어도라가 엘리너의 뺨을 손가락으로 쓰다듬자, 그녀는 눈가의 주름 생각에 불빛을 피해 고개를 돌렸다.

엘리너는 못생긴 두 손을 내려다보며 생각했다. 빨래 정도는 세탁부를 고용했어도 좋았잖아. 이건 불공평해. 손이 이렇게 추해지다니. 그녀는 천천히 말했다.

"나만의 작은 집이 있어. 너처럼 아파트에 살지만 혼자 지내. 분명 너희 집보다 작을 거야. 여전히 가구를 들이는 중이야. 전체적 조화를 완벽하게 이루도록 한 번에 하나씩 구입하고 있지. 새하얀 커튼. 몇 주나 찾아다닌 끝에 벽난로 선반 양쪽에 놓을 자그마한 석조 사자상을 발견할 수 있었지. 하얀 고양이를 기르고, 책과 레코드와 그림을 수집하지. 모든 것이 내가 원하는 대로야. 나 혼자 사니까 내 마음대로지. 어릴 때 안쪽 바닥에 별들이 새겨진 푸른 컵이 있었는데, 차를 마시며 내려다보면 별들이 총총 빛났어. 그런 컵을 다시 갖고 싶어."

"언젠가 그런 컵이 우리 상점에 들어오면 너한테 보내 줄게. '친구 시어도라가 사랑을 담아 엘리너에게 보냅니다'라고 적힌 자그마한 소포를 받게 되면 그 안에 별들이 가득한 푸른 컵이 있을 거야."

"나라면 금테 접시를 훔쳤을 거야."

엘리너가 깔깔 웃으며 말했다.

"체크 메이트."

루크가 말하자 박사가 대꾸했다.

"아, 이런. 맙소사."

"어쩌다 운이 좋았던 거예요. 거기 벽난로 앞의 숙녀분들은 잠들었나요?"

"막 잠들려고 했죠."

시어도라가 대답하자 루크가 방을 가로질러 와 두 사람에게 하나씩 손을 내밀어 일어나도록 거들었다. 엘리너는 어색하게 움직이다 그만 넘어질 뻔했지만, 시어도라는 가뿐히 일어나 기지개를 켜며 하품을 하고 말했다.

"시어는 졸리답니다."

박사가 대꾸했다.

"위층으로 안내해 드리죠. 내일은 제일 먼저 이 집의 구조부터 익히기로 하죠. 루크, 벽난로를 꺼 주겠나?"

"문이 잠겼는지 확인하는 편이 좋지 않을까요? 더들리 부인이 떠날 때 뒷문은 잠갔겠지만 다른 문도 잠갔을까요?"

루크가 물었다.

"누가 침입할 것 같지는 않은데요. 그 마을 처녀도 문을 단단히 잠갔을 텐데 어차피 아무 소용 없었잖아요."

시어도라가 말했다.

"우리가 나가고 싶어지면 어떡해요?"

엘리너가 묻자 박사가 힐긋 보더니 고개를 돌렸다. 그리고 차분히 말했다.

"문을 잠글 필요는 없으리라 봅니다."

"마을 사람이 여기까지 와서 도둑질을 할 것 같지는 않군요."

루크가 말하자 박사가 대꾸했다.

"어차피 나는 한두 시간 정도 있다 잘 겁니다. 내 나이에는 잠들기 전에 한 시간은 독서를 해야 잠이 오지요. 다행히 『패멀라』를 가져왔습니다. 혹시 불면증이 있다면 기꺼이 책을 읽어 드리죠. 리처드슨의 작품을 듣고서 잠들지 않는 사람은 본 적이 없답니다. 어린아이한테도 이 책을 써먹어 보면 어떨까 하는 생각을 종종 했지요."

그는 나직이 말하며 세 사람을 좁은 복도로 안내해 거대한 현관홀을 지나 계단을 올라갔다.

엘리너는 시어도라를 따라 계단을 올랐다. 얼마나 피곤한지를 이제야 실감했다. 발걸음 하나하나가 무겁기 그지없었다. 지금 이곳은 힐 하우스야, 라고 스스로를 끈질기게 겁주었지만, 이제는 푸른 방조차 푸른 침대보와 푸른 퀼트 이불이 놓인 침대로만 여겨졌다. 박사가 뒤에서 말했다.

"반면, 중요한 요소는 아니지만 길이 면에서 필딩의 작품이 리처드슨과 비견되긴 해도, 어린아이에게는 별 소용이 없으리라 생각됩니다. 심지어 스턴도……."

시어도라가 초록 방 앞에 이르자 몸을 돌려 미소를 짓더니 엘리너에게 말했다.

"조금이라도 불안하면 바로 내 방으로 와."

엘리너는 진심으로 대답했다.

"그럴게. 고마워, 잘 자."

"……스몰렛은 전혀 도움이 안 되죠. 숙녀분들, 루크와 나의 방은 계단 맞은편에 있답니다."

"두 분의 방은 무슨 색이죠?"

엘리너는 참지 못하고 물었다.

"노란색이랍니다."

박사가 놀라며 대꾸했다.

"내 방은 분홍이죠."

루크는 취향에 안 맞는다는 듯 불만스러운 몸짓을 하며 대꾸했다.

"여기는 푸른색과 초록색이랍니다."

시어도라가 말했다.

"나는 책을 읽느라 깨어 있을 겁니다. 무슨 소리라도 나면 바로 알 수 있게 문을 열어 두지요. 그럼 좋은 밤 보내세요, 여러분."

박사가 말했다.

"다들 푹 주무시기를."

루크가 말했다.

엘리너는 푸른 방의 문을 닫고서, 힐 하우스의 어둠과 압박으로 피곤한 것은 아닌지 의아해했다. 하지만 그것은 더 이상 문제되지 않았다. 푸른 침대는 믿기지 않을 만큼 포근했다. 그녀는 졸음에 잠긴 채 생각했다. 이상해. 집 자체는 이렇게 섬뜩한데 많은 점에서 이토록 안락할 수 있다니. 폭신한 침대, 쾌적한 잔디밭, 따뜻한 벽난로, 더들리 부인의 요리. 실험에 동참한 다른 사람들까지 너무나 좋아. 그러다 이런 생각이 들었다. 이제는 나 혼자이니 그들에 대해 생각해 볼 수 있겠어. 루크는 왜 여기 왔을까? 하긴 나 역시 여기 왜 온 걸까? 연인과의 만남으로 여행은 끝난다네. 내가 겁을 먹은 걸 모두들 봤어.

그녀는 부르르 몸을 떨며 일어나 앉아 발치의 퀼트 이불을 끌어당겼다. 추위에 부들거리면서도 유쾌한 기분으로 침대에서 내려와 맨발로 소리 없이 방을 가로질러 문을 잠갔다. 내가 문을 잠근 걸 다른 사람들은 모를 거야. 그러곤 서둘러 침대로 돌아갔다. 그녀는 퀼트 이불을 온몸에 두르고 초조해하며, 어둠 속에서 파리하게 빛나는 창문을 살피다 다시 문을 바라보았다. 수면제를 먹을걸 그랬어. 그녀는 다시 강박적으로 어깨 너머 창문을 살피고 문을 살폈다. 문이 열리고 있는 걸까? 문이 열리고 있는 걸까? 하지만 내가 단단히 잠갔잖아. 문이 열리고 있는 걸까?

그녀는 단호히 결심했다. 담요로 머리를 가리면 한결 나을 거야. 그녀는 담요를 덮어쓰고 침대 깊숙이 숨은 채 낄낄거렸다. 아무도 이 소리를 듣지 못한다는 사실이 기뻤다. 도시에서는 머리를 이

불로 가린 채 잔 적이 한 번도 없었다. 오늘 완전히 새로운 방식에 도전해 보는 거야.

이윽고 엘리너는 안심하여 잠이 들었다. 옆방에서 시어도라는 불을 켜 둔 채 빙그레 웃으며 자고 있었다. 복도 저 아래에서 박사는 『패멀라』를 읽다가 간간이 고개를 들어 귀를 기울였다. 한번은 문으로 가서 잠시 복도를 살핀 뒤 침대로 돌아갔다. 어둠이 잔뜩 고인 복도 너머의 계단 꼭대기에서 종야등이 빛났다. 루크는 항상 지니고 다니는 행운의 물건과 손전등을 침대 옆 보조 탁자에 둔 채 잠들어 있었다. 그들을 에워싼 집은 거의 떨듯이 진저리 치다 침묵했다.

십 킬로미터 너머에 있는 더들리 부인은 잠들지 못한 채 시계를 바라보며 힐 하우스를 생각하다 질끈 눈을 감았다. 힐 하우스의 주인이자 오백 킬로미터 떨어진 곳에 사는 글로리아 샌더슨 부인은 추리 소설을 덮고 하품을 한 뒤 손을 뻗어 전등을 끈 후, 현관문에 체인을 걸었는지 잠시 고민했다. 시어도라의 친구는 잠들어 있었다. 박사의 아내와 엘리너의 언니 역시 마찬가지였다. 저 멀리 힐 하우스를 굽어보는 숲에서 올빼미 한 마리가 울부짖었다. 아침이 다가오면서 보슬비가 내려 힐 하우스에 안개와 음울함을 더했다.

004

눈을 뜬 엘리너는 아침을 뒤덮은 비로 방이 푸른빛을 잃고 잿빛이 된 것을 깨달았다. 자는 동안 퀼트 이불은 차 버린 모양이었다. 늘 그렇듯 그녀는 베개에 머리를 얹은 채로 깨어났다가 8시 넘어서까지 잤다는 사실에 화들짝 놀랐다. 몇 년 만에 처음으로 푹 잔 곳이 힐 하우스라니. 그녀는 조각이 새겨진 어스레한 천장을 올려다보며 반쯤 잠이 어린 채 스스로에게 물었다. 내가 어제 무슨 짓을 한 거지? 나를 웃음거리로 만들었나? 그들이 나를 비웃고 있을까?

전날 저녁을 재빨리 회상해 보니 자신이 바보나 어린애처럼 만족하다 못해 행복해했던 것만 같았다. 다른 사람들은 그렇게 단순한 그녀를 보며 속으로 비웃었겠지. 바보 같은 말을 늘어놓았으니 당연히 다들 눈치챘겠지. 오늘은 조용히 있어야지. 나를 끼워 줬다며 고마워하는 티를 내지 말아야지.

이윽고 완전히 잠이 깨자 그녀는 고개를 젓고 한숨을 쉬었다. 너는 정말 멍청해, 엘리너. 아침마다 습관처럼 하는 말이었다.

방이 다시 생생히 느껴졌다. 그녀는 힐 하우스의 푸른 방에 있었고, 창가에서는 줄무늬 커튼이 살랑거렸다. 욕실에서 물 튀기는 소리를 요란하게 내는 사람은 시어도라가 분명했다. 먼저 옷을 차려입고 준비를 마치겠지. 그리고 배고파하겠지.

"잘 잤어?"

엘리너가 소리치자 시어도라가 깜짝 놀라며 대꾸했다.

"잘 잤어? 일 분만 기다려, 욕조를 채워 놓을게. 배고파 죽을 것 같지 않아? 내가 그렇거든."

욕조를 채워 놓지 않으면 내가 씻지 않으리라고 생각하는 것일까? 엘리너는 이내 부끄러워졌다. 더 이상 이런 생각을 하지 않기 위해 이곳에 온 거야, 하고 스스로를 엄히 꾸짖고는 침대에서 일어나 창가로 갔다. 현관 베란다 지붕 너머 드넓은 잔디밭을 쭉 훑어보니 덤불과 나무들이 안개에 휘감겨 있었다. 멀리 주르르 늘어선 나무들 사이에 개울로 향하는 길도 보였다. 하지만 이런 날씨에 풀밭에서 즐거운 소풍을 할 수 있을 것 같지는 않았다. 종일 내리는 비로 축축하겠지만 여름비가 풀과 나무를 푸르게 만들고 공기를 깨끗하고 싱그럽게 만들 터였다. 멋진 풍경이야, 하다가 그녀는 놀라서 생각했다. 힐 하우스가 멋진 곳이라고 생각하는 사람이 자기가 처음일까, 혹시 첫날 아침에는 다들 이렇게 생각한 것은 아닐까 하고 섬뜩해졌다. 공포로 몸이 떨리는 동시에 영문 모를 흥분이 밀려왔다. 힐 하우스에서 기분 좋게 깨어나는 것이 왜 이렇게 기이한지는 이내 잊어버렸다.

"배고파 죽겠어."

시어도라가 욕실 문을 두드리자 엘리너는 얼른 가운을 걸치고 서둘렀다. 시어도라가 자기 방에서 소리쳤다.

"길 잃은 햇살처럼 보이도록 차려입자. 하루 종일 우중충할 테니 평소보다 화사하게 입는 게 좋겠어."

"시간을 허비한들 무엇을 얻으리……."

엘리너는 나직하게 노래를 불렀다. 그러면서 아침 식사 전에는 노래를 부르겠지만 어둠이 내리기 전에는 비명을 지르겠지, 하고 생각했다.

시어도라가 문 너머에서 흡족한 어조로 말했다.

"내가 더 게으를 줄 알았는데, 너는 나보다 훨씬 심하구나. 게으름뱅이라는 표현으로는 모자라. 이제는 아침 식사를 하러 갈 준비가 되었겠지?"

"더들리 부인은 9시에 아침을 차려. 우리가 이렇게 활짝 웃으며 나타나면 그 여자는 뭐라고 생각할까?"

"너무 실망해서 울 거야. 밤에 그 여자를 찾으며 비명을 지른 사람이 있을까?"

엘리너는 비누로 덮인 다리를 차가운 눈길로 응시했다.

"나는 누가 업어 가도 모를 만큼 깊이 잤어."

"나도 그랬어. 삼 분 만에 준비가 되지 않으면 내가 들어가서 너를 익사시킬 거야. 나는 당장이라도 식사하고 싶거든."

길 잃은 햇살처럼 차려입거나, 배가 고파서 안달하거나, 완전히 맑은 정신으로 일어나 스스로에 대해 생각하고 마음을 신중하면서도 상냥하게 보듬어 보는 것이 엘리너로서는 참으로 오랜만이었다. 칫솔질조차 이토록 상쾌한 적이 있었나 싶었다. 모두 푹 잔 덕분이야. 어머니가 돌아가신 후 생각보다 잘 못 잤던 것이 분명해.

"아직 멀었어?"

"다 됐어."

엘리너는 문으로 달려갔다가 여전히 문이 잠겨 있는 것을 깨닫고 살며시 열쇠를 돌렸다. 시어도라는 복도에서 기다리고 있었다. 현란한 격자무늬 옷이 어둠 속에서도 눈부셨다. 시어도라를 바라보노라니 옷을 입든 몸을 씻든 음식을 먹든 잠을 자든 말을 하든 언제나 즐거움을 누리는 사람이 분명하구나 싶었다. 다른 사람이 자신을 어떻게 생각하는지는 신경도 안 쓰리라.

시어도라가 말했다.

"식당이 어디 있는지 찾느라 한 시간은 걸릴 것 같지 않아? 하지만 지도를 남겨 놨을 거야. 박사와 루크는 몇 시간 전에 깬 것 같

아. 아까 창문에서 그 둘을 보고 대화를 나누었거든."

나 없이 자기들끼리 시작했구나. 내일은 더 일찍 일어나서 나도 창문으로 대화를 나누어야지. 계단을 내려가자 시어도라는 어둡고 드넓은 현관홀을 가로질러 자신있게 문손잡이 하나를 쥐었다.

"여기야."

하지만 문을 열어 보니 둘 다 처음 보는 어스레한 방에 소리가 울릴 뿐이었다.

"여기일 거야."

엘리너가 다른 문을 여니 그들이 지난밤 벽난로 앞에서 시간을 보낸 작은 응접실로 이어진 좁은 복도가 나왔다.

"맞은편인가 봐."

시어도라가 당황해하며 몸을 돌려 걸어갔다.

"젠장."

그녀는 방을 살핀 뒤 소리쳤다.

"루크? 박사님?"

멀리서 누군가 외치는 소리가 들리자 시어도라는 다른 문을 향해 걸어가며 어깨 너머로 말했다.

"저들이 이 지저분한 현관홀에 나를 영원히 가둘 생각인가 봐. 아침 식사를 먹기 위해 문을 하나하나 열면서……."

엘리너가 말허리를 잘랐다.

"이 문이 맞는 것 같아. 어스레한 방을 통과하면 식당이야."

자그마한 가구에 부딪힌 시어도라가 욕설을 뱉자 맞은편 문이 열리더니 박사가 나타났다.

"안녕하세요."

시어도라는 무릎을 문지르며 대꾸했다.

"뭐 이딴 집이 다 있지. 안녕하세요."

"물론 이런 말을 해도 믿기지 않겠지만, 삼 분 전에 문을 전부 활짝 열어 뒀답니다. 두 분이 식당을 쉽게 찾아올 수 있게요. 그리고 여기 앉아 가만히 바라보는데, 두 분이 고함치기 직전에 문들이 저절로 닫히지 뭔가요. 이런, 정말 좋은 아침이군요."

루크가 식탁에 앉은 채 말했다.

"훈제 청어랍니다. 안녕하세요, 숙녀분들. 훈제 청어를 좋아하시길 빕니다."

힐 하우스에서 어두운 밤을 보내고 아침에 다시 만난 그들은 서로가 한 가족처럼 느껴졌다. 친근한 인사를 나누고는 각자 어제 저녁 식사 때의 자리로 가 앉았다.

루크가 포크를 흔들며 말했다.

"근사하고 풍성한 아침 식사를 9시에 차리는 것이 더들리 부인의 방식인가 봐요. 혹시 두 분은 침대에서 커피와 빵을 드시는 편인지 궁금해하던 참이었답니다."

"다른 집이었다면 훨씬 빨리 도착했을 거예요."

시어도라가 대꾸했다.

"정말 문을 열어 뒀나요?"

엘리너가 물었다.

"덕분에 두 분이 오고 있다는 걸 알았지요. 문이 쿵 하고 닫혔거든요."

루크가 설명하자 시어도라가 말했다.

"오늘은 문을 열어 둔 채 고정해 놔야겠어요. 식당이 어디인지 확실하게 찾아낼 수 있을 때까지 이 집을 돌아다녀야겠어요. 어젯밤에는 불을 켜 둔 채 잤답니다. 하지만 아무 일도 없었죠."

그 고백에 박사가 대꾸했다.

"조용하기만 했죠."

"우리를 밤새 지켜본 건가요?"

엘리너가 물었다.

"3시가 되어서야 『패멀라』가 나를 재우더군요. 2시쯤 지나 비가 내릴 때까지 개미 한 마리 안 지나갔죠. 딱 한 번 숙녀분 중 누군가가 자다가 소리를 쳤는데……."

시어도라가 전혀 부끄럼 없이 말했다.

"나일 거예요. 꿈에 힐 하우스의 정문에 버티고 선 사악한 여동생이 나왔거든요."

"나도 그랬어요."

엘리너가 말하고는 박사를 바라보며 느닷없이 덧붙였다.

"당혹스럽네요. 내가 그렇게 겁을 먹었다니."

"우리 모두 마찬가지였는걸."

시어도라가 말했다.

"두려움을 일부러 감추는 것이 사실 더 심각하죠."

박사가 거들었다.

"훈제 청어를 양껏 드세요. 그러면 그 어떤 것도 느껴지지 않을 테니."

루크가 말했다.

전날과 마찬가지로, 대화가 매끄럽게 이어지며 두려움에 대한 염려를 떨쳐 낸 덕분에 엘리너는 마음이 편안해졌다. 아마도 그녀는 모두를 대표해 이따금 두려움을 토로할 자격을 얻은 듯했다. 다른 이들이 그녀를 달래면서 그들 자신도 다독여 두려움을 떨쳐 내는 것이리라. 아마도 그녀는 모두를 대신해 온갖 두려움을 담기에 충분한 역량이 있는 모양이었다. 그녀는 못마땅하게 생각했다. 저들은 어린애 같아. 서로 먼저 도망치라고 배짱을 겨루며 달아날 채비를 하다가 마침내 누가 달아나면 욕을 퍼붓지. 그녀는 접시를 밀치고 한숨을 쉬었다.

시어도라가 박사에게 말하고 있었다.

"오늘 밤 자러 가기 전에 이 집의 구석구석을 살펴보고 싶어요. 내 머리 위나 침대 아래에 뭐가 있는지 궁금해하며 누워 있기는 싫거든요. 창문을 몇 군데 열어 놓으면 좋겠어요. 문도 열어 두고요. 어둠 속에서 더듬거리는 건 그만해요."

"조그맣게 표지를 다는 건 어떨까요? '출구'라고 적힌 화살표 표지요."

루크가 제안했다.

"아니면 '막다른 길'이라든가."

엘리너가 말했다.

"'가구가 떨어지니 주의하시오'라든가. 우리 같이 만들어요."

시어도라가 루크에게 말했다.

"먼저 다 같이 집을 탐험해 봐야 해요."

엘리너가 너무 빨리 끼어들었는지 시어도라가 묘한 눈길로 돌아보았다. 엘리너는 어색하게 말을 이었다.

"다락 같은 곳에 혼자 남겨지기는 싫거든요."

"어딘가에 널 혼자 남겨 두는 사람은 없을 거야."

시어도라의 말에 루크가 나섰다.

"그럼 이렇게 하죠. 우선 커피를 다 마시고, 불안에 떨며 이 방 저 방으로 돌아다니면서 집의 구조를 익히도록 노력하되 문은 모두 열어 두는 겁니다."

그는 슬프다는 듯 고개를 저으며 말을 이었다.

"설마 길을 찾기 위해 내가 직접 표지를 만들어 붙여야 하는 집을 물려받을 줄은 상상도 못 했네요."

시어도라가 말했다.

"각 방을 뭐라고 불러야 할지 정해야 해요. 두 번째로 좋은 응접실에서 은밀히 만나고 싶어요, 루크, 하고 말하면 대체 그 방이 어디인지 누가 알겠어요?"

"도착할 때까지 휘파람을 불어 주면 되죠."

루크가 제안하자 시어도라가 몸을 떨었다.

"그럼 내 휘파람 소리와 목소리를 따라 당신이 이리저리 돌아다니며 문마다 열어 보지만 정작 맞는 문을 열지 못한다면 나는 안에 갇힌 채 나갈 방법을 찾지 못하고는……."

"게다가 먹을 것도 없이."

엘리너가 심술 어린 어조로 말하자 시어도라가 바라보더니 잠시 후 맞장구쳤다.

"그러게, 먹을 것도 없이 기다려야 하잖아요. 여긴 마치 축제 때 세워지는 유령의 집 같아요. 방이 줄줄이 연결되어 있고, 어디에나 문이 있고, 들어가는 순간 문이 저절로 닫히죠. 사방이 거울인데다 바람이 뿜어져 나와 치마가 들썩이는 방이 이 집에도 분명 있을 거예요. 어두운 복도에서 뭔가가 쓱 나와서는 내 얼굴에 대고 마구 비웃거나……."

그녀가 불현듯 조용해지더니 재빨리 찻잔을 집어 들다 커피를 흘렸다.

박사가 편안한 어조로 말했다.

"그렇게 나쁘지는 않을 겁니다. 사실 1층은 거의 동심원 구조이죠. 그 중앙에 우리가 어젯밤 지냈던 자그마한 응접실이 있고요. 그 주위를 다른 방들이 에워싸고 있습니다. 예를 들자면, 휴게실과 장밋빛 새틴에 완전히 휘감긴 음침한 서재와……."

"엘리너랑 같이 아침마다 그 방에서 바느질을 하면 되겠어요."

"응접실을 에워싸고 있는 방들을 내실內室이라고 부르도록 하죠. 곧장 밖으로 나가는 문이 전혀 없거든요. 심지어 창문도요. 외벽에 면해 있는 외실外室이 내실들을 에워싸고 있죠. 거실과 도서실과 온실과……."

시어도라가 고개를 저으며 말했다.

"장밋빛 새틴 방 말고는 모르겠어요."

"베란다가 집 외벽을 따라 죽 이어져 있죠. 거실과 온실과 객실에 베란다로 문이 나 있고요. 또한 복도가……."

"그만해요, 그만."

시어도라가 깔깔 웃으며 고개를 젓더니 말을 이었다.

"정말 징그럽게 복잡한 집이네요."

식당 한구석의 문이 열리더니 더들리 부인이 한 손으로 문을 잡은 채 서서는 무표정하게 식탁을 바라본 후 말했다.

"10시에 식탁을 치웁니다."

"안녕하세요, 더들리 부인."

루크의 인사에 더들리 부인이 그를 쳐다보더니 말했다.

"10시에 식탁을 치웁니다. 접시는 도로 찬장에 갖다 둔 뒤 점심 때 다시 꺼내죠. 1시에 점심 식사를 차리지만, 먼저 찬장에 접시를 두어야 합니다."

"물론이죠, 더들리 부인."

박사가 대꾸하고 일어나 냅킨을 내려놓고 물었다.

"식사는 다들 마쳤나요?"

더들리 부인이 눈총을 보내든 말든 시어도라는 느긋이 잔을 들어 커피의 마지막 한 모금까지 마신 뒤 냅킨으로 입을 두드렸다. 그러고는 의자에 등을 기대더니 잡담을 나누듯 말을 건넸다.

"아침 식사가 참으로 훌륭했어요. 접시는 모두 이 집에 속하는 건가요?"

"찬장에 속합니다."

"그럼 유리 식기와 은식기와 리넨류도요? 고풍적이면서도 매력적이에요."

"리넨류는 식당의 리넨용 서랍장에 속하죠. 은식기는 은식기용 상자에 속하고요. 유리 식기는 찬장에 속하죠."

"우리 때문에 고생이 많으시겠어요."

시어도라의 말에 더들리 부인은 침묵하더니 마침내 입을 열었다.

"나는 10시에 식탁을 치웁니다. 1시에 점심을 차리고요."

시어도라가 깔깔 웃으며 일어났다.

"아, 그래요, 그래. 우리 이제 문 열어 두기를 시작하죠."

합리적이게도 그들은 식당 문부터 묵직한 의자로 괴어 두었다.

문 너머는 휴게실이었다. 시어도라가 부딪혔던 나지막한 탁자는 표면에 체스판 무늬가 새겨져 있었다("어젯밤에 저걸 못 보았다니" 하고 박사가 짜증 어린 어조로 말했다). 방의 한쪽 끝에 카드용 탁자와 의자가 놓여 있고, 높다란 수납장에 체스 말과 크로케용 공과 크리비지용 점수판이 들어 있었다.

"즐겁게 편히 쉬기에 딱 좋은 곳이네요."

루크가 문가에서 으스스한 방을 바라보며 말했다. 벽난로 주위의 시커먼 타일에 탁자 표면의 차가운 초록빛이 어른대며 음울함을 더했다. 이 집 어디에나 있는 목조 패널은 야생 동물을 죽이는 갖가지 방법으로 점철된 그림들 때문에 더 우중충했다. 벽난로 위쪽에서 사슴 머리가 사뭇 곤란한 표정으로 그들을 내려다보았다.

"이곳은 놀이용 방이었나 봐요. 집의 다른 부분에서 받는 압박감을 이곳에서 풀려고 했겠죠."

시어도라의 목소리가 높은 천장에 반사되어 떨리듯 메아리쳤다. 애도하듯 내려다보는 사슴 머리 아래서 그녀는 말을 이었다.

"두 소녀가 여기서 놀았겠죠. 제발 부탁이니 저 짐승 좀 내려 주면 안 될까요?"

루크가 대꾸했다.

"사슴이 시어한테 반한 것 같은데요. 시어가 방에 들어온 이후 계속 주시하고 있잖아요. 그만 나가도록 하죠."

문을 열어 의자로 괴어 둔 채 나가자 현관홀이었다. 열어 놓은 방에서 드리워진 빛 덕분에 현관홀이 어스레히 빛났다. 박사가 말했다.

"창문이 있는 방이 나오면 창문을 열어 둡시다. 그 전까지는 현관문을 열어 두는 것으로 만족하도록 하죠."

엘리너는 시어도라에게 말했다.

"아이들 생각을 계속하는구나. 하지만 나는 외로운 마을 처녀가 이 방들을 거닐며 집에 다른 누가 있는지 두려워하는 모습이 계속 떠올라."

루크가 거대한 현관문을 힘껏 당겨 커다란 화병으로 괴었다.

"신선한 공기의 내음이라니."

그가 기뻐하며 말했다. 비와 젖은 풀의 따뜻한 내음이 현관홀로 밀려들었다. 그들은 한동안 열린 문가에 서서 힐 하우스 바깥의 공기를 들이켰다. 이윽고 박사가 말했다.

"자, 이곳에는 아무도 예상하지 못한 것이 있죠."

그가 커다란 현관문 곁의 자그마한 문을 열며 물러서더니 빙그레 웃었다.

"탑 안의 도서실이죠."

"나는 저기 못 들어가요."

엘리너는 스스로에게 놀라며 말했다. 하지만 아무래도 용기가 나지 않았다. 그녀는 곰팡내와 흙내가 뒤섞인 차가운 공기에 압도되어 뒷걸음쳤다.

"우리 어머니는……."

그녀는 무슨 말을 하려는 건지도 모른 채 말을 늘어놓으며 벽에 등을 찰싹 붙였다.

"그래요? 시어도라는요?"

박사가 호기심 어린 표정으로 바라보며 묻자 시어도라는 어깨를 으쓱하고는 도서실로 들어갔다. 엘리너는 몸을 떨었다.

"루크?"

박사가 물었지만 루크는 이미 들어가 있었다. 엘리너가 서 있는 곳에서는 도서실의 둥근 벽과 좁은 철제 계단만 보였다. 아무래도 탑인 만큼 계단은 위로, 위로 이어질 터였다. 엘리너는 눈을 감았다. 도서실의 석벽에 박사의 목소리가 아스라이 메아리쳤다.

"저기 어둠 속에 묻혀 있는 작은 문이 보이나요? 자그마한 발코니로 이어져 있답니다. 마을 처녀가 저기에서 목을 맸다는 소문이 있죠. 확실히 독서를 즐기기보다는 자살을 하기에 적절한 장소이긴 합니다. 철제 난간에 밧줄을 묶고서 뛰어내리기만 하면……."

시어도라가 안에서 말했다.

"거참, 고맙네요. 덕분에 그 광경이 생생히 그려지니. 나라면 휴게실의 사슴 머리에 밧줄을 묶었을 거예요. 하지만 그 처녀가 이 탑에 어떤 애정이 있었는지도 모르죠. '애정'을 이런 문맥에서 쓰다니, 참 근사하네요. 안 그래요?"

"멋지군요. 이 방을 연회실로 꾸밀까 싶어요. 발코니에서 악단이 연주하고, 댄서들이 나선형 철제 계단을 내려오며 춤을 추고, 바는……."

루크의 목소리가 점점 커졌다. 그들은 도서실에서 나와 엘리너가 기다리고 있는 현관홀로 돌아왔다. 시어도라가 말했다.

"엘리너, 이제는 괜찮아? 정말 끔찍하기 짝이 없는 방이야. 안 들어가길 잘했어."

엘리너는 벽에서 떨어져 서 있었다. 두 손이 차가웠다. 울고만 싶었다. 그녀는 박사가 책 더미로 괴어 놓은 도서실 문에서 등을 돌리고는 되도록 가벼운 어조로 말했다.

"여기 있는 동안, 독서는 그다지 즐기지 못할 것 같아. 책에서도 도서실 같은 냄새가 난다면 말야."

"나는 냄새를 못 맡았는데요."

박사가 묻는 듯이 루크를 바라보자 그도 고개를 저었다. 박사가 말을 이었다.

"이상하군요. 바로 우리가 찾고 있는 그런 현상입니다. 메모를 하세요. 정확히 묘사하면 큰 도움이 될 겁니다."

시어도라는 당황한 표정이었다. 그녀는 현관홀에 서 있다 몸을 돌려 뒤쪽 계단을 바라보더니 다시 현관문을 향해 몸을 돌렸다.

"현관문이 두 개인가요? 아니면 내가 혼동한 건가요?"

박사가 즐거운 미소를 지었다. 그 질문을 기다리고 있었던 것이리라.

"이것이 유일한 현관문입니다. 어제 우리는 이 문으로 들어왔죠."

시어도라가 인상을 썼다.

"하지만 엘리너와 나는 침실 창문으로 이 탑을 보지 못했는데요. 우리 방은 건물 앞쪽인데……."

박사가 껄껄 웃으며 박수를 쳤다.

"마침내 알아차렸군요, 영리한 시어도라. 이것 때문에 낮에 둘러보기를 바랐던 겁니다. 자, 설명해 드릴 테니 계단에 앉아들 보세요."

그들은 순종적으로 계단에 자리 잡고 박사를 바라보았다. 그는 수업중인 자세를 취하고서 교수다운 어조로 입을 열었다.

"힐 하우스의 기이한 점 중 하나가 설계인데……."

"축제에 등장하는 유령의 집 같죠."

"바로 그겁니다. 길을 찾는 것이 대단히 어려운 이유가 무엇인지 생각해 본 적이 있나요? 보통의 집이었다면 우리 넷이 이렇게 오랫동안 방향을 잡지 못해 헤매지 않았을 겁니다. 하지만 지금도 번번이 엉뚱한 문을 열고, 엉뚱한 방에 들어가지요. 심지어 나조차도 길을 잃습니다."

박사가 한숨을 쉬며 고개를 젓더니 말을 이었다.

"언젠가 힐 하우스가 캘리포니아의 윈체스터 하우스나 다른 팔각형 집처럼 명소가 되지 않을까, 하고 휴 크레인이 기대했으리라 감히 단언하는 바입니다. 그는 힐 하우스를 직접 설계했지요. 어제 말했듯이, 별난 데가 있는 사람이었습니다. 모든 각도가……."

박사가 현관홀을 가리키며 말을 이었다.

"모든 각도가 살짝 틀어져 있죠. 휴 크레인은 평범한 집을 좋아하는 사람이나 그들의 상식에 맞춘 사각형 집들을 질색했던 것이 분명합니다. 그래서 자기 취향에 맞게 집을 설계했죠. 본디 사람은 자신이 익숙한 각도가 옳다고 여기며, 어떤 각도를 접하면 당연히 옳은 각도로 되어 있으리라고 생각하죠. 하지만 사실 각도는 두 선이나 두 면이 벌어진 정도에 따라 달라집니다. 예를 들어, 여러분은 지금 앉아 있는 계단이 당연히 평평하리라 생각할 겁니다. 평평하지 않은 계단은 상상할 수도 없을 테니……."

그들은 불안해하며 꿈지럭거렸다. 시어도라는 구를까 봐 겁이 나는 양 재빨리 난간을 쥐었다.

"하지만 사실 이 계단은 중심축을 향해 아주 조금 기울어져 있답니다. 문 주위의 바닥도 집의 중심을 향해 살짝 기울어져 있죠. 잡고 있지 않으면 문이 저절로 닫히는 것도 그 때문입니다. 오늘 아침 두 숙녀분의 발걸음 소리를 들으며 문의 미묘한 균형에 당황하지는 않을까 유심히 살폈죠. 이런 자잘한 일탈들이 합쳐져 집 전체에 상당히 큰 왜곡을 야기했습니다. 시어도라는 침실 창문에서 탑을 볼 수 없었습니다. 탑이 사실은 집의 모서리에 있기 때문이죠. 시어도라의 침실 창문에서는 전혀 보이지 않지만 여기에서 보면 탑이 초록 방의 바로 앞에 있는 듯이 느껴집니다. 사실 시어도라의 방은 우리의 추측보다 왼쪽으로 사 미터쯤 떨어져 있죠."

시어도라가 기막히다는 듯 두 손을 쫙 펴며 말했다.

"세상에나."

엘리너도 맞장구쳤다.

"그렇군요. 현관 베란다 지붕 때문에도 우리가 착각한 거예요. 창문으로 내다보면 베란다 지붕이 보이죠. 곧장 집 안으로 들어와 계단으로 올라왔기 때문에 현관문이 당연히 바로 아래에 있을 거라고 추정했지만 사실은……."

박사가 말허리를 잘랐다.

"베란다 지붕만을 본 것이지, 실제 문은 멀리 떨어져 있죠. 문과 탑은 육아실에서 보인답니다. 복도 끝의 큰 방 말이죠. 좀 있다 그 방을 살펴보도록 합시다."

박사의 목소리에 슬픔이 어렸다.

"그 방은 방향 오류를 유발하는 건축의 걸작이라 할 수 있죠. 샹보르 성의 이중 계단이나……."

"그럼 모든 것이 조금씩 기울어져 있다는 건가요? 그래서 모든 것이 뭔가 어긋난 듯 느껴지는 건가요?"

시어도라가 머뭇거리며 묻자 엘리너도 물었다.

"그럼 진짜 집으로 돌아가면 어떻게 되죠? 그러니까…… 보통의 평범한 집 말예요."

루크가 대꾸했다.

“배를 한참 탄 후에 내린 것과 비슷하겠죠. 여기 오래 있다 보면 균형 감각이 비틀려서 평범한 집에 가면 오히려 이상하게 느껴질지도 몰라요. 힐 하우스식 감각 때문에요. 혹시 여기에서 일어난 초자연 현상들이 실은 비틀어진 균형 감각으로 인한 착각 아니었을까요? 뱃사람의 내이內耳처럼요.”

그는 박사에게 질문을 던지고는 시어도라를 향해 잘난 척하며 덧붙였다. 박사가 대꾸했다.

“어떤 면에서든 영향을 끼치긴 했을 겁니다. 우리는 자신의 균형 감각과 이성을 맹목적으로 믿도록 교육받았죠. 실제로는 비스듬한데도 우리 정신은 익숙하고 안정된 패턴으로 공간이 이루어져 있다고 믿기 위해 맹렬히 저항하곤 합니다.”

그가 몸을 돌리고 말을 이었다.

“이 집의 놀라운 비밀들은 아직도 우리를 기다리고 있답니다.”

그들은 바닥이 괜찮은지 하나하나 확인하며 조심스럽게 계단에서 내려갔다. 박사를 따라 좁은 복도를 지나 어젯밤을 보냈던 응접실로 들어갔고, 그곳에서 다시 출발하여 문을 지날 때마다 열어서 괴어 두었다. 이윽고 베란다에 면해 있는 외실을 살펴보았다. 묵직한 커튼을 걷자 빛이 힐 하우스로 스며들었다. 하프가 한쪽 구석에 근엄히 서 있는 음악실을 통과할 때 발걸음의 진동에도 하프는 묵묵히 침묵만 지킬 뿐이었다. 뚜껑이 닫혀 있는 그랜드피아노에 놓인 촛대의 초에는 불을 붙인 흔적조차 없었다. 윗부분이 대리석으로 된 탁자에는 밀랍 조화가 유리 뚜껑으로 덮여 있고, 금박 의자는 잔가지처럼 가늘었다. 음악실 너머는 온실로, 높다란 유리문 너머로 비 내리는 바깥 풍경이 보였다. 양치식물이 고리버들 가구와 그 주위에 축 늘어져 있었다. 불쾌한 습기 때문에 그들은 서둘러 아치형 문을 통과해 객실로 들어가서는, 한동안 경악하며 서 있었다.

시어도라가 기가 꺾인 듯 깔깔 웃으며 말했다.

"말도 안 돼. 어떻게 이럴 수 있지. 엘리너, 너도 보이니?"

그녀가 고개를 저으며 묻자 엘리너는 어쩔 줄 몰라 하며 대답했다.

"어떻게 이런……."

"여러분이 좋아할 줄 알았습니다."

박사가 흡족한 어조로 말했다.

그들이 도착한 객실은 한쪽 끝 전체가 대리석 조각상들로 채워져 있었다. 연자줏빛 줄무늬와 꽃무늬로 이루어진 벽걸이 앞에 자리한 조각상들은 거대하고도 기괴했으며 새하얀 몸은 벌거벗은 채였다. 엘리너는 두 손으로 눈을 가렸고, 시어도라는 친구를 꼭 잡았다.

"파도치는 바다에서 솟아나는 비너스를 형상화하려고 했던 게 아닐까 싶군요."

박사가 말했다.

"전혀요. 나병 환자를 치료하는 성 프란체스코 같은데요."

루크가 정신을 차리고 대꾸했다.

"아, 아뇨. 저기 용이 있어요."

엘리너가 말하자 시어도라가 단호히 주장했다.

"아니, 그런 게 아니에요. 저건 일가족을 형상화한 거예요, 바보 신사 숙녀 여러분. 다른 걸로 위장했을 뿐이죠. 누구든 바로 알아차렸을 거예요. 가운데에 키가 크고 근육질에, 세상에나! 벌거벗은 남자는 휴 크레인이에요. 힐 하우스를 자기가 지었다며 허리를 두드리고 있죠. 그리고 곁의 두 요정은 딸이고요. 옥수수를 휘두르는 것처럼 보이는 오른쪽 요정은 실은 소송에 대해 말하고 있죠. 저기 끝의 자그마한 요정은 바로 말동무 겸 비서로 일했던 마을 처녀예요. 그리고 다른 쪽 끝의 요정은……."

"삶에 지친 더들리 부인이죠."

루크가 끼어들었다.

"조각상이 서 있는 풀밭은 식당 카펫을 좀 더 무성하게 표현한 듯싶어요. 식당 카펫을 주의 깊게 보신 분 있나요? 건초용 풀밭 같다니까요. 카펫 실이 발목을 간질댈 정도였죠. 뒤에 흐드러진 사과나무처럼 보이는 저것은……."

"이 집의 수호령을 상징하겠죠."

몬터규 박사가 말했다.

"저게 우리들을 향해 넘어지는 광경은 상상만 해도 끔찍해요.

집이 불균형하니 그런 일이 벌어질 수도 있지 않을까요, 박사님?"

엘리너가 물었다.

"확인한 바로는, 조각상은 안전합니다. 상당한 비용을 들여 받침대의 균형을 맞추었죠. 집이 지어진 이후로 조각상이 쓰러진 적은 아직 없다는군요. 휴 크레인은 저 조각상을 찬미하다 못해 사랑한 듯싶습니다."

"아이들을 겁주는 데 이용했을지도 몰라요. 저 조각상만 없다면 정말 근사한 방이었을 텐데."

시어도라가 몸을 휙 돌리고 말을 이었다.

"여긴 풍성한 치마를 입은 숙녀들이 춤을 추는 무도실이었을 거예요. 많은 사람들이 제대로 춤을 출 수 있을 만큼 넓으니. 휴 크레인, 나와 춤을 추시겠어요?"

그녀가 중앙의 조각상을 향해 무도회용 절을 했다.

"분명 기꺼이 추겠다고 할 거야."

엘리너가 말하며 자기도 모르게 뒤로 물러섰다.

"발이 밟히지 않도록 주의하세요. 돈 후안이 어떻게 되었는지 기억하겠죠."

박사가 말하더니 껄껄 웃었다.

시어도라가 조각상의 쭉 뻗은 손을 조심스레 만졌다.

"대리석 조각상은 늘 충격적이죠. 예상과는 전혀 다른 촉감이거든요. 실물 크기의 조각상을 보면 진짜 사람 피부처럼 느껴지지 않을까 기대하게 되죠."

그러다가 돌아서서 파르르 떨더니 어스레한 방에서 홀로 왈츠를 추며 조각상을 향해 절을 했다. 박사가 엘리너와 루크를 향해 말했다.

"저쪽 휘장 아래에는 베란다로 면한 문이 나 있죠. 시어도라가 춤을 추다 더워지면 그 문으로 나가 바람을 쐴 수 있답니다."

그는 방을 가로질러 묵직한 푸른색 휘장을 젖히고 문을 열었다. 다시 따뜻한 비의 내음과 함께 한바탕 바람이 몰아쳤다. 바람 한 줄기가 조각상으로 슬그머니 흘러가는 듯했다. 빛이 색깔 벽을 어루만졌다.

엘리너가 말했다.

"이 집의 모든 것들은 바라보는 동안에는 움직이지 않아요. 하지만 곁눈질로 흘긋 보면 뭔가 움직이는 듯하죠. 선반에 놓여 있는 작은 조각상들을 봐요. 우리가 등지고 있는 동안, 조각상들이 시어도라와 함께 춤을 추었죠."

"나는 움직여."

시어도라가 빙글빙글 돌면서 다가와 말했다.

"유리 뚜껑 아래의 조화는 옥수수꽃이에요. 이 집이 점점 맘에 드는데요."

루크가 말했다.

시어도라가 엘리너의 머리카락을 당겼다.

"베란다를 따라 달려 보자."

시어도라가 문으로 뛰어가자 엘리너는 조금도 망설이지 않고 따라갔다. 두 여인은 베란다를 따라 뜀박질했다. 엘리너는 깔깔 웃으며 모퉁이를 돌다가 시어도라가 다른 문으로 들어가는 것을 보고 헐떡이며 멈추었다. 그들은 문 너머 주방으로 들어섰다. 더들리 부인이 싱크대에서 돌아서더니 말없이 두 사람을 바라보았다.

시어도라가 예의를 차려 말했다.

"더들리 부인, 우리는 이 집을 탐험중이랍니다."

더들리 부인의 눈은 스토브 위쪽 찬장에 놓인 시계로 향했다.

"11시 30분입니다. 나는……."

시어도라가 말을 가로챘다.

"1시에 점심을 차리죠. 폐가 안 된다면 주방을 둘러보고 싶은데요. 1층의 다른 방은 다 살펴봤거든요."

더들리 부인은 한동안 가만히 서 있더니 고개를 끄덕인 후 몸을 돌려 천천히 맞은편 문으로 갔다. 문이 열리자 뒤쪽 계단이 보였다. 더들리 부인은 계단을 올라가기 전에 몸을 돌려 문을 꼭 닫았다. 시어도라는 문을 향해 고개를 기울이다 잠시 후 말했다.

"더들리 부인이 나를 조금이라도 좋게 생각할지 궁금해. 진심이야."

"더들리 부인은 탑에 가서 목을 맬 계획일 거야. 온 김에 어떤 점심을 먹게 될지 살펴보자."

수플레 Souttle
/
거품을 낸 달걀흰자에 치즈와 감자 따위를 섞어 틀에 넣고
오븐으로 구워 크게 부풀린 과자나 요리.

"아무것도 손대지 마. 접시는 찬장에 속한다는 걸 너도 알잖니. 저 여자가 정말 우리에게 수플레를 만들어 줄 생각인 걸까? 여기 수플레 접시와 달걀과 치즈가 있긴 한데……."

"주방이 근사한걸. 우리 어머니의 주방은 어둡고 좁았어. 거기서는 맛있거나 예쁜 요리를 하기란 불가능했지."

시어도라가 무심히 물었다.

"네 주방은 어떠니? 그 작은 아파트 말이야. 엘리너, 문들 좀 봐."

"나는 수플레를 만들 줄 몰라."

"봐, 엘리너. 베란다 문이 있어, 그리고 내리막 계단으로 난 문이 열려 있고. 거긴 아마 지하실이겠지. 그런데 저기 또 베란다 문이 있어. 그리고 아까 더들리 부인이 위층으로 올라간 문이 있고. 저기에도 또 문이 있고……."

엘리너는 시어도라가 가리킨 문을 열며 말했다.

"이것도 베란다에 연결되어 있네. 주방에서 베란다로 나 있는 문이 세 개나 되다니."

"저건 식기실 문이고, 이건 식당 문이고. 우리의 친절한 더들리 부인은 문을 엄청 좋아하나 봐. 원하기만 하면 어느 방향으로든 잽싸게 도망갈 수 있겠어."

두 사람의 눈이 마주쳤다. 불현듯 엘리너는 몸을 돌려 베란다로 돌아가며 말했다.

"남편한테 부탁해서 문을 더 만든 걸까? 모르는 사이 등 뒤의 문이 슬며시 열릴지도 모르는 곳에서 일하는 걸 어떻게 좋아할 수 있는지 이해가 안 돼. 혹시 더들리 부인이 주방에서 뭔가와 자주 마주치는 바람에 어느 방향으로든 달아날 수 있도록 문을 많이 만든 건 아닐까? 아니면……."

시어도라가 상냥하게 말했다.

"그만해. 예민한 요리사는 맛 좋은 수플레를 못 만드는 법이야. 누구나 그걸 알고 있지. 그 여자가 계단에서 몰래 엿듣고 있을 거야. 저 문들 중 하나만 열어 두고 나가자."

루크와 박사는 베란다에 서서 잔디밭을 바라보고 있었다. 그들 너머로 보이는 현관문이 기이하게도 닫혀 있었다. 집 뒤쪽에는 압도적이고 거대한 언덕들이 조용히 비를 맞으며 음울하게 서 있었다. 엘리너는 베란다를 거닐며 생각했다. 이렇게 베란다를 완전히 두른 집은 생전 처음이야. 마치 벨트로 집을 꼭 조여 놓은 것 같아. 베란다를 떼어 내면 집이 달아나 버릴까? 집의 동심원 구조에서 대단히 중요해 보이는 곳에 이르자 탑이 나타났다. 베란다 모퉁이를 도는 순간에 느닷없이 불쑥 솟아난 것이다. 회색 석조 탑은 기괴하면서도 견고했으며, 집의 목조 부분에 단단히 끼워져 끝이 없는 베란다에 묶여 있었다. 흉측해. 언젠가 집이 불타도 잿빛 탑은 여전히 굳건히 서서는 파괴를 용납하지 않겠지. 힐 하우스의 남은 부분에 손대지 말라고 사람들을 내쫓을 거야. 여기저기에서 돌을 떨어뜨리거나, 책들 사이에 둥지를 튼 올빼미와 박쥐를 날려 보내거나. 탑 꼭대기와 지상의 중간에 좁고 긴 창문이 주르르 나 있었다. 저곳에서 내려다보는 광경이 궁금했으나 그녀는 탑에 들어갈 수 없는 신세였다. 저 창문에서 밖을 내다보는 일은 결코 없을 거야. 그러면서도 그녀는 좁은 철제 계단을 올라가 탑 안을 둘러보는 자기 모습을 상상했다. 탑 꼭대기는 원뿔 모양의 목제 지붕으로 덮여 있고, 목제 부속 탑이 덧붙여져 있었다. 다른 집에 이런 탑이 있었다면 비웃음을 샀겠지만, 여기 힐 하우스에서는 당연하게 받아들여지지. 여기서 기다리고 있으면 날씬한 생명체가 좁은 창문에서 비집고 나와 비스듬한 지붕을 기어올라 부속 탑에 이르러 밧줄을 묶고는…….

"그러다 떨어지겠어요."

루크의 말에 엘리너는 화들짝 놀랐다. 힘겹게 아래를 내려다보니 자신이 베란다 난간을 꽉 움킨 채 몸을 잔뜩 뒤로 젖히고 있는 것이었다.

"이 매력적인 힐 하우스에서 자신의 균형 감각을 과신해서는 안 된답니다."

루크가 말했다. 엘리너는 어지럼증에 비틀거리며 숨을 깊이 들이쉬었다. 루크가 단단히 잡아 주는 동안에도 여전히 나무와 잔디밭이 비스듬히 기울고 하늘이 빙글빙글 돌아서 그녀는 균형을 잡으려고 애를 썼다.

"엘리너?"

시어도라가 근처에서 부르는 소리와 박사가 베란다를 달려오는 소리가 들렸다.

"이런 망할 집. 여기에서는 항상 조심해야 해요."

루크가 말했다.

"엘리너?"

박사가 불렀다.

"괜찮아요. 탑의 꼭대기를 보려고 몸을 너무 젖혔더니 어지럽네요."

엘리너는 고개를 저으며 말했다. 홀로 서 있자니 아직도 약간 불안정했다.

"거의 넘어질 듯 서 있는 걸 보고서 내가 얼른 잡았죠."

루크가 말했다.

"나도 오늘 아침에 벽을 따라 올라가는 듯한 느낌이 한두 번 들었지."

시어도라가 말했다.

"안으로 들어갑시다. 안에 들어가면 괜찮아질 거예요."

박사가 말했다.

"이제는 정말 괜찮아요."

엘리너는 못내 당혹스러웠다. 닫힌 현관문을 향해 베란다를 천천히 걸어가며 말했다.

"문을 열어 놓았던 것 같은데."

목소리가 살며시 떨렸다. 박사가 그녀를 지나쳐 걸어가 묵직한 문을 열었다. 열어 두었던 문들이 하나같이 닫혀 현관홀이 원래대로 돌아가 있었다. 박사가 휴게실 문을 열자 식당 문 역시 닫혔고, 문을 괴어 두었던 작은 의자는 원래 자리인 벽 앞으로 돌아가 있었다. 거실과 객실, 응접실과 온실의 문과 창문이 다 닫혀 있고 휘장이 내려져 있어 어둠이 집 안에 도로 우글거렸다.

"더들리 부인이 이랬나 봐요."

시어도라가 박사와 루크를 따라 들어오며 말했다. 두 남자는 이 방 저 방을 재빨리 돌아다니며 문을 활짝 열어 괴어 두고, 커튼을 젖히고, 창문을 열어 따뜻하고 축축한 공기를 방으로 들였다.

"어제 엘리너와 내가 현관으로 나가 멀어지자마자 더들리 부인이 문을 도로 닫더군요. 문이 저절로 닫히는 꼴을 보느니 자기가 직접 닫는 편이 좋은가 봐요. 문과 창문은 닫혀 있어야 마땅하고, 접시는……."

그녀가 바보처럼 깔깔 웃자 박사가 짜증 난 듯 찌푸린 얼굴로 돌아보았다.

"더들리 부인은 자기 분수를 알아야 마땅합니다. 필요하다면 문을 열어 둔 채 못으로 박아 버리겠어요."

그가 복도를 지나 작은 응접실로 들어가 벌컥 문을 열어젖혔다.

"화를 내 봐야 도움이 안 돼."

그는 그렇게 말하면서도 문을 심술궂게 걷어찼다. 루크가 상냥하게 말했다.

“점심 전에 응접실에서 셰리주를 마시도록 하죠. 숙녀분들, 들어오세요.”

002

☆☆☆

박사가 포크를 내려놓으며 말했다.

“더들리 부인, 참으로 훌륭한 수플레로군요.”

더들리 부인이 고개를 돌려 그를 잠시 바라보더니 빈 접시를 들고 주방으로 돌아갔다.

박사는 한숨을 쉬며 피곤한 듯 어깨를 돌렸다.

“어제 밤을 새우다시피 했더니 오후에는 좀 쉬어야겠어요. 엘리너도 한 시간 정도 누워 있는 게 좋겠군요. 우리 모두 오후에 일정 시간 쉬도록 하죠.”

시어도라가 신이 나서 대꾸했다.

“그래요. 나는 꼭 오후에 낮잠을 잘 거랍니다. 집에 돌아가면 이게 우스워 보일지도 모르지만, 힐 하우스에서는 오후의 낮잠이 중요한 일과였다고 꼭 알려 줄 거예요.”

“아무래도 밤에 잠을 자다 깰 가능성이 크니까요.”

박사가 말하는 순간, 한기가 식탁을 슬쩍 가로지르며 은식기의 빛과 도자기의 밝은 색에 그늘을 드리웠다. 식당에 자그마한 구름이 떠돌더니 뒤이어 더들리 부인이 나타났다.

"2시 5분입니다."

더들리 부인이 말했다.

003

☆☆☆

엘리너는 오후에 잠을 자려고 했지만 잠이 오지 않았다. 대신 초록 방에서 시어도라의 침대에 누워, 친구의 손톱 손질을 구경하며 느긋하게 수다를 떨었다. 혼자 있기 겁이 나서 시어도라의 방으로 들어왔다는 사실은 애써 외면했다.

"나는 꾸미는 걸 좋아해. 온몸을 칠하고 싶다니까."

시어도라가 손을 애정 어린 눈길로 바라보며 말했다.

엘리너는 몸을 뒤척여 편안하게 자세를 잡았다.

"황금빛이 좋겠어."

말은 그렇게 하면서도 상상은 되지 않았다. 눈을 감다시피 한 후에야, 색으로 뒤덮여 바닥에 앉아 있는 시어도라를 떠올릴 수 있었다.

시어도라가 나일 강 주위의 도시들을 외듯 하나하나 읊었다.

"매니큐어, 향수, 목욕용 소금, 마스카라. 너는 이런 게 반도 필요 없다고 생각하겠지, 엘리너."

엘리너는 깔깔 웃고는 눈을 꼭 감고서 말했다.

"시간이 없는 거지."

시어도라가 단호한 어조로 대꾸했다.

"그럼, 내가 너를 꾸며 줄게. 너는 완전히 다른 사람이 되어 있을 거야. 나는 색깔 없는 여자와 같이 있는 것이 싫거든."

그녀는 농담이라는 듯 깔깔 웃고 말을 이었다.

"네 발톱에 빨간색을 발라 줄게."

엘리너 역시 깔깔 웃으며 맨발을 내밀었다. 잠시 후 잠이 들려는데 매니큐어 붓이 스치는 기이하고도 낯선 감각에 몸이 떨렸다.

"너처럼 유명한 고급 창녀라면 하녀의 시중을 받는 것이 익숙하겠지. 그런데 발이 좀 지저분한걸."

깜짝 놀란 엘리너는 벌떡 일어나 앉아 발을 보았다. 발이 정말 지저분한데다 발톱은 새빨갛게 칠해져 있었다.

"끔찍해. 음탕해 보여."

엘리너는 울고 싶었다. 그러다 시어도라의 표정을 보고 힘없이 웃어 버렸다.

"욕실에 가서 발을 씻어야겠어."

"아이고."

시어도라가 침대 옆의 바닥에 앉아 엘리너를 빤히 응시하더니 말을 이었다.

"귀염둥이 아가씨, 내 발도 지저분해. 보라고."

"어쨌든 나는 꾸미는 걸 안 좋아해."

"너처럼 웃긴 애는 처음이야."

시어도라가 쾌활한 어조로 말했다.

"무력한 기분이 싫은 거야. 우리 어머니는……."

"너희 어머니는 네가 발톱을 새빨갛게 칠한 걸 보면 기뻐하실 거야. 얼마나 근사한데."

엘리너는 다시 발을 바라보고는 불필요한 말을 늘어놓았다.

"음탕해 보여. 그러니까 내 말은, 내 발에는 안 어울린다는 거야. 내가 바보처럼 보이는 것 같아."

"너는 어리석음과 음탕함이 뒤섞인 거야."

시어도라가 화장 도구를 챙겨 모으며 말을 이었다.

"어쨌든 난 지우지 않을 거야. 루크와 박사님이 네 발을 보고 어떤 반응을 보이는지 지켜보자."

"내가 무슨 말을 해도 너는 바보 같은 말로 받아들이는구나."

"아니면 음탕한 말로 받아들이거나."

시어도라가 고개를 들어 진지하게 바라보며 말을 이었다.

"너는 집으로 돌아가야 할 것 같아, 엘리너. 그런 예감이 들어."

나를 비웃는 건가? 내가 여기 머물기에 부적합하다는 건가?

"돌아가고 싶지 않아."

시어도라가 다시 힐긋 쳐다보더니 시선을 피하고는 살며시 엘리너의 발톱을 쓰다듬었다.

"매니큐어가 말랐네. 내가 바보지. 잠깐 아무 이유 없이 겁이 났던 거야."

시어도라가 일어나 기지개를 켜고 말을 이었다.

"다른 사람들을 보러 가자."

004

☆☆☆

루크는 2층 복도 벽에 기진한 듯 기대어서는, 폐허를 묘사한 판화의 금빛 테두리에 머리를 얹고 있었다.

"이 집이 내 소유가 될 거라는 생각이 예전보다 자주 들어요. 언젠가 내 것이 되리라는 생각이 계속 들면서, 스스로에게 왜 그런 생각을 하는지 거듭 묻고 있죠."

그가 복도를 가리켰다.

"내가 많은 문이나 금박 시계나 모형을 좋아했다면, 터키 양식의 소파를 갖고 싶어 했다면 힐 하우스를 미의 낙원으로 여겼겠죠."

박사가 단호한 어조로 대꾸했다.

"근사한 집이네. 처음 힐 하우스를 지을 때 우아함에 대해 많이 고려한 것이 분명해."

그가 복도 끝의 큰 방으로 걸어갔다. 과거 육아실로 쓰이던 곳이었다.

"이제 창문으로 탑이 보일 겁니다."

그가 문을 지나가다가 부르르 몸을 떨었다. 그리고 호기심 가득한 표정으로 돌아보았다.

"금방 문가에 외풍이 불었던가요?"

시어도라가 깔깔 웃으며 대꾸했다.

"외풍요? 힐 하우스에요? 저 많은 문들 중 하나라도 계속 열어둘 수 있다면 또 몰라도."

"그럼 한 번에 한 명씩 들어오도록 해요."

박사의 말에 시어도라가 다가가더니 문가를 지날 때 얼굴을 찌푸렸다.

"무덤 입구 같아요. 그래도 안은 따뜻하네요."

루크는 냉기가 어린 지점에서 망설이다가 재빨리 안으로 들어갔다. 엘리너는 겨우 한 걸음 사이에 그토록 날카로운 한기가 파고든다는 사실에 충격을 받았다. 얼음벽을 통과하는 것 같아, 하는 생각에 박사에게 물었다.

"이게 뭘까요?"

박사는 기쁨으로 두 손을 문질렀다.

"터키 양식의 소파는 자네나 갖도록 하게, 루크."

그가 손을 뻗어 한기가 어린 지점을 조심스레 짚었다.

"아무도 설명하지 못했죠. 시어도라의 표현대로 무덤의 정수精髓

라고 할 수 있겠군요. 볼리 렉터리•의 특정 지점에서는 온도가 갑자기 십일 도나 뚝 떨어졌죠. 하지만 여기는 온도 차가 더 심할 것 같아요. 이 집의 핵심적 장소라 할 수 있겠어요."

그의 어조에는 만족감이 가득했다.

시어도라와 엘리너는 서로 바짝 붙어 서 있었다. 육아실은 따뜻하긴 했지만 퀴퀴한 곰팡내가 풍겼다. 마치 탈출을 불허하는 양 문가를 가로지른 한기가 만져지고 보일 것만 같았다. 창문 너머에는 회색 석탑이 내리누를 듯 붙어 서 있었다. 방 안은 어둑했고, 벽을 따라 늘어선 동물 그림들은 전혀 유쾌해 보이지 않았다. 그림 속 동물들은 휴게실의 그림에서 죽어 가던 사슴과 연관되었거나 덫에 걸린 듯 보였다. 육아실은 다른 침실보다 넓었으며, 힐 하우스의 다른 곳보다 방치된 것이 분명했다. 더들리 부인이 부지런히 집을 관리하긴 했지만 한기가 가로막는 바람에 꼭 필요할 때만 이 방에 들어왔으리라 싶었다.

루크가 한기 너머로 건너가더니, 기이한 추위가 어디에서 비롯된 것인지 알아내려는 듯 복도의 카펫과 벽을 살피고 표면을 쓰다듬었다. 그가 박사를 올려다보며 말했다.

"외풍은 절대 아니에요. 북극에서 곧장 날아온 바람이 아니라면요. 어쨌든 이상한 점은 없는데요."

박사가 엉뚱한 말로 대꾸했다.

"육아실에서 누가 잠을 잤는지 궁금하군요. 아이들이 떠나고 난 후 이 방을 비워 뒀을까요?"

"저기 좀 봐요."

루크가 손가락으로 가리켰다. 육아실 문 양쪽 모퉁이 위에 씩 웃는 머리 두 개가 걸려 있었다. 육아실 문가를 유쾌하게 장식하기 위한 것이었겠지만 방 안의 동물들과 마찬가지로 전혀 편안하거나 즐거워 보이지 않았다. 비틀린 웃음에 영원히 갇힌 두 얼굴은 사악한 한기가 서리는 지점을 응시하고 있었다.

"시선이 닿는 곳에 누군가 서면 저것들이 냉기를 뿜는 거예요."

루크가 설명하자 박사가 호기심 가득한 태도로 복도에 나가 올려다보았다.

"우리만 여기 두고 가지 말아요."

시어도라가 말하더니 엘리너를 끌고서 육아실을 달려 나가 한기를 통과했다. 마치 누가 느닷없이 따귀를 때리거나 바로 앞에서 차가운 입김을 부는 듯했다.

"맥주를 차갑게 보관하기에 딱 좋은 장소네요."

시어도라가 씩 웃는 얼굴들을 향해 혀를 내밀었다.

"이를 상세히 파헤치겠습니다."

박사가 신이 나서 말하자 엘리너는 자신의 의도를 확신하지 못한 채 주저하며 대꾸했다.

"평범한 한기 같지 않아요. 그러니까 제 말은, 뭔가가 우리를 겁주기 위해 일부러 이러는 것 같다고요."

● **볼리 렉터리** _ 영국의 유명 흉가.

박사는 엎드린 채 바닥을 더듬으며 중얼거렸다.

"얼굴들 때문이 맞는 것 같군. 줄자와 온도계와 선을 그을 분필을 준비해야겠어. 혹시 밤에는 더 추워지지 않을까? 뭔가가 자기를 쳐다보고 있다고 생각하면 무엇이든 이상하게 느껴지는 법이죠."

마지막 문장은 엘리너를 향한 것이었다.

루크가 부르르 떨며 한기를 지나쳐 걸어가더니 육아실 문을 닫았다. 그러고는 복도의 일행에게로 껑충 뛰어 돌아왔다. 마치 바닥에 몸이 닿지 않으면 한기를 피할 수 있다는 양. 육아실 문이 닫히자마자 복도에 어둠이 성큼 다가왔다. 시어도라가 초조한 어조로 말했다.

"1층의 응접실로 가죠. 언덕들이 밀고 들어올 것 같아요."

"5시를 칵테일 마시는 시간으로 정하죠. 오늘 밤 제가 또 칵테일을 만들어도 불만 없으시죠?"

루크가 박사를 향해 말했다.

"베르무트주酒를 너무 많이 타지만 않는다면."

박사는 마지못해 다른 이들을 따라가면서도 어깨 너머로 육아실을 자꾸 바라보았다.

005

☆☆☆

박사가 냅킨을 내려놓으며 말했다.

"우리의 자그마한 응접실에서 커피를 마시면 좋을 것 같군요. 벽난로가 무척 따뜻하던데."

시어도라가 낄낄거렸다.

"더들리 부인이 돌아갔으니 집을 재빨리 한 바퀴 돌아볼까요? 문과 창문을 열어 놓고 선반의 물건들을 모조리 꺼내 놓은 뒤……."

"더들리 부인이 없으니 집이 다르게 느껴져."

엘리너가 말했다.

"더 빈 것 같네요."

루크가 그녀를 바라보며 고개를 끄덕였다. 그는 쟁반에 커피 잔을 놓고 있었고, 박사는 벌써 밖으로 나가 끈기 있게 문을 열어 두고 있었다.

"우리 넷만이 여기 있다는 것을 매일 밤 불현듯 깨달아요."

루크의 말에 엘리너는 식탁을 내려다보며 중얼거렸다.

"더들리 부인이 위안이 되는 친구는 아니지만요. 재미있네요. 나도 이 자리의 그 누구보다 더들리 부인을 싫어하거든요. 그나저나 식탁을 아침까지 이 꼴로 내버려 둔 걸 보면 우리 어머니가 야단법석을 떨었을 텐데."

시어도라가 무심히 대꾸했다.

"해가 지기 전에 떠나려면 아침에 치우는 수밖에 없지. 나는 절대 식탁을 대신 치워 줄 생각이 없어."

"식탁을 지저분한 채로 두고 가 버리는 건 바람직하지 않아."

"네가 치운다 해도 어차피 식기들을 정확한 장소에 갖다 두지 못하잖아. 네 손자국을 없애기 위해서라도 더들리 부인은 또 한바탕 설거지를 해야 할 거고."

"은식기만이라도 물에 담가 놓으면……."

"안 돼, 사방에 문이 나 있는 주방에 홀로 들어가고 싶은 거야?"

시어도라가 친구의 손을 잡고서 물었다.

"아니, 그런 건 아니야."

엘리너는 거두어 모았던 포크들을 내려놓으며 대꾸했다. 그녀는 구겨진 냅킨과 루크가 흘린 와인 자국으로 지저분한 식탁을 불안한 얼굴로 한참 바라보다 고개를 저었다.

"그저 어머니가 뭐라고 말할지 궁금했던 것뿐이야."

"이리 와. 두 사람이 우리를 위해 불을 켜 두었어."

작은 응접실에서 벽난로가 환히 타올랐다. 시어도라는 커피 쟁반 곁에 앉았고, 루크는 전날 밤 정성스럽게 갖다 둔 브랜디를 찬장에서 꺼냈다.

"어떤 희생을 치르더라도 오늘 저녁은 즐겁게 보냅시다. 오늘 밤 또다시 박사님에게 도전하죠."

저녁 식사 전에 그들은 1층의 다른 방들을 뒤져 편안한 의자와 전등을 옮겨 두었다. 덕분에 이제 작은 응접실은 이 집에서 가장 편안한 방이 되었다.

"힐 하우스는 사실 무척 친절한 집이야. 엘리너가 씻어야 할 지저분한 접시도 없지. 좋은 친구들과 함께 보낼 유쾌한 저녁 시간만 있어. 어쩌면 내일은 다시 해가 쨍쨍할지도 몰라."

시어도라가 엘리너에게 커피를 건네며 말했다. 엘리너는 속이 꽉 들어차 푹신푹신한 의자에 흐뭇하게 앉아 있었다.

"소풍 갈 계획을 세우자."

엘리너가 대꾸했다.

"힐 하우스에 계속 있다가는 게으름뱅이 뚱보가 되겠어."

시어도라가 힐 하우스라는 이름을 끈질기게 언급하자 엘리너는 마음이 불편했다. 일부러 저러는 것 같아. 이름을 알고 있다고, 우리가 여기 있다고 집한테 큰 소리로 알리려는 것일까? 웬 허세람?

"힐 하우스, 힐 하우스, 힐 하우스."

시어도라가 나직이 말하더니 엘리너를 향해 미소 지었다.

"공주님이시라니 묻는 건데, 귀국의 정치적 상황은 어떻습니까?"

루크가 시어도라에게 공손히 물었다.

"매우 불안정하죠. 나는 부왕께서 차기 왕권을 노리는 블랙 마이클과 결혼하라고 강요하시는 통에 성을 탈출해 버렸어요. 블랙 마이클의 얼굴만 봐도 속이 울렁거리거든요. 한쪽 귀에 금귀걸이를 하고, 말채찍으로 하인을 때리는 꼴이라니."

"정국이 무척 불안정하겠군요. 그런데 어떻게 가까스로 탈출하셨나요?"

"낙농장에서 일하는 여자로 위장해 건초 마차를 타고 달아났답니다. 설마 내가 그런 마차를 탔을 줄은 아무도 상상 못 했죠. 나무꾼의 오두막에서 내가 직접 만든 위조 서류로 국경을 건넜지요."

"블랙 마이클은 이제 쿠데타를 일으켜 왕권을 차지하겠군요."

"분명 쿠데타를 일으킬 거고, 성공할 가능성도 크죠."

엘리너는 커피 잔 너머로 두 사람을 바라보며 생각했다. 치과 대기실에서 기다리는 것과 비슷해. 차례를 기다리면서 건너편 환자들이 농담을 주고받으며 용기를 짜내는 걸 보는 거지. 어차피 다들 조만간 치과 의사와 만나야 할 운명인 거야. 그녀는 가까이 있는 박사의 존재를 문득 의식하고서 고개를 들어 모호한 미소를 지었다.

"초조한가요?"

박사가 묻자 엘리너는 고개를 끄덕이고는 대답했다.

"앞으로 무슨 일이 벌어질지 알 수 없잖아요."

박사가 그녀의 곁으로 의자를 옮겼다.

"나도 궁금하답니다. 뭔가가 곧 일어날 것 같다는 느낌이 드나요?"

"네, 모든 것이 가만히 때를 기다리고 있는 것만 같아요."

"저들은……."

박사가 서로를 향해 깔깔 웃고 있는 시어도라와 루크를 향해 턱짓하며 말을 이었다.

“저들은 각자의 방식으로 대비하고 있지요. 나는 우리에게 무슨 일이 벌어질지 궁금하답니다. 한 달 전이었다면 이런 상황은 결코 없을 거라고, 우리 넷이 그냥 이 집에 앉아 있다 올 거라고 말했을 겁니다. 오랫동안 이런 순간을 기다려 왔죠.”

박사가 집의 이름을 언급하지 않는다는 점을 엘리너는 알아차렸다.

“여기에서 지내는 게 옳다고 보시나요?”

“옳으냐고요? 여기에서 지내는 건 어리석기 짝이 없는 짓이라고 생각합니다. 이런 분위기에서는 누구나 상대의 단점과 약점과 결점을 찾아낼 것이고, 그러면 우리는 며칠도 안 되어 서로 멀어지겠죠. 우리가 취할 수 있는 유일한 방어책은 달아나는 것입니다. 적어도 그건 우리를 쫓아올 수 없지요. 안 그런가요? 위험이 다가온다고 느껴지면 왔을 때처럼 그냥 떠나면 그만이에요. 물론 최대한 빨리 떠나야겠죠.”

그는 담담한 어조로 문장을 마무리 지었다.

“하지만 우리는 미리 경고를 받았고, 이렇게 넷이 함께 있잖아요.”

“루크와 시어도라에게는 이미 일러두었답니다. 이 집이 당신을 잡아 두려 한다고 느껴지면 최대한 빨리 떠나겠다고 약속해 주십시

오."

"약속하죠. 하지만 괜찮아요. 정말 괜찮답니다."

엘리너는 웃으며 대답했다. 박사가 자신에게 용기를 주려고 이런다는 생각에 고마움을 느꼈다.

"상황이 어쩔 수 없어서 떠나신다면 십분 이해할 겁니다."

박사가 일어나더니 말했다.

"루크? 숙녀분들, 남자끼리 잠시 할 일이 있으니 양해 바랍니다."

두 사람이 체스판과 말을 준비하는 동안, 시어도라는 손에 잔을 쥔 채 방 주위를 돌아다녔다. 사방을 잔뜩 경계하는 동물처럼 초조하게 돌아다니기는. 불안의 냄새가 풍기니까 가만히 앉아 있지를 못하는구나. 우리 모두 불안해하고 있어.

"여기 와서 앉아."

그녀가 부르자 시어도라가 우아한 걸음으로 빙 돌아 다가와 박사가 앉아 있던 의자에 앉더니 피곤한 듯 고개를 뒤로 젖혔다. 엘리너는 생각했다. 얼마나 사랑스러운가. 얼마나 태평한가. 운 좋게 미인으로 태어나다니.

"피곤해?"

시어도라가 고개를 돌리고 싱긋 웃었다.

"기다리는 게 짜증 나."

"네가 편안해 보인다고 생각하던 참이었는데."

"난 그저, 언제더라? 그래, 그저께 일을 생각하고 있었어. 어쩌다 집을 떠나 여기로 왔을까 하고 말야. 아무래도 향수병에 걸렸나 봐."

"벌써?"

"향수병에 대해 생각해 본 적 있어? 만약 힐 하우스가 우리 집이라면 이곳이 그리워질까? 두 소녀는 이곳을 떠나 다른 곳에서 지내야 했을 때 이 음침하고 어둑한 집을 그리워하며 울었을까?"

엘리너는 신중하게 대답했다.

"나는 이번에 처음 집을 떠나 본 거야. 그래서 향수병에 걸려 본 적이 없지."

"지금은 어때? 아파트가 그리워?"

엘리너는 벽난로를 바라보며 대꾸했다.

"글쎄. 그곳이 내 집이라고 여길 만큼 오래 살지는 않았거든."

"나는 내 침대가 그리워. 아, 졸려라."

그 말에 엘리너는 생각했다. 또 심술을 부리기 시작하겠구나. 배고프거나 피곤하거나 지루하면 아기처럼 굴지.

"11시가 넘었어."

엘리너가 체스판 쪽을 힐끗 보는데 박사가 승리의 환호성을 지르고 루크가 껄껄 웃었다.

"아, 드디어 제대로 한 방 먹였군."

박사의 말에 루크가 체스 말을 모아 상자에 담으며 대꾸했다.

"패배를 깨끗이 인정하죠. 2층에서 브랜디를 한잔 하면 안 될까요? 잠을 자기 위해서나 술김에 용기를 내기 위해서나 좀 마시면 어떨까 싶은데. 사실 한동안은 책이나 읽으며 깨어 있을 계획이랍니다."

그는 마지막 문장을 말하며 시어도라와 엘리너를 향해 빙긋이 웃었다. 엘리너가 박사를 향해 물었다.

"또 『패멀라』를 읽으실 건가요?"

"2권은 다 읽어 가고, 곧 3권으로 넘어갈 거랍니다. 그러고 나면 『클러리사 할로』를 읽을 거고요. 루크, 책을 빌리고 싶다면……."

루크가 얼른 대꾸했다.

"말씀은 감사하지만 사양하죠. 가방 가득 추리 소설을 가져왔거든요."

박사가 주위를 둘러보았다.

"보자, 벽난로를 끄고, 전등도 끄고. 문은 더들리 부인이 아침에 닫도록 내버려 둡시다."

그들은 기진맥진한 채로 줄지어 웅장한 계단을 올라가며 뒤쪽의 전등을 껐다.

"모두들 손전등은 갖고 있죠?"

박사가 묻자 다들 고개를 끄덕였다. 힐 하우스의 계단을 따라 어둠의 파도가 밀려오든 말든 잠을 자고픈 생각뿐이었다.

"좋은 밤 보내세요, 여러분."

엘리너가 인사하며 푸른 방의 문을 열었다.

"좋은 밤 보내세요."

루크가 말했다.

"좋은 밤 보내세요."

시어도라가 말했다.

"좋은 밤 보내세요. 푹 자고요."

박사가 말했다.

006

☆☆☆

"가요, 어머니, 가요. 괜찮아요, 지금 갈게요."

엘리너는 전등 스위치를 찾아 더듬거렸다. 엘리너, 엘리너, 하고 부르는 소리에 그녀는 짜증이 나 외쳤다.

"간다고요, 잠깐만요. 가고 있어요."

"엘리너?"

그러다 충격이 밀려들며 잠에서 완전히 깼다. 오한이 들어 부들부들 떨렸다. 나는 지금 힐 하우스에 있어.

"왜 그래? 무슨 일이야, 시어도라?"

그녀가 소리쳤다.

"엘리너? 여기야."

"갈게."

불을 켤 시간이 없었다. 엘리너는 발에 걸린 탁자를 밀치고는 그 소리에 의아해하면서도 욕실 문을 열려고 잠시 버둥거렸다. 탁자 소리가 아니라 어머니가 벽을 두드리는 소리 같았다. 시어도라의 방은 천만다행으로 환했다. 시어도라는 침대에 앉아 있었다. 자느라 머리가 헝클어진 채 충격으로 두 눈이 왕방울만 해져 있었다. 나도 같은 몰골이겠지.

"여기 왔어. 왜 그래?"

그리고 엘리너는 처음으로 또렷이 들었다. 잠에서 깬 후로 소리가 계속 났건만. 그녀는 속삭였다.

"이게 무슨 소리지?"

그녀는 시어도라의 침대 발치에 천천히 앉으며 자신의 침착함에 놀라워했다. 자, 자, 이건 그저 소리에 불과해. 끔찍하게 춥구나. 끔찍하고도 끔찍하게 추워. 복도 끝에서 나는 소리인데, 육아실 근처야. 끔찍하게 추워. 어머니가 벽을 두드리는 소리는 아냐.

시어도라가 지극히 이성적인 어조로 말했다.

"뭔가가 문을 두드리고 있어. 그뿐이야. 복도 다른 쪽 끝에서 나는 건데, 루크와 박사님이 이미 거기 가 있을 거야. 무슨 일인지 보려고."

어머니가 벽을 두드리는 소리는 아냐. 내가 또 꿈을 꾸고 있구나.

"쿵쿵."

시어도라가 소리를 흉내 내자 엘리너가 받아치며 낄낄거렸다.

"쿵."

나는 침착해. 하지만 너무 추워. 저건 그저 문 두드리는 소리에 불과해. 이 문 저 문 두드려 대는군. 그런데 왜 이리 두려운 걸까? '쿵'이라니 아주 적절한 표현이야. 어머니가 벽을 두드려 도움을 청하는 소리가 아니라 어린애가 내는 소리 같아. 어쨌든 루크와 박사님이 거기 가 있어. 한기가 등줄기를 스친다는 게 바로 이럴 때 쓰는 말일까? 불쾌한 기분이야. 배에서부터 시작해 온몸으로 불쾌함이 생명체처럼 퍼져 가고 있어. 그게 뭐든 정말 살아 있는 것 같아. 그래, 살아 있는 것 같아.

"시어도라, 점점 가까워지고 있어."

엘리너는 눈을 감고 이를 앙다물고는 두 팔로 몸을 감쌌다.

"그저 소리일 뿐이야. 메아리가 울려."

시어도라가 대꾸하고는 곁으로 다가와 바짝 붙어 앉았다. 엘리너는 생각했다. 철제 주전자나 철제 막대나 철제 장갑으로 문을 두드리는 듯 공허히 울리는 소리야. 한동안 규칙적으로 쿵쿵 울리더니 느닷없이 나직해졌다가 다시 빠르게 몰아쳤다. 복도 끝에서 이 문 저 문 규칙적으로 두드리는 듯했다. 루크와 박사가 저 아래 어딘가에서 소리치는 소리가 어렴풋이 들리자 엘리너는 생각했다. 저들은 지금 우리랑 다른 층에 있구나. 아주 가까운 문에서 금속이 쿵

하고 부딪히는 소리가 났다.

"다시 복도 아래쪽으로 내려갈 거야."

시어도라가 속삭였다. 엘리너가 생각하기에 이 기막힌 상황의 가장 기이한 부분은 시어도라도 함께 체험하고 있다는 점이었다.

"안 돼."

시어도라가 말했다. 복도 맞은편 문이 쿵 하고 울렸다. 귀가 먹먹해질 정도로 요란했다. 그리고 바로 옆문이 울렸다. 복도 양쪽을 왔다 갔다 하는 걸까? 카펫 위를 걸어 다니는 걸까? 문을 향해 손을 들어 올리는 걸까? 엘리너는 침대에서 몸을 날려 문손잡이를 꽉 쥐고 미친 듯이 소리쳤다.

"가 버려. 가 버려. 가 버리라고!"

완전한 침묵이 내려앉았다. 엘리너는 문에 얼굴을 대고 서서는 생각했다. 자, 결국 일을 냈구나. 저건 안에 사람이 있는 방을 찾고 있었던 거야.

한기가 기어 들어와 온 방을 채우며 그들을 휘감았다. 힐 하우스는 조용하기 이를 데 없으니 푹 잘 수 있으리라고 누구나 예상했겠지. 시어도라의 이가 딱딱 맞부딪히는 소리에 엘리너가 몸을 휙 돌리고는 깔깔 웃었다.

"이제 보니 다 큰 아이로구나."

"추워. 죽을 만큼 추워."

"나도 그래."

엘리너는 초록색 퀼트 이불을 집어 시어도라에게 던지고 자신은 친구의 따뜻한 가운을 걸쳤다.

"괜찮아?"

"루크는 어디 있지? 박사님은?"

"모르겠어. 따뜻해졌어?"

"아니."

시어도라가 몸을 부들부들 떨었다.

"좀 있다 복도로 나가 두 사람을 불러 볼게. 너는……."

다시 시작되었다. 그들의 대화를 듣고서 누군지 파악하고, 얼마나 두려움에 떠는지, 얼마나 준비가 되었는지 알아내기 위해 기다리고 있었던 것만 같았다. 굉음이 느닷없이 쿵 울렸기에 엘리너는 침대로 풀쩍 물러섰고, 시어도라는 기겁하며 비명을 질렀다. 철로 된 뭔가가 문을 두드려 댔다. 둘 다 공포에 질려 눈을 들어 올렸다. 그것이 문 위쪽을 두드려 댔기 때문이었다. 그들은 물론이고 루크나 박사의 손도 닿지 못할 만큼 높은 곳이었다. 문 밖에 있는 것이 무엇이든, 그것은 저급하고 역겨운 추위를 마구마구 뿜어 댔다.

엘리너는 꼼짝도 않고 가만히 서서 문을 바라보았다. 무엇을 해야 할지는 막막했지만, 아직 이성적으로 생각할 수 있으며, 자신이 심각하게 겁을 먹은 것은 아니며, 최악의 악몽을 꾸는 것보다 무섭지는 않다고 스스로를 다독였다. 소리보다 한기가 더 괴로웠다. 등을 간질이는 차가운 손가락의 감촉에는 시어도라의 따뜻한 가운도 소용없었다. 어쩌면 앞으로 걸어가 문을 여는 것이 현명한 행동이리라. 순수한 과학적 연구라는 박사의 취지에도 잘 맞았다. 하지만 설령 발이 문 앞까지 간다 하더라도 손이 손잡이까지 올라가지 않을 성싶었다. 정당하고도 객관적으로 그녀는 스스로에게 말했다. 세상 그 누구의 손도 저 손잡이를 만질 수는 없을 거야, 손이 할 수 있는 일이 아니야. 그녀는 문이 쿵쿵 부딪힐 때마다 조금씩 뒤로 물러나며 몸을 떨었다. 소리가 점점 가라앉자 점차 진정되었다.

뒤에서 시어도라가 말했다.

"난방기에 대해 관리인한테 한마디해야겠어. 이대로 끝날까?"

"아니, 아니."

엘리너는 속이 울렁거렸다. 그것이 그들을 발견해 냈다. 엘리너가 문을 열지 않을 것이기에 그것은 나름의 방법으로 안으로 들어올 터였다.

"사람들이 왜 비명을 지르는지 알겠어. 내가 비명을 지를 뻔했거든."

엘리너의 말에 시어도라가 대꾸했다.

"네가 비명을 질렀으면 나도 질렀을 거야."

그러더니 깔깔 웃었다. 엘리너는 재빨리 침대로 돌아가 시어도라와 서로 꼭 붙잡고서 침묵 속에서 귀를 기울였다. 문틀을 따라 나직이 두드리는 소리가 났다. 문 가장자리를 탐색하며 안으로 들어올 방법을 찾는 듯했다. 문손잡이를 만지작거리는 소리가 들리자 엘리너가 속삭였다.

"잠겨 있지?"

시어도라가 고개를 끄덕이다가, 욕실 문을 휘둥그레진 눈으로 응시했다.

"내 방도 잠겨 있어."

엘리너가 귀에 대고 말하자 시어도라는 안도하며 눈을 감았다. 끈적거리는 나직한 소리가 문틀을 따라 움직이더니, 밖에 있는 것이 분노가 치밀었는지 문을 다시 쿵쿵 때려 댔다. 엘리너와 시어도라는 나무 문이 바르르 흔들리며 경첩이 들썩이는 것을 보았다.

"너는 들어올 수 없어."

엘리너가 큰 소리로 외치자 다시 침묵이 내려앉았다. 집이 그녀의 말을 유심히 듣더니, 이해하고, 냉소적으로 동의하고, 기꺼이 기다려 주는 듯했다. 바람을 타고 낄낄거리는 소리가 나직이 들렸다. 광기에 차 살짝 높아지더니 들릴 듯 말 듯 작아졌다. 웃음소리는 그들의 뒤쪽 위아래에서 동시에 들리는 듯했다. 흡족해하는 작은 웃음소리가 그들을 지나쳐 집 주위를 빙빙 돌았다. 이윽고 박사와 루크가 계단 아래에서 외치는 소리가 들렸다. 다행히도 이제 끝이었다.

진짜 침묵이 내려앉자 엘리너는 위태롭게 숨을 쉬며 뻣뻣이 몸을 움직였다.

"우리는 길 잃은 아이처럼 서로를 껴안고 있었어. 너는 내 목욕용 가운을 입고 있고.”

시어도라가 말하며 엘리너의 목에서 팔을 풀었다.

“내 것을 깜박했거든. 정말 끝난 걸까?”

“오늘 밤에는 다시 안 올 거야. 느껴지지 않아? 도로 따뜻해졌잖아.”

시어도라가 단호히 말했다.

오싹한 추위는 사라지고 없었다. 하지만 문을 바라보았을 때 등줄기에 희미한 소름이 돋는 것은 어쩔 수 없었다. 엘리너는 단단히 묶어 놓은 목욕용 가운의 허리띠를 풀면서 말했다.

“강한 추위는 충격으로 인한 증상일 거야.”

“강한 충격이야말로 내가 겪고 있는 증상이지. 루크와 박사님이 오고 있어.”

두 사람의 목소리가 복도에서 들렸다. 불안해하며 빠르게 말하고 있었다. 엘리너는 시어도라의 가운을 침대에 내려놓고 말했다.

“세상에나, 저들이 노크하기 전에 문을 열자. 노크 소리를 한 번만 더 들으면 죽을 것 같아.”

그녀는 자기 방으로 달려가 가운을 집어 들었다. 뒤에서 시어도라가 잠시 기다리라 말하고 문을 열자 루크가 유쾌한 어조로 말하는 것이었다.

“이런, 유령이라도 본 듯한 얼굴이네요.”

엘리너가 그 방으로 가 보니 루크와 박사 둘 다 완전히 차려입은 모습이었다. 이제부터는 잠옷으로 갈아입지 않는 것이 좋겠다는 생각이 들었다. 밤에 다시 강렬한 한기가 찾아온다 하더라도 엘리너는 모직 정장과 두꺼운 스웨터를 입은 채 잠들어 있으리라. 여자 손님 중 한 명이 깨끗한 침대에 모직 양말과 두꺼운 신발 차림으로 누워 있는 것을 보고서 더들리 부인이 뭐라고 말하든 상관없었다. 그녀는 물었다.

"두 신사분은 유령 들린 집에서의 생활이 어떠신가요?"

루크가 대답했다.

"완벽하게 좋답니다. 완벽하게. 한밤중에 술 마실 핑계가 생겼으니 말이에요."

그는 브랜디병과 잔을 들고 있었다. 엘리너는 앞으로 새벽 4시에는 시어도라의 방에 모여 앉아 브랜디를 마시며 즐겁게 놀아야겠다 싶었다. 가볍게 수다를 떠는 동안, 호기심에 서로를 은밀히 엿보며 각자 궁금해하리라. 다른 이들은 어떤 공포를 맛보았을까. 얼굴이나 몸짓에 어떤 변화가 생겼을까. 어떤 약점을 경솔히 드러내어 파멸의 문을 열지는 않았을까.

"우리가 밖에 있는 동안 이곳에서 무슨 일이라도 있었나요?"

박사가 물었다.

엘리너와 시어도라는 서로를 바라보고는 마침내 히스테리나 두려움 없이 진정한 웃음을 터뜨렸다. 잠시 후 시어도라가 신중하게 말했다.

"그다지 특별한 일은 없었답니다. 누군가가 대포알로 노크를 하더니 문을 열고 우리를 잡아먹으려 했지만 실패했죠. 우리가 문을 안 열고 버티자 미친 듯이 웃어 대더군요. 하지만 뭐 그다지 심각한 일은 없었답니다."

엘리너는 호기심에 문을 열어 보았다. 그리고 어리둥절한 어조로 말했다.

"문이 산산이 부서지는 줄 알았어요. 그런데 긁힌 흔적 하나 없네요. 다른 문들도 마찬가지고요. 완벽하게 깨끗해요."

시어도라는 손에 쥔 브랜디 잔을 루크를 향해 내밀며 대꾸했다.

"나무 문에 흠집 하나 없다니 대단한걸요. 이렇게 아름답고 고풍스러운 집에 상처가 남는다면 너무도 마음 아플 것 같아요."

그녀가 엘리너를 향해 씩 웃고 말을 이었다.

"넬(엘리너)은 비명을 지를 뻔했죠."

"너도 마찬가지였지."

"전혀. 나는 너를 달래려고 그렇게 말했을 뿐이야. 게다가 더들리 부인이 이미 말했잖아. 아무리 비명을 질러도 자기는 오지 않는다고. 그래, 우리 충직한 기사분들은 그때 어디에 있었나요?"

루크가 대답했다.

"개를 쫓고 있었어요. 적어도, 개와 비슷한 동물이긴 했는데."

그가 머뭇거리더니 말을 이었다.

"개를 따라 밖으로 나갔죠."

시어도라가 가만히 그를 응시했고, 엘리너가 물었다.

"개가 집 안에 있었다는 건가요?"

박사가 대꾸했다.

"개가 내 방문 앞을 지나쳐 달려가는 것을 보았지요. 뭔가가 힐긋 지나갔거든요. 그래서 루크를 깨워서 같이 개를 쫓아 정원으로 나갔지만 집 뒤쪽에서 놓치고 말았죠."

"현관문이 열려 있었나요?"

"아뇨. 닫혀 있더군요. 다른 문들도요. 우리가 확인을 해 보았죠."

루크가 대꾸하자 박사가 말을 받았다.

"꽤 오랫동안 여기저기 살펴보았죠. 목소리를 듣고서야 두 분이 깨어 있다는 걸 알았답니다."

박사가 진지한 어조로 선언했다.

"한 가지 도저히 이해가 되지 않는 것이 있습니다."

그들이 어리둥절한 얼굴로 바라보자 박사가 강의하듯 손가락을 꼽으며 설명했다.

"첫째로, 루크와 나는 두 분보다 먼저 일어난 것이 확실합니다. 헛되이 수색을 하느라 두 시간은 족히 집 안팎을 돌아다녔죠. 둘째로 우리 둘 다 ……."

박사가 묻는 듯이 루크를 힐긋 보더니 말을 이었다.

"두 분의 목소리를 듣기 전까지는 아무 소리도 듣지 못했죠. 고요하기만 했답니다. 문 두드리는 소리는 전혀 없었어요. 우리가 수색을 포기하고 2층으로 올라왔을 때, 이 문 앞에 있었던 것이 무엇이든 떠나 버린 것이 분명합니다. 우리 넷이 함께 있는 지금, 사방이 고요하죠."

"무슨 뜻인지 잘 모르겠네요."

시어도라가 얼굴을 찌푸리며 말했다.

"우리는 미리 대책을 세워야 합니다."

"무엇에 대해서요? 어떤 대책을요?"

"루크와 내가 밖으로 유인되어 나갔을 때 두 숙녀분은 안에 갇혀 있었죠. 아무래도……."

박사의 목소리가 사뭇 낮아졌다.

"아무래도 우리를 갈라 놓으려는 계략이 있는 게 아닐까 싶군요."

05

힐 하우스의 푸른 방조차 생기로 물들이는 환한 아침 햇살 속에서, 엘리너는 거울을 바라보며 생각했다. 오늘은 힐 하우스에서의 두 번째 아침이야. 믿기지 않을 만큼 행복해. 연인과의 만남으로 여행은 끝난다네. 밤새 거의 자지 못했어. 거짓말을 하고, 스스로를 웃음거리로 만들었지. 공기에서 와인 맛이 느껴지는 것 같아. 어리석음 때문에 쓸데없이 공포에 빠지기도 했지만 어째서인지 지금은 무척 즐거워. 이런 일을 아주 오랫동안 기다렸던 거야. 행복을 인정하는 것은 행복을 없애는 짓이라는 평생의 믿음을 내다 버린 그녀는 거울 속의 자신을 향해 빙그레 웃으며 소리 없이 말했다. 너는 행복해, 엘리너. 마침내 네 몫의 행복을 찾은 거야. 거울 속의 얼굴에서 고개를 돌리며 그녀는 맹목적으로 믿었다. 연인과의 만남으로 여행은 끝난다네. 연인과의 만남으로.

"루크?"

시어도라가 복도에서 소리치고 있었다.

"어젯밤에 내 양말 한 짝 가져갔죠? 어쩜 그렇게 치사할 수가. 더들리 부인이 이 말을 꼭 들어야 할 텐데."

루크가 대답하는 소리가 희미하게 들렸다. 숙녀가 선물한 호의를 간직할 권리는 모든 신사에게 있다고, 더들리 부인이 한 마디 한 마디 놓치지 않고 다 듣고 있으리라 확신한다고.

"엘리너? 깼어? 들어가도 될까?"

시어도라가 욕실 문을 두드렸다.

"그럼, 물론이야."

엘리너는 거울 속 얼굴을 바라보았다. 너는 자격이 있어. 이걸 얻기 위해 평생을 바쳤잖아. 시어도라가 문을 열고 들어와 유쾌하게 말했다.

"어머, 우리 넬이 오늘따라 정말 예뻐 보이네. 이런 기묘한 생활이 잘 맞나 봐."

엘리너는 싱긋 웃었다. 이곳 생활은 시어도라에게도 잘 맞았다.

"지금쯤이면 눈가에 시커멓게 그늘이 내려앉고 절망이 가득한 얼굴로 방황해야 마땅한데. 하지만 우리 둘을 봐. 막 피어나는 청초하고 아리따운 꽃 같지 않아?"

시어도라가 말하면서 엘리너의 어깨에 팔을 걸고는 나란히 거울을 바라보았다.

"난 서른네 살이야."

기묘한 반발심에 나이를 두 살 더하다니 엘리너는 스스로에게 어이가 없었다.

"열네 살처럼 보여. 가자, 우리는 아침을 먹을 자격이 있어."

그들은 깔깔 웃으며 웅장한 계단을 달려 내려가 휴게실을 통해 식당으로 들어섰다.

"안녕하세요. 다들 푹 잤나요?"

루크가 쾌활하게 물었다.

"아기처럼 푹 잤답니다, 덕분에."

엘리너가 대꾸했다.

"좀 시끄럽긴 했지만 오래된 집이 다 그렇죠. 박사님, 오늘 아침에는 뭘 하나요?"

시어도라가 말했다.

"으음?"

박사가 고개를 들며 대꾸했다. 혼자 피곤한 얼굴이었지만, 그의 눈은 다른 이들과 마찬가지로 활기로 가득했다. 엘리너는 생각했다. 흥분 때문이야. 우리 모두 이 상황을 즐기고 있어.

박사가 단어를 하나하나 음미하며 말했다.

"발레킨 하우스, 볼리 렉터리, 글람스 성. 이런 특징을 가진 곳을 실제로 경험한다는 것은 놀랍기 이를 데 없는 충격이죠, 절대적 충격. 직접 겪지 않았더라면 믿지 못했을 겁니다. 두 분이 영적 능력을 깨달았을 때의 기쁨이 아주 조금이나마 이해가 된답니다. 세 분이 허락하신다면 마멀레이드를 좀 더 먹을까 합니다. 감사합니다. 우리 아내가 봤다면 깜짝 놀랄 거예요. 음식 맛이 전혀 다르게 느껴지거든요. 다른 분들도 그런가요?"

"더들리 부인의 빼어난 요리 솜씨 때문만은 아닌 것 같네요. 제 생각엔……."

엘리너가 루크의 말허리를 잘랐다.

"난 지난밤 일을 기억해 내려고 애쓰고 있어요. 무섭다고 생각했던 것은 기억나는데, 내가 정말로 무서워했는지는 모르겠어요."

"나는 한기가 기억나요."

시어도라가 몸을 떨며 말했다.

"우리에게 익숙한 어떤 사고방식에 비추어도 너무 비현실적인 상황이었기 때문이 아닐까 싶어요. 제 말은, 상식에 전혀 맞지 않는 사건이었잖아요."

엘리너는 말을 멈추고 당황스러운 듯 웃었다.

루크가 맞장구쳤다.

"동감입니다. 어젯밤에 무슨 일이 있었는지 아침에 나도 모르게 거듭 되새기고 있더군요. 사실상 악몽과는 정반대죠. 악몽을 꾸고 나면 보통 실재가 아니라고 스스로를 다독이잖아요."

"무척 흥미진진한 하룻밤이었던 것 같아요."

시어도라의 말에 박사가 경계의 뜻으로 손가락을 들었다.

"모두 수맥 때문에 일어난 현상일 수도 있으니, 아직 장담하지는 말아요."

"그렇다면 비밀의 수맥 위에 더 많은 집을 지어야겠어요."

시어도라가 말하자 박사가 얼굴을 찌푸렸다.

"이런 흥분 때문에 걱정이 된답니다. 열중하게 한다는 점에서는 좋지만, 또한 위험할 수도 있지 않을까요? 힐 하우스의 분위기에 휩쓸린 건 아닐까요? 우리가 힐 하우스의 저주에 걸려들었다는 첫 번째 징후일지도 모르죠."

"그렇다면 나는 저주에 걸린 공주가 되겠어요."

시어도라가 말하자 루크가 끼어들었다.

"어젯밤의 일이 힐 하우스의 전부라면 그다지 문제될 것 같지는 않은데요. 그 현상이 일어나는 동안에는 확실히 겁을 먹고 불쾌했지만, 신체적 위험을 느꼈던 것 같지는 않군요. 심지어 시어도라가 밖에 있던 무언가가 자신을 잡아먹으려 했다고 말했을 때조차 그다지……."

엘리너가 말허리를 잘랐다.

"어떤 뜻인지 알겠어요. 나도 똑같이 생각했거든요. 우리를 흡수해 이 집의 일부로 만들고 싶어 한다는 느낌을 받았죠. 아, 이런. 나는 무슨 말을 하려는 것인지 안다고 생각하고 입을 열지만, 막상 말을 시작하면 헤맨다니까요."

박사가 단호히 말했다.

"신체적 위험은 없습니다. 유령의 기나긴 역사를 살펴보면 그 어떤 유령도 사람의 신체를 해친 적은 없죠. 사람이 스스로 자해를 하지 않는다면요. 유령이 인간의 정신을 공격한다고조차 말하기 어렵답니다. 정신과 이성은 공격할 수 없는 것이기 때문이죠. 우리가 지금 이곳에 앉아 이야기를 나누는 동안, 우리의 이성은 유령의 존재를 믿고 있지 않습니다. 심지어 어젯밤과 같은 일을 겪었으면서도 '유령'이라는 단어를 언급할 때면 자기도 모르게 살짝 미소를 지어 버리죠. 사실 초자연 현상은 현대적 정신의 가장 취약한 곳을 공격하는 것이 주특기입니다. 미신에 대한 보호용 갑옷을 벗어 버렸으나 대체할 방어책을 아직 만들지 못한 곳이죠. 어젯밤에 정원으로 달려가거나 문을 두드린 존재가 유령이었다고 이성적으로 믿는 사람은 우리 중에 아무도 없습니다. 하지만 어젯밤 힐 하우스에서 분명 뭔가가 일어났고, 이성의 본능적 피난처인 자기 회의에 의지할 수 없게 되었죠. '그건 다 내 상상이었어'라고 말할 수 없는 겁니다. 다른 세 사람도 그 자리에 있었으니 말이죠."

엘리너가 미소를 지으며 끼어들었다.

"'다른 세 사람 역시 내 상상에 지나지 않아. 이건 전부 다 거짓이야'라고 말할 수도 있잖아요."

박사가 진지하게 대꾸했다.

"정말로 그렇게 믿는다면 지금 바로 넬을 이곳에서 내보낼 겁니다. 힐 하우스의 위험성을 친구처럼 반길 만한 정신 상태에 너무 가까이 가 있기 때문이죠."

"지금 저 말은 네가 미쳤다는 거야, 넬."

"그럼 미쳤다고 치죠, 뭐. 다른 세 사람과 척을 지고 힐 하우스와 한편이 된다면 나는 내쫓기게 되는 거군요."

내가 왜 이러지? 내가 왜 이래? 내가 대중의 양심이라도 되나? 다른 사람들이 오만 방자하다고 여길 냉소적 역할을 내가 떠맡은 건가? 나는 시어도라보다도 약한 사람으로 받아들여지고 있을 텐데? 우리 중에서 다른 사람의 의견에 반박할 가능성이 가장 낮은 사람이 바로 나인데?

박사가 엘리너를 슬쩍 보고는 대꾸했다.

"폴터가이스트는 전혀 다른 현상이죠. 전적으로 물리적 현상입니다. 돌을 던지고, 물건을 옮기고, 접시를 부수죠. 볼리 렉터리의 포이스터 부인은 오랫동안 고통받던 중, 가장 아끼던 찻주전자가 창문으로 내던져졌을 때 결국 이성을 잃고 격분하고 말았죠. 하지만 폴터가이스트는 초자연 현상의 척도에서 봤을 때 최저 단계라고 할 수 있지요. 파괴적이긴 하지만 어떤 의도나 의지는 보이지 않으니까요. 그저 방향이 불분명한 힘일 뿐이죠. 오스카 와일드의 근사한 단편인 「캔터빌의 유령」을 기억하시나요?"

박사가 살짝 미소를 띠며 물었다.

"미국 쌍둥이가 세련된 영국 유령을 내쫓는 이야기 아닌가요?"

시어도라가 말했다.

"맞습니다. 미국 쌍둥이가 사실상 폴터가이스트 현상의 원인이라는 의견에 저는 늘 찬성했죠. 다른 여러 흥미로운 현상도 많은데 폴터가이스트에 너무 관심이 몰리는 경향이 있습니다. 나쁜 유령이 좋은 유령을 내쫓다니."

박사가 기뻐하며 두 손을 문지르고 덧붙였다.

"사실 폴터가이스트는 다른 모든 것들을 내쫓아 버리죠. 폴터가이스트 현상이 수시로 나타나는 스코틀랜드의 어느 저택에서는 자연 발화 현상이 하루에 열일곱 번이나 일어났습니다. 침대 양끝이 번갈아 올라갔다 내려갔다 하는 바람에 사람이 쿵 떨어지기도 했고요. 한 성직자는 라이벌 교회에서 도난당한 성가집들이 며칠 동안 연이어 머리로 날아오는 통에 집을 떠나야만 했죠."

별안간 이유 없는 웃음이 엘리너의 안에서 소용돌이쳤다. 식탁 상석으로 달려가 박사를 꼭 껴안거나, 잔디밭을 이리저리 달려가며 노래를 부르거나, 고함치고 팔을 흔들며 힐 하우스의 방들을 따라 강력하고도 압도적인 거대한 원을 그리고 싶어졌다. 나는 여기 있어, 나는 여기 있어, 하고 그녀는 생각했다. 환희에 빠져 눈을 재빨리 감았다 뜨고는 점잔을 빼며 박사에게 말했다.

"그럼, 오늘은 무엇을 하죠?"

박사 역시 웃으며 대꾸했다.

"여전히 어린애들 같네요. 오늘은 무엇을 하느냐고 항상 묻죠. 알아서 장난감을 갖고 놀거나 친구끼리 어울려 놀지 그래요? 나는 할 일이 있답니다."

"내가 정말 하고 싶은 것은……."

시어도라가 낄낄거리다 말을 이었다.

"계단 난간을 타고 내려가는 것이랍니다."

엘리너와 마찬가지로 시어도라 역시 즐거움 가득한 흥분에 휩싸여 있었다.

"숨바꼭질도 좋죠."

루크가 말하자 박사가 말렸다.

"혼자 너무 오래 돌아다니는 것은 삼가도록 하죠. 이유는 모르겠지만 그렇게 하는 편이 합리적일 것 같군요."

"왜냐하면 숲 속에 곰이 있기 때문이죠."

시어도라가 말했다.

"다락방에는 호랑이가 있고요."

엘리너가 말했다.

"탑에는 늙은 마녀가 있고, 객실에는 용이 있죠."

"진지하게 하는 말입니다."

박사가 껄껄 웃으며 말했다.

"10시입니다. 식탁을 치워야……."

"안녕하세요, 더들리 부인."

박사가 인사했다. 의자에 기대어 있던 엘리너와 시어도라와 루크는 자기도 모르게 웃음을 터뜨렸다.

"10시에 식탁을 치웁니다."

"조금만 기다려 주세요. 십오 분이면 된답니다. 그 후에 식탁을 치우세요."

"10시에 식탁을 치웁니다. 점심은 1시에 차리고요. 저녁은 6시입니다. 지금은 10시이지요."

"더들리 부인."

박사가 엄한 어조로 말을 시작하려다가, 냅킨으로 눈을 가리고서 웃음을 꾹 참고 있는 루크의 얼굴을 보고는 그만 포기하기로 했다. 그는 띄엄띄엄 말했다.

"지금 식탁을 치워도 좋습니다, 더들리 부인."

힐 하우스의 현관홀을 따라 즐거운 웃음소리가 메아리쳤다. 객실의 대리석 조각상과 2층 육아실과 탑의 작고 기이한 꼭대기까지 소리가 번져 갔다. 그들은 복도를 지나 응접실로 가서도 여전히 깔깔대며 의자에 주저앉았다.

"더들리 부인을 놀리는 건 옳지 않다고 봅니다."

박사가 말하더니 두 손으로 얼굴을 가린 채 어깨를 들썩이며 몸을 앞으로 숙였다.

그들은 한참을 웃어 대며 이따금씩 몇 마디를 뱉고 마구 손을 휘저으며 뭔가를 말하려고 헛되이 애썼다. 웃음소리에 힐 하우스가 진동할 지경이었다. 그러다 기진맥진해지자 의자에 등을 기대고 통증에 겨워하며 서로를 바라보았다.

"이제……."

박사가 입을 열었지만 시어도라가 나직이 낄낄거리는 바람에 말문이 막혔다.

다시 박사가 보다 엄격한 어조로 말을 하자 모두들 침묵했다.

"이제 커피를 마시면 좋겠군요. 다들 어떤가요?"

"주방으로 가서 더들리 부인한테 커피를 달라고 하자는 건가요?"

엘리너가 물었다.

"1시나 6시가 아닐 때 더들리 부인한테 가서 그냥 커피를 달라고 해 버리면 되죠."

시어도라가 단호히 말하자 박사가 대꾸했다.

"아무래도 그렇겠죠. 루크, 이보게, 내가 관찰한 바에 따르면, 이미 더들리 부인과 친해진 듯하니……."

루크가 어이없다는 듯 물었다.

"그런 불가능한 현상을 어떻게 목격하셨다는 말씀이십니까? 더들리 부인은 나를 찬장의 제자리에 놓이지 않은 접시를 보듯 혐오스러운 눈길로 보는데요."

박사가 달래듯 말했다.

"어쨌든 자네는 이 집의 상속자 아닌가? 더들리 부인도 집안의 오랜 충복이 젊은 주인을 보듯 자네를 볼 걸세."

"더들리 부인의 눈에 저는 바닥에 떨어진 포크보다 하찮게 보일 걸요. 간절히 부탁드립니다. 그 늙은 머저리한테 뭔가를 부탁할 생각이라면 우리의 매력적인 넬이나 시어를 보내도록 하세요. 저들은 겁을 먹지 않……."

시어도라가 말허리를 잘랐다.

"무슨 소리. 연약한 여성더러 더들리 부인과 맞서라는 건가요? 넬과 나는 겁쟁이들 대신 전장에 나가야 할 것이 아니라 이곳에서 안전하게 보호받아야 마땅하지 않나요?"

"그럼, 박사님이……."

"말도 안 되네. 나처럼 늙은 사람한테 그런 부탁을 할 생각은 아니겠지. 어쨌든 더들리 부인이 자네를 꽤 좋아한다는 건 자네도 알잖아."

박사의 어조는 진심이었다.

"예의 없는 노인께서 한 잔의 커피 때문에 나를 희생시키려 하는군요. 은밀히 하는 말이지만, 이 일로 여러분의 루크가 사라지더라도 놀라지 말아요. 더들리 부인이 아직 오전 간식을 먹지 않은 모양이니 자기 기분에 따라 루크 버터 구이나 튀김을 해 먹고도 남을 테지요. 만약 내가 돌아오지 않으면……."

그는 박사의 코 밑에 손가락을 대고 경고하듯 흔들었다.

"더없는 의심을 품고서 점심 식사를 하기를 간청하는 바입니다."

거인을 죽이러 가는 전사처럼 과장되게 절을 하고서 루크가 문을 닫고 나갔다.

"매력적인 루크."

시어도라가 한껏 기지개를 켜며 말하자 엘리너가 맞받아쳤다.

"매력적인 힐 하우스. 시어, 정원에 자그마한 별채가 있는데, 화초가 온통 웃자라 있어. 어제 봤지. 오늘 아침에 그곳을 탐험해 볼까?"

"기꺼이. 힐 하우스를 단 한 군데도 놓치고 싶지 않아. 게다가 이렇게 날씨가 좋은데 집 안에만 있으면 안 되지."

"루크에게도 같이 가자고 하자. 박사님도 같이 가실 거죠?"

"기록을 남겨야……."

느닷없이 문이 열리는 바람에 박사는 말을 그쳤다. 엘리너는 루크가 감히 더들리 부인을 대면하지 못하고 문 앞에 귀를 바짝 댄 채 기다리고 있었다고만 생각했다. 하지만 루크의 얼굴이 새하얗게 질려 있었다. 박사가 분노하며 말했다.

"내가 먼저 첫 번째 규칙을 깨뜨리다니. 루크를 혼자 밖으로 보내 버렸군."

엘리너는 자기도 모르게 그를 다급하게 부르고 있었다.

"루크? 루크?"

그는 심지어 웃으며 말했다.

"괜찮아요. 그냥 복도로 좀 나와 보세요."

그의 얼굴과 목소리와 미소에 섬뜩해져 모두들 말없이 일어나 그를 따라 어둡고 긴 복도로 나왔다. 복도 너머는 현관홀이었다.

"여기요."

루크가 성냥을 켜서 벽에 들이대자 엘리너의 등에 살며시 전율이 흘렀다.

"글자인가요?"

엘리너가 자세히 보려고 벽에 바짝 다가가며 물었다.

"글자예요. 심지어 갈 때는 모르고 돌아올 때에야 알아차렸죠. 더들리 부인은 커피를 준비할 수 없다고 했어요."

그의 목소리가 긴장으로 딱딱했다.

"참, 손전등이 있지."

박사가 주머니에서 손전등을 꺼내 불을 켜더니, 복도의 한쪽 끝에서 다른 쪽 끝까지 천천히 비춰 보았다. 글자들이 또렷이 적혀 있었다. 박사가 앞으로 다가가 손가락 끝으로 글자를 문질렀다.

"분필이로군."

말썽쟁이 소년들이 울타리에 휘갈겨 놓듯 크고 삐뚤빼뚤한 글씨는 믿기지 않을 만큼 현실적이었다. 복도의 두꺼운 패널 위쪽에는 선이 끊어져 있었다. 복도의 한쪽에서 다른 쪽 끝까지 글자들이 이어졌는데, 너무 크게 써서 맞은편 벽에 바짝 붙어 서도 무슨 글인지 알기가 어려웠다.

"뭐라고 쓴 거죠?"

루크가 나직이 묻자 박사가 손전등을 움직이며 천천히 읽었다.

도와줘요 엘리너 집으로 와요

"아냐."

엘리너는 말문이 막혔다. 박사가 읽는 동안 자기 이름이 또렷이 보였다. 나야. 내 이름이 이렇게 또렷이 적혀 있다니. 이 집의 벽 위에 내 이름이 있어서는 안 돼.

"제발 지워 주세요."

시어도라가 그녀의 어깨를 감싸는 것이 느껴졌다.

"말도 안 돼."

엘리너가 혼란에 겨워 말하자 시어도라가 단호히 맞장구쳤다.

"정말 말도 안 되고말고. 안으로 들어가서 좀 앉자, 넬. 루크가 알아서 지울 거야."

"정말 말이 안 돼. 왜?"

엘리너는 그 자리에서 망설이며 자기 이름을 보았다. 루크가 손수건으로 글을 지우기 시작했다. 박사가 응접실로 그녀를 단호히 이끌고 문을 닫았다.

박사가 말했다.

"자, 내 말 잘 들어요. 이름이……."

"바로 그거예요. 그건 내 이름을 알아요. 그렇지 않나요? 내 이름을 안다고요."

엘리너가 그를 응시하며 말하자 시어도라가 그녀를 거칠게 흔들었다.

"그만 좀 할래? 우리 중 누구라도 이름이 적힐 수 있었어. 그건 우리 모두의 이름을 알고 있다고."

엘리너가 시어도라를 돌아보았다.

"혹시 네가 쓴 거니? 제발 사실대로 말해 줘. 화내거나 하지 않을게. 그저 진실을 알고 싶을 뿐이야. 장난친 거지? 나를 겁주려고 그런 거지?"

그녀는 간청하듯 박사를 바라보았다.

"우리 중 어느 누구도 그 글을 쓰지 않았습니다."

박사가 말했다.

루크가 손수건으로 손을 닦으며 들어오자 엘리너가 희망에 차 돌아보았다.

"당신이 쓴 거죠? 맞죠? 아까 나갔을 때 당신이 쓴 거죠?"

루크가 빤히 쳐다보더니, 그녀가 앉아 있는 의자로 다가와 팔걸이에 걸터앉았다.

"있죠, 내가 당신 이름을 사방에 남겨 놓기를 바라나요? 나무에 머리글자를 새기고, 자그마한 쪽지에 '엘리너, 엘리너'라고 적고?"

그가 그녀의 머리카락을 살며시 당겼다.

"나는 그렇게 철부지가 아니에요. 점잖은 신사라고요."

"그럼 왜 나죠?"

엘리너는 다른 이들을 한 명씩 한 명씩 바라보며 미친 듯이 생각했다. 나 혼자 밀려났어. 홀로 지목된 거야. 그녀는 간청하듯 재빨리 말했다.

"내가 다른 사람들보다 더 관심을 끌 만한 무슨 짓을 했나요?"

"특별히 그렇지는 않았어."

시어도라가 대꾸했다. 그녀는 벽난로 옆에 서서 벽난로 선반에 기댄 채 손마디를 툭툭 꺾었다. 그러고는 환한 미소와 함께 엘리너를 바라보며 말했다.

"어쩜 네가 쓴 건지도 몰라."

엘리너는 화가 치밀어 거의 고함을 쳤다.

"이런 사악한 집에 내 이름이 적힌 꼴을 보고 싶어 할 것 같아? 내가 관심의 중심이 되는 걸 좋아할 것 같아? 나는 그런 철딱서니 없는 인간이 아니고, 무엇보다도 나는 지목되는 걸 좋아하지 않아."

시어도라가 가벼운 어조로 말했다.

"도와 달라고 적혀 있는 걸 봤잖아? 아마도 그 가엾은 마을 처녀의 영혼이 마침내 의사소통 방법을 찾아냈나 봐. 소심하고 칙칙한 누군가가 오기를……."

"강철 같은 이기심을 가진 다른 사람들이 도저히 도와줄 것 같지 않으니까 나를 지목했나 보지. 내가 조금은 동정심과 이해심이 많아 보여서…….”

“아니면 네가 직접 쓴 것인지도 모르고.”

시어도라가 또다시 말했다.

여자끼리 싸울 때면 남자는 물러나 구경만 하는 법인지라 박사와 루크는 서로 꼭 붙어 서서 비참한 침묵에 잠겨 있었다. 이윽고 루크가 다가오며 말했다.

“이제 됐어요, 엘리너.”

그녀는 기가 막혀 발을 구르며 빙빙 돌았다. 그리고 헐떡이며 말했다.

“어떻게 이럴 수 있어? 어떻게 이럴 수 있냐고!”

박사가 껄껄 웃기 시작하자 그녀는 그를 응시했다가 뒤이어 루크를 응시했다. 루크는 빙그레 웃으며 그녀를 바라보고 있었다. 대체 나한테 무슨 문제가 있는 거지? 아니야, 저들은 시어도라가 나를 화나게 하려 한 짓이라고 생각하고 있어. 그러니 겁먹을 것 없어. 교활한 짓거리나 하는 철면피 같으니. 그녀는 두 손으로 얼굴을 가리며 의자에 앉았다.

“넬, 정말 유감이야.”

시어도라가 말하자 엘리너는 생각했다. 나도 뭐라고 말해야 해. 어떤 상황에서도 예의를 지킨다는 걸 보여 주어야 해. 그래, 그렇고 말고. 내가 내 행동을 부끄러워한다고 여기게 만들어야겠어.

“나도 미안해. 순간 겁이 났어.”

“당연한 일이에요.”

박사가 말하자 엘리너는 생각했다. 참 단순하고 뻔한 인간이야. 들은 대로 믿다니. 시어도라가 일부러 나한테 충격을 주어서 히스테리를 그치게 했다고 여기겠지. 그녀는 그를 향해 미소를 지으며 생각했다. 자, 나는 이제 무너지지 않아.

시어도라가 엘리너의 곁에 무릎을 꿇으며 말했다.

“네가 비명을 질러 댈 줄 알았어. 내가 너였다면 그렇게 했을 거야. 하지만 네가 무너지면 우리는 견디지 못했을 거야.”

자기 말고 다른 사람이 무대의 중심을 차지하는 걸 못 견디는 거겠지. 자기가 지목을 당했다면 혼자서 난리를 피워 댔겠지. 그녀는 손을 뻗어 시어도라의 머리를 토닥이며 말했다.

“고마워. 잠시 흔들렸던 것뿐이야.”

루크가 말했다.

“이러다 둘이서 치고 박고 싸우는 건 아닌가 했답니다. 그러다 시어도라의 의도를 깨달았죠.”

엘리너는 시어도라의 쾌활하고 행복한 눈을 향해 미소를 지으며 생각했다. 하지만 그건 시어도라의 의도가 전혀 아니었어.

002

☆☆☆

힐 하우스에서의 시간은 느릿느릿 흘러갔다. 짙푸른 언덕에 휘감긴 채 따뜻하고 호화롭고도 어두운 저택에 안전하게 틀어박힌 엘리너와 시어도라, 박사와 루크는 습격에 대비해 잔뜩 경계하고서 조용한 낮과 조용한 밤을 보냈다. 덕분에 약간은 지루할 정도였다. 그들은 함께 식사했다. 더들리 부인의 요리는 완벽했다. 그들은 대화를 나누고 체스를 두었다. 박사는 『패멀라』를 끝내고 『찰스 그랜디슨 경』을 읽기 시작했다. 이따금 홀로 있고 싶은 충동이 강하게 일 때면 각자의 방에서 조용히 시간을 보내곤 했다. 시어도라와 엘리너와 루크가 집 뒤의 뒤엉킨 잡목 숲을 뒤져 자그마한 별채를 찾아내는 동안 박사는 일행이 훤히 보이고 목소리가 들릴 만큼 가까운 잔디밭에 앉아 기록을 정리했다. 담을 두르고 있는 별채의 장미 정원은 잡초로 무성했지만 텃밭은 더들리 부부가 신경 써서 가꾸고 있었다. 시어도라와 엘리너와 루크는 개울가의 소풍 계획에 대해 종종 이야기했다. 별채 근처에 야생 딸기가 자라고 있었다. 그들은 손수건 가득 딸기를 따서는 박사 근처의 잔디밭에 누워 딸기를 먹느라 입과 손이 빨갛게 물들었다. 박사는 기록을 하다 말고 고개를 들어 즐거운 얼굴로 말했다. 어린애들이 따로 없군. 그들은 모두 지금까지 힐 하우스에서 보고 들은 것에 관해 상세히 기록했고, 박사는 이를 서류철에 모아 두었다. 다음 날 아침, 즉 힐 하우스에서의 세 번째 아침에 박사는 2층 복도에서 한기가 느껴지는 정확한 지점을 표시하려고 분필과 줄자를 챙겼다. 루크가 그를 도왔고, 두 사람이 힘겹고도 즐거운 한 시간을 보내는 동안 엘리너와 시어도라는 복도 바닥에 책상다리로 앉아 박사가 알려 준 수치를 기록하고, 종이에 오목을 두었다. 박사는 극도의 추위에 손이 반복적으로 노출되자 더 이상 분필이나 줄자를 제대로 들고 있을 수 없다는 난관에 부딪혔다. 루크가 육아실 문가에서 줄자 끝을 쥐고 있다가 한기를 향해 손을 뻗는 순간, 손가락에서 힘이 주르르 빠져나갔다. 한기의 중심점에 놓인 온도계는 일절 변화가 없이 복도의 다른 곳과 똑같은 온도를 끈질기게 가리켰다. 박사는 온도가 십일 도나 떨어졌다고 했던 볼리 렉터리의 통계학자들에게 분노를 버럭 방출했다. 한기가 느껴지는 부분을 최대한 정확히 파악하여 공책에 기록을 마치자, 박사는 일행들을 데리고 1층으로 가 식사를 하던 중 제안했다. 오후에 시원할 것 같으니 크로케를 하자고.

"오늘처럼 화창한 날 아침에 바닥의 차가운 부분이나 살펴보고 있었다니 한심한 노릇이죠. 그러니 야외에서 시간을 좀 보내도록 하지요."

의외의 제안에 그들은 깔깔 웃어 댔다.

"바깥에는 여전히 세상이 있을까요?"

엘리너는 경이롭다는 듯 묻고 더들리 부인의 복숭아 케이크가 담긴 접시를 내려다보며 말을 이었다.

"더들리 부인이 밤마다 어딘가로 가서는 아침마다 진한 크림을 가져오고, 더들리는 오후마다 식료품을 잔뜩 사 오죠. 하지만 이 집 외의 다른 세상은 기억이 나지 않아요."

"외딴섬에 있는 것 같죠."

루크가 말했다.

"힐 하우스가 아닌 다른 세상은 상상도 되지 않아요."

엘리너의 말에 시어도라가 대꾸했다.

"아무래도 매일 하나씩 막대에 눈금을 새기거나 자갈 더미를 쌓아야겠어요. 그래야 우리가 이곳에 얼마나 오래 고립되어 지냈는지 알 수 있죠."

"바깥세상에서 아무 소식도 들려오지 않으니 얼마나 행복한지."

루크가 휘핑크림을 잔뜩 떠먹고 말을 이었다.

"편지도, 신문도 없으니. 세상에 무슨 일이 벌어지고 있는지 모르겠어요."

"불행히도……."

박사가 말을 하려다 말더니 다시 입을 열었다.

"그러니까 무슨 말을 하려고 했느냐면, 바깥소식이 우리에게 곧 전해질 것이라고 말하려고 했지요. 당연히 이건 불행이 아니고요. 몬터규 부인이, 그러니까 우리 아내가 토요일에 올 거랍니다."

루크가 물었다.

"토요일이 언제죠? 물론 몬터규 부인을 뵙는다니 기쁘기 한량 없습니다."

"모레라네."

박사가 생각에 잠겼다가 잠시 후 말했다.

"맞아, 모레가 토요일이지. 토요일이 되면 우리 모두 그날이 토요일인 걸 알 수 있을 겁니다. 몬터규 부인이 나타날 테니까요."

그가 마지막 문장을 말하며 눈을 반짝였다.

시어도라가 대꾸했다.

"밤에 겪게 될 일에 대해 큰 기대를 품고 오지는 않으시길 빌어요. 힐 하우스는 애초의 기대에 영 못 미치는 것 같거든요. 아니면 몬터규 부인께서 심령 현상의 일제 사격을 환영 인사 대신 받을지도 모르겠네요."

"몬터규 부인은 그러한 현상에 완벽하게 준비하고 있을 겁니다."

더들리 부인의 감시하는 눈길 아래 점심 식탁을 떠나가며 시어도라가 엘리너에게 말했다.

"왜 이렇게 모든 것이 이토록 고요한지 모르겠어. 이렇게 가만히 기다리자니 오히려 더 신경이 타들어 가는 것 같아. 차라리 무슨 일이 일어나는 편이 더 낫지 않을까 싶다니까."

"기다리는 건 우리가 아니야. 집이지. 집이 때를 노리고 있는 거야."

"우리가 안심할 때까지 기다리다가 다음 순간 와락 덤비겠지."

"과연 얼마나 기다릴지 궁금해."

엘리너는 몸을 부르르 떨고는 드넓은 계단을 올라갔다.

"언니한테 편지를 쓸 뻔했다니까. '고풍스러우면서도 유쾌한 힐 하우스에서 멋진 시간을 보내고 있어.'"

시어도라가 뒤를 받았다.

"'다음 여름에는 온 가족이 이곳에서 함께 지내면 좋겠어. 매일 밤 담요를 덮고 잠을 자고…….'"

"'공기가 얼마나 시원한지 모르겠어. 특히 2층 복도가.'"

"'살아 있다는 것 자체가 항상 너무나 기쁘게 느껴져.'"

"'매 순간 뭔가가 일어나.'"

"'문명사회는 아득히 멀게만 느껴지지.'"

엘리너는 깔깔 웃으며 시어도라보다 먼저 계단 꼭대기에 올랐다. 어둑한 복도가 살짝 밝아진 듯했다. 육아실 문을 열어 두었기에 탑의 창문을 통과한 햇살이 바닥의 줄자와 분필에 어른거렸다. 계단참의 스테인드글라스 유리창에서 반사된 빛이 푸른색과 주황색과 초록색의 자잘한 조각들을 시커먼 목조 복도에 흩뜨렸다.

"나는 좀 자야겠어. 내 평생 이렇게 게으르게 지낸 적은 처음이야."

엘리너의 말에 시어도라가 대꾸했다.

"나는 침대에 누워 시내 전차에 대한 꿈을 꿀 거야."

방 안으로 들어가기 전에 문가에서 망설이며 힐긋 둘러보는 것은 엘리너의 습관으로 자리 잡았다. 방이 지나칠 만큼 푸른색이라 곧장 들어가기에는 시간이 필요한 탓이겠지 싶었다. 안으로 들어가서는 곧장 방을 가로질러 창문을 열었다. 창문은 번번이 닫혀 있었다. 이날 엘리너가 방을 반쯤 가로지르는데 시어도라의 방문이 쿵 하고 열리더니 시어도라가 숨 막히는 듯한 어조로 외쳤다.

"엘리너!"

엘리너는 재빨리 복도로 달려 나가 옆방 문으로 갔다가 깜짝 놀라 걸음을 멈추고 시어도라의 어깨 너머를 바라보았다.

"무슨 일이야?"

"무슨 일? 무슨 일이냐고?"

시어도라의 목소리가 미친 듯이 높아졌다.

나는 이 일 역시 절대 용서하지 않겠어. 엘리너는 어리둥절해하는 와중에도 굳게 결심했다. 그리고 주저하듯 말했다.

"페인트 같긴 한데…… 냄새가 지독해."

"이건 피야."

시어도라가 단호히 말하더니 문을 붙잡고 매달렸다. 문과 함께 휘청거리며 그녀가 방 안을 빤히 응시했다.

"피야. 사방이 피야. 너도 보이니?"

"물론이지. 그렇다고 완전히 칠갑을 한 건 아니야. 야단법석 떨 것 없어."

양심적으로 말해서, 시어도라는 사실상 그다지 야단법석을 떨고 있지 않았다. 언젠가 우리 중 하나가 저 애의 머리를 박살내면 제대로 울부짖겠지. 그게 나는 아니어야 할 텐데. 나는 그런 일을 하고 싶지 않아. 시어도라 본인이 그럴 거야. 그 순간, 그녀는 소름이 돋아서는 물었다.

"벽에 또 글자가 있어?"

시어도라가 미친 듯이 깔깔 웃어 대자 엘리너는 생각했다. 어쩌면 내가 그럴지도 모르겠어. 하지만 그럴 수는 없어. 이성을 유지해야 해. 그녀는 눈을 꼭 감았다. 자기도 모르게 소리 없이 읊조리고 있었다. 아, 여기 머물며 내 말을 들어요. 당신의 진정한 사랑이 오고 있지요. 높은 노래도, 낮은 노래도 근사하게 부르는 사람이죠. 더 이상 여행하지 말아요. 아름다운 아가씨. 연인과의 만남으로 여행은 끝난다네.

"정말 그렇구나. 네가 어떻게 견뎠는지 모르겠어."

시어도라가 말했다.

모든 지혜로운 사람의 아들은 알고 있지.

"침착해. 루크를 불러올게. 박사님도."

"왜? 이건 그냥 나를 위한 작은 깜짝 선물이잖아? 우리 둘만의 비밀로 하자."

그러더니 시어도라가 훌쩍 방으로 들어가는 것이었다. 엘리너는 붙잡으려고 했지만 늦었다. 시어도라가 커다란 옷장으로 달려가 문을 벌컥 열더니 비참하게 울부짖었다.

"내 옷, 내 옷!"

엘리너는 침착하게 몸을 돌려 계단 꼭대기로 가서는 난간에 기대어 소리쳤다.

"루크! 박사님!"

그녀는 원래 목소리가 크지 않은데다 침착한 어조를 유지하려고 애쓰며 불렀지만, 박사가 책을 바닥에 떨어뜨리더니 루크와 함께 계단을 쿵쿵 뛰어 올라오는 것을 들을 수 있었다. 그들의 염려 어린 얼굴을 바라보노라니 모두 불안을 얇디얇은 막 아래 감추고 다른 이의 도움을 받기 위해 비명을 지를 준비가 항상 되어 있다는 생각이 들었다. 지성과 분별력은 사실상 전혀 보호막이 되지 못했다.

그들이 계단 꼭대기에 이르자 그녀는 말했다.

"시어가 히스테리를 일으켰어요. 누군가가, 아니, 뭔가가 방에 붉은 페인트를 칠해 놨고, 시어는 옷 때문에 울부짖고 있어요."

이 정도면 상당히 공평하게 말한 거야. 그녀는 그들을 따라 몸을 돌렸다. 이보다 더 공평하게 말할 수 있었겠어? 그렇게 자문하는데 자신이 웃고 있다는 것이 느껴졌다.

시어도라는 방에서 여전히 미친 듯이 흐느끼며 옷장 문을 걷어차고 있었다. 온통 얼룩지고 엉클어진 노란 셔츠를 쥐고 있지 않았더라면 그러한 동작이 무척 우스꽝스레 보였으리라. 다른 옷들도 옷걸이에 걸린 채 찢겨 있거나 옷장 바닥에 흐트러져 있었고, 하나같이 빨갛게 얼룩져 있었다.

“이게 뭐죠?”

루크가 묻자 박사는 고개를 저으며 말했다.

“피라고 맹세할 수도 있어. 하지만 저렇게 많은 피를 얻으려면 아무래도…….”

박사가 불현듯 침묵했다.

그들 모두 한동안 조용히 서서는, 시어도라의 침대 위 벽지에 적힌 삐뚤빼뚤한 붉은 글자를 바라보았다.

도와줘요 엘리너 집으로 와요 엘리너

이번에는 준비되어 있어, 하고 다짐하며 엘리너는 말했다.

“시어를 데리고 나오는 게 좋겠어요. 내 방으로 데려가요.”

“옷이 엉망이 됐어요. 내 옷 보이나요?”

시어도라가 박사에게 말했다.

냄새가 심했다. 글자를 적은 붉은 액체는 줄줄 흘러내린데다 여기저기 튀어 있었고 벽에서 옷장까지 주르르 이어져 있었다. 아마도 이 때문에 시어도라의 관심이 옷장 쪽으로 향했으리라. 초록색 카펫이 얼룩덜룩하게 물들어 있었다.

“역겨워라. 시어를 내 방으로 데려가는 게 좋겠어요.”

엘리너가 말했다.

루크와 박사가 시어도라를 양쪽에서 부축해 욕실을 통해 엘리너의 방으로 데려갔다. 엘리너는 붉은 페인트를 바라보며(페인트가 분명해. 그저 페인트일 뿐이야. 달리 뭐겠어?) 소리 내어 말했다.

"하지만 왜?"

그녀는 벽의 글자를 올려다보며 품위 있게 생각했다. 여기 이름이 피로 적힌 이가 있구나. 이 순간 내가 이성을 유지하는 게 가능할까?

"시어는 괜찮아요?"

다시 방으로 돌아오는 박사를 향해 그녀는 물었다.

"좀 있으면 괜찮아질 거예요. 한동안 둘이 같이 지내야 할 것 같군요. 이 방에서 다시 자고 싶어 할 것 같지는 않네요."

박사가 살짝 파리한 미소를 지었다.

"시어가 혼자 문을 열려면 오랜 시간이 지나야 할 것 같군요."

"내 옷을 입어야 할 텐데."

"넬만 괜찮다면 그렇게 할 거예요."

박사가 호기심 어린 표정으로 그녀를 바라보았다.

"저 글을 보았는데 다른 사람들보다 침착한 것 같군요?"

엘리너는 자신의 감정을 이해하려고 애쓰며 대꾸했다.

"너무 바보 같아서요. 여기 가만히 서서 바라보며 그냥 이 생각만 했죠. 왜? 그러니까, 이건 웃기지 않은 농담 같아요. 지금보다 훨씬 두려움에 떨어야 마땅할 텐데 그렇지가 않아요. 현실이라기에는 너무 끔찍해서 그런가 봐요. 그리고 시어가 붉은색 매니큐어를 발라 주던 일이 계속 생각나요."

그녀가 낄낄거리자 박사가 날카롭게 바라보았지만 그녀는 말을 이었다.

"페인트라면 오히려 나았을 텐데. 안 그래요?"

왜 말을 멈추지 못하는 거지? 내가 왜 이렇게 줄줄 설명을 늘어놓아야 하지?

"시어가 옷 때문에 비명을 질러 대고 자기 벽에 내 이름을 적어 놓았다고 나를 비난해 대는 모습을 보고 나니 아무래도 진지하게 받아들여지지가 않네요. 시어가 모든 일에 대해 나를 비난하는 것에 익숙해져 버렸나 봐요."

"아무도 그 어떤 일에 대해서도 넬을 탓하지 않아요."

박사의 말에 엘리너는 책망을 받은 듯한 느낌이 들었다.

"내 옷에 시어가 만족해야 할 텐데."

그녀는 쏘듯이 말했다.

박사가 몸을 돌려 방을 둘러보았다. 벽의 글자에 조심스레 손가락을 대어 보더니 발로 시어도라의 노란 셔츠를 건드렸다. 그가 멍하니 말했다.

"나중에. 내일쯤 하죠."

그가 엘리너를 힐긋 보더니 미소를 지었다.

"이 광경을 정확히 그려 놓아야겠어요."

"저도 도울게요. 속이 울렁거리기는 하지만 두렵지는 않아요."

"네, 하지만 지금은 방을 잠가 두는 것이 좋겠군요. 시어도라가 실수로 들어가지 않도록요. 나중에 시간이 나면 살펴보도록 하죠."

그가 별안간 신이 난 어조로 덧붙였다.

"게다가 더들리 부인이 이 방에 들어와서 정리라도 하면 큰일이죠."

그가 방 안에서 복도 쪽 문을 잠그는 동안 엘리너는 말없이 바라보았다. 그들은 욕실로 들어가, 시어도라의 초록 방으로 이어진 문 역시 잠갔다.

"다른 침대를 구할 수 있는지 확인해 보죠."

박사가 다소 거북하다는 듯 말을 이었다.

"침착하게 잘했어요, 엘리너. 나한테 큰 도움이 되었어요."

"말했다시피 속이 울렁거리기는 했지만 무섭지는 않아요."

그녀는 유쾌하게 말하고는 시어도라를 돌아보았다. 그녀는 엘리너의 침대에 누워 있었다. 시어도라가 손의 붉은 얼룩을 자기 베개에 문질렀다는 사실에 엘리너는 속이 메스꺼워졌다. 그녀는 시어도라에게 다가가며 엄하게 말했다.

"있지, 새 옷을 사거나 옷을 빨 때까지는 내 옷을 입어야 할 거야."

"빤다고? 옷을 빤다고?"

시어도라가 침대에서 경련하듯 구르며 얼룩진 두 손을 눈에 갖다 댔다.

"하느님 맙소사, 좀 닦는 게 좋겠어."

평생 누군가에게 이토록 주체할 수 없는 혐오를 느끼기는 이번이 처음이야, 하고 엘리너는 생각하면서도 굳이 그 이유를 분석하지 않았다. 그녀는 욕실에서 수건을 물로 적셔 와 시어도라의 손과 얼굴을 마구 문질러 댔다.

"너 지금 엉망진창이야."

시어도라를 만지는 것이 역겨웠다.

별안간 시어도라가 그녀를 향해 빙긋이 웃더니 말했다.

"네가 그랬다고 진짜 믿는 건 아니야."

엘리너는 몸을 돌려, 뒤에서 그들을 내려다보고 있는 루크를 바라보았다.

"나도 참 바보지."

시어도라가 그에게 말하자 루크가 껄껄 웃더니 말했다.

"넬의 붉은 스웨터가 잘 어울릴 거예요."

엘리너는 생각했다. 저 여자는 사악하고 추잡하고 더럽고 지저분해. 그녀는 욕실로 가서는 수건을 찬물에 담갔다. 밖으로 나오니 루크가 말하고 있었다.

"여기 다른 침대 대령이오. 이제부터는 두 분이 같은 방을 써야겠네요."

"방과 옷을 같이 쓰다니 사실상 쌍둥이가 되겠군요."

시어도라가 맞장구쳤다.

"사촌이겠지."

엘리너가 말했지만 아무도 듣지 않았다.

003

☆☆☆

루크가 브랜디 잔을 돌리며 말했다.

“사지를 찢어 죽이기 전에 희생자의 배에 사형 집행인의 칼을 얹고서 분필로 그 윤곽선을 그리는 것은 엄격하게 고수된 전통이었죠.”

의자 곁의 바닥에 앉아 있는 시어도라의 머리를 내려다보며 엘리너는 생각했다. 저 애를 막대기로 때리고 싶어. 돌멩이를 마구 던지고 싶어.

“정교하고도 세련된 장치였죠. 간지럼을 잘 타는 사람이라면 분필로 선을 그을 때 견딜 수 없을 만큼 괴로울 테니.”

저 애가 미워. 역겨워. 깨끗하게 씻고서 내 붉은 스웨터를 입고 있다니.

“하지만 쇠사슬로 목을 맬 때는 사형 집행인이…….”

“넬?”

시어도라가 고개를 들어 그녀를 향해 미소 지었다.

“정말 미안해. 너도 알지?”

저 애가 죽어 가는 모습을 보고 싶어. 엘리너는 마주 미소 지으며 대답했다.

"미안해할 필요 없어."

"수피교에서는 우주는 결코 창조된 적이 없으므로 결코 파괴될 수 없다고 믿죠. 오늘 오후 내내 도서실에서 책들을 훑어보았습니다."

루크가 엄숙하게 선언했다. 박사가 한숨을 쉬며 말했다.

"오늘 밤에는 체스를 못 할 것 같네."

루크가 고개를 끄덕이자 박사는 말을 이었다.

"힘든 하루였으니 숙녀분들은 일찍 들어가서 쉬는 게 좋을 것 같군요."

"브랜디에 충분히 취하기 전에는 안 돼요."

시어도라가 단호히 말했다.

"두려움에 떠는 것은 이성을 포기하는 것입니다. 합리적 사고를 버리는 짓이죠. 두려움에 굴복하거나 싸워 이기거나 둘 중 하나이지, 그 중간을 택할 수는 없는 법입니다."

박사가 말하자 엘리너는 모두에게 사과해야 할 것만 같은 기분에 입을 열었다.

"아까는 내가 지극히 침착하다고 생각했어요. 그런데 이제 보니 지독하게 무서웠던 것 같아요."

그녀는 당황하여 얼굴을 찌푸렸다. 그들은 그녀가 계속 말하기를 기다렸다.

"두려울 때면 세상의 이성적이고 아름다우면서 두려움이 없는 면이 분명하게 보여요. 의자와 탁자와 창문은 어떤 영향도 받지 않고 그대로 있죠. 꼼짝하지 않아도 카펫의 섬세한 짜임새를 볼 수 있어요. 하지만 동시에 이런 세상과 단절되는 느낌을 받아요. 사물들은 두려워하는 법이 없기 때문이 아닐까 싶어요."

"우리는 단지 우리 자신을 두려워하는 것이라고 생각합니다."

박사가 천천히 말하자 루크가 받아쳤다.

"아뇨. 우리는 자신을 아무 가식 없이 있는 그대로 보는 것을 두려워하는 거죠."

"우리가 진실로 무엇을 원하는지 알기를 두려워하죠."

시어도라가 말하더니 엘리너의 손에 뺨을 얹었다. 엘리너는 그러한 접촉이 너무나 싫어서 재빨리 손을 치웠다.

"나는 혼자 있는 것이 항상 두려워요."

내가 왜 이런 말을 하지? 내일 쓰라리게 후회할 말을 늘어놓다니? 왜 스스로에게 죄를 짓지?

"그 글귀에 내 이름이 적혀 있었죠. 다른 사람은 아무도 내 심정을 모를 거예요. 이름은 너무나 친숙하죠."

그녀는 거의 간청하듯 그들에게 손짓했다.

"내 입장을 이해하려고 노력해 보세요. 나에게 속해 있는 나의 이름이잖아요. 그런데 뭔가가 그 이름으로 글을 쓰고, 그 이름으로 나를 부르고, 나 자신의 이름이……."

그녀가 말을 멈추더니 하나하나 둘러보며, 아래에서 올려다보고 있는 시어도라의 얼굴까지 확인하며 말을 이었다.

"있죠, 내 것이라고는 이름이 전부예요. 달리 가진 게 없답니다. 내가 분해되고 해체되고 분리되어 나는 내 정신의 반에서만 살아가고, 나머지 반이 무력하게 광기에 휘둘리는 모습을 막지 못하는 처지에 놓이고 싶지 않아요. 하지만 그렇게 된다고 해도 죽는 것은 아니죠. 일 초 일 초 끝도 없이 계속되다 보면 결국 적응하게 될 거예요. 만약 내가 굴복하기만 하면……."

"굴복?"

박사가 날카롭게 되묻자 엘리너는 그를 빤히 응시했다.

"굴복이라뇨?"

루크도 물었다.

"잘 모르겠어요."

엘리너는 당황하여 대꾸했다. 나는 그저 말하고 있었어. 아무 말이나 늘어놓았지. 내가 금방 무슨 말을 한 거지?

"전에도 이런 적이 있었죠."

루크가 박사에게 말했다.

"나도 아네."

박사가 엄숙한 어조로 대꾸했다. 엘리너는 모두가 자신을 바라보는 것이 느껴졌다.

"죄송해요. 바보 같은 말을 했나요? 아무래도 너무 지쳤나 봐요."

"전혀 아니에요. 브랜디를 마셔요."

박사가 여전히 엄숙하게 말했다.

"브랜디요?"

엘리너는 아래를 내려다보고 브랜디 잔을 들고 있다는 것을 깨달았다.

"내가 뭐라고 말했죠?"

시어도라가 낄낄거렸다.

"마셔. 지금 너한테는 술이 필요해, 넬."

엘리너는 순종적으로 브랜디를 마시고 예리하게 톡 쏘는 느낌을 받았다. 이윽고 박사에게 말했다.

"바보 같은 말을 했나 봐요. 모두들 나를 빤히 쳐다보는 걸 보니."

박사가 껄껄 웃었다.

"관심의 중심이 되려고 하지 않으면 돼요."

"허영심을 버려요."

루크가 해맑게 말했다.

"주목을 받으려고 하지 마."

시어도라가 말했다.

그들 모두 즐겁게 웃으며 엘리너를 응시했다.

004

☆☆☆

나란히 놓인 두 침대에 앉은 채로 엘리너와 시어도라는 팔을 뻗어 서로의 손을 꼭 잡았다. 방이 가혹할 만큼 추웠고 어둠이 빽빽했다. 오늘 아침까지만 해도 시어도라의 방이었던 곳에서 나지막하게 중얼거리는 목소리가 계속 들렸는데, 이해하기에는 너무 낮았고 잘못 들은 것이라기에는 너무 지속적이었다. 서로 손을 어찌나 꼭 쥐었는지 상대의 뼈가 느껴질 정도였다. 엘리너와 시어도라는 촉각을 곤두세웠다. 소리가 나지막이 이어졌다. 때로는 어떤 말을 강조하며 높아졌다가 때로는 숨소리만큼이나 낮아지며 계속되었다. 별안간 나직이 낄낄 웃는 소리가 나더니 점점 높아지다 불현듯 뚝 그쳤다. 고통스러운 짧은 침묵 후에 다시 목소리가 이어졌다.

시어도라의 손이 느슨해졌다가 단단해졌다. 엘리너는 소리에 잠시 마음이 가라앉았다가 화들짝 놀라 시어도라가 자리하고 있을 어둠 속을 바라보았다. 그리고 비명을 지르듯 생각했다. 왜 이렇게 어둡지? 왜 이렇게 어두운 거야? 그녀는 몸을 돌려 두 손으로 시어도라의 손을 꼭 쥐고 말을 하려고 했지만 할 수가 없었다. 얼어붙은 채 맹목적으로 손을 잡고는, 정신을 차리려고, 다시 이성적으로 굴려고 헛되이 시도했다. 아까 분명 불을 켜 두었는데 왜 이렇게 어둡지? 시어도라, 하고 속삭이려고 했지만 입이 움직이지 않았다. 시어도라, 왜 이렇게 어둡지? 하고 물으려고 했으나 소용이 없었다.

옆방에서 목소리가 나지막이 중얼중얼거렸다. 흡족한 어조로 끗끗이 이어지는 나직한 소리. 완벽하게 가만히만 있는다면, 정말로 완벽하게 가만히만 있는다면 그 말이 무슨 뜻인지 알아낼 수 있을 것 같았다. 그녀는 쉼 없이 이어지는 목소리에 귀를 기울였다. 필사적으로 시어도라의 손에 매달리자 시어도라도 대답하듯 그녀의 손을 꼭 쥐었다.

또다시 나직하게 낄낄 웃는 소리가 들리기 시작하더니 점점 미친 듯이 높아져 목소리를 삼켜 버렸다. 불현듯 절대적 침묵이 내려앉았다. 엘리너는 숨을 들이쉬며 생각했다. 이제는 말할 수 있을지도 몰라. 그 순간 들린 작고도 부드러운 울음소리에 그녀는 마음이 갈기갈기 찢겼다. 한없이 슬픈 울음이었다. 쓰라린 슬픔의 나직하고도 달콤한 탄식이었다. 어린애야, 어린애가 어딘가에서 울고 있어. 그렇게 생각하면서도 믿기지가 않았다. 바로 그때, 새된 비명이 터져 나왔다. 전에 결코 들어 본 적 없었지만 악몽에서 항상 들어왔다는 걸 알 수 있었다.

"꺼져! 꺼져, 꺼지라고! 날 내버려 둬!"

그것이 외치더니 이내 흐느꼈다.

"제발 날 내버려 둬요. 집에 돌아가게 해 줘요."

다시 나직한 슬픈 울음이 시작되었다.

엘리너는 단호히 생각했다. 참을 수 없어. 이건 잔혹하고 비정한 짓이야. 어린애를 괴롭히다니. 그 누구도 어린애를 해치지 못하게 내가 막겠어. 중얼거림이 나지막이 계속되었다. 끝없이, 끝없이, 끝없이. 목소리가 살짝 높아지다 살짝 낮아지며 이어졌다.

자신이 칠흑 같은 어둠에 휘감긴 침대에 모로 누워, 시어도라의 손을 두 손으로 쥐고 있으며, 그녀의 섬세한 손가락뼈가 느껴질 정도로 꽉 쥐고 있다는 사실을 인식하며 엘리너는 생각했다. 이대로 넘어가지 않을 거야. 저들은 나를 겁주었다고 생각하겠지. 맞아, 나는 겁을 먹었어. 하지만 나는 인간이자 사람이야. 나는 이성과 유머를 가진 사람이야. 이 더러운 미치광이 집에서 많은 것을 얻겠지만 아이가 고통받는 것을 내버려 두지는 않을 거야. 그래, 그러지 않을 거야. 맹세코 지금 바로, 입을 벌려 소리칠 거야. 반드시, 반드시 소리칠 거야. "그만둬!" 하고 그녀는 소리쳤다. 그러자 아까 켜 둔 그대로 불이 들어왔다. 시어도라가 화들짝 놀라 부스스한 얼굴로 자기 침대에서 몸을 일으켰다.

"왜 그래? 왜 그래, 넬? 무슨 일이야?"

"하느님 맙소사."

엘리너는 침대에서 벌떡 일어나 방을 가로질러 구석에서 부들부들 떨며 섰다.

"하느님 맙소사. 내가 누구 손을 쥐고 있었던 거지?"

006

나는 마음의 길을 익히고 있는 거야, 하고 엘리너는 상당히 진지하게 생각했다. 그러다 이것이 대체 무슨 의미가 있을까 고민했다. 때는 오후였고, 그녀는 루크와 나란히 별채 계단에 앉아 햇살을 쬐고 있었다. 나는 마음의 길을 익히고 있는 거야, 하고 그녀는 생각했다. 여전히 충격에 혼란스러운 상태이며 눈 아래에 그늘이 짙고 안색이 파리하다는 사실은 그녀도 알았지만, 햇볕은 따뜻했고 머리 위에서 나뭇잎이 살랑거렸다. 곁에는 루크가 느긋하게 계단에 기대 누워 있었다.

"루크?"

그녀는 조롱을 살까 봐 두려워 천천히 단어를 뱉었다.

"왜 사람들은 서로 이야기하고 싶어 하는 걸까요? 그러니까, 사람들이 상대방에게 알아내려 하는 것이 무엇이냐는 거예요."

"예를 들어, 넬은 나에 대해 뭘 알고 싶은가요?"

그가 껄껄 웃었다. 차라리 그가 나에 대해 알고 싶은 것이 뭔지 물어보지. 저렇게 허영심이 강한 남자라니. 그녀는 맞받아치듯 깔깔 웃고 말했다.

"보이는 것 이상의 루크를 내가 어찌 알 수 있겠어요?"

'보이다'라는 단어는 그녀가 하고픈 말을 제대로 대변하지는 못하는 대신, 가장 안전한 표현이었다. 그녀가 정작 하고 싶은 말은 이런 것이었다. 나에게만 알려 줄 수 있는 뭔가를 말해 봐요. 혹은, 당신을 기억하기 위해 뭔가를 주지 않겠어요? 혹은 심지어, 가슴 속에 한없이 중요한 뭔가가 자리 잡고 있어요. 도와줄 수 있나요? 그 순간, 그녀는 자신이 이런 생각을 했다는 사실에 기가 막혔다. 어리석은 것인지, 대담한 것인지. 하지만 루크는 이마를 살짝 찌푸린 채 손에 든 이파리만 응시하고 있었다. 마치 심오한 문제에 관해 오롯이 고뇌하듯.

그녀는 생각했다. 되도록 좋은 인상을 남길 표현을 찾으려고 애쓰고 있는 거야. 대답을 들으면 나를 어떻게 여기는지 알 수 있겠지. 과연 나한테 어떤 모습으로 보이고 싶어 할까? 자그마한 신비주의에 내가 넘어갈 것이라고 생각할까, 아니면 독특한 사람인 척 보이려고 애쓸까? 용감한 사람처럼 굴까? 그렇다면 나는 정말 창

피할 것 같아. 내가 용감한 남자한테 끌린다는 걸 그가 알고 있다는 뜻이니. 아니면 신비로운 사람처럼 굴까? 미친 사람처럼? 나는 어떻게 받아들여야 할까? 착각일 수도 있건만 벌써부터 이렇게 확신하다니, 루크가 당연히 나의 가치를 알아본다고 여기다니. 설령 그렇지 않더라도 적어도 내가 깨닫지 못하기를, 그가 지혜롭거나 내가 맹목적이기를, 그가 나를 어떻게 생각하는지 너무 확실하게 드러내지 않기를. 그녀는 간절히 소망했다.

그가 그녀를 힐끗 보더니 싱긋이 웃었다. 그녀는 이것이 그가 사과할 때 짓는 미소임을 알고 있었다. 과연 시어도라도 이렇게 그를 잘 알까, 하는 반갑지 않은 생각이 들었다.

“나는 어머니가 없었죠.”

그의 말에 어마어마한 충격이 밀려들었다. 이것이 그가 나를 생각하는 방식이란 말인가? 내가 이런 말을 듣고 싶어 한다고 생각하는 것인가? 이를 확대 해석하여 한껏 자부심을 품어야 하나? 한숨을 쉬어야 하나? 되새겨야 하나? 아니면 그냥 일어나 가 버려야 하나?

“나는 그 어디에도 속하지 못했기에 아무도 나를 사랑하지 않았죠. 넬이라면 이해할 수 있지 않을까 싶네요.”

아니, 나는 그렇게 쉬운 여자가 아니야. 무슨 의도인지는 몰라도 내 감정을 그렇게 쉽게 넘기지는 않겠어. 이 남자는 앵무새야. 나는 그런 것을 전혀 이해하지 못한다고, 감상적인 자기 연민에 전혀 흔들리지 않는다고 대답할 거야. 나를 조롱할 기회를 주어 스스로를 바보로 만들지 않을 거야.

"그럼요."

"그럴 줄 알았죠."

그녀는 솔직히 그의 뺨을 갈기고 싶었다.

"좋은 사람일 거라고 생각했어요, 넬. 착하고 정직한 분이죠."

차라리 마지막 문장은 덧붙이지 말지.

"나중에 집으로 돌아간 후……."

그가 말꼬리를 흐리자 그녀는 생각했다. 그가 대단히 중요한 뭔가를 말하려는 것일까, 아니면 대화가 매끄럽게 끝날 때까지 시간을 끄는 것일까? 이유 없이 이런 식으로 이야기하지는 않을 텐데. 쉽게 속을 털어놓지 않는구나. 애정을 살짝만 보여 주어도 내가 미친 듯이 자기한테 빠져들리라 생각하는 것일까? 내가 숙녀답게 굴지 않을까 봐 두려운 것일까? 나에 대해 뭘 안다고? 내가 어떻게 생각하고 어떻게 느끼는지 그가 어찌 알겠어? 나를 가여워하는 걸까?

"연인과의 만남으로 여행은 끝난다네."

그녀가 말했다.

"네, 아까 말했다시피 나는 어머니가 없었죠. 그리고 나에게는 없었던 뭔가를 다른 사람들은 다 누렸다는 사실을 알게 되었어요."

그가 그녀를 향해 빙긋이 웃었다. 그러고는 애처롭게 말했다.

"나는 이기적이기 짝이 없죠. 누군가가 나를 책임지고 가르쳐서 어른답게 행동하도록 만들어 주기를 항상 바라고 있어요."

그녀는 다소 놀랐다. 그는 정말 이기적이구나. 게다가 내 평생 단둘이 앉아 이야기 나눈 유일한 남자이지. 나는 인내심이 많아, 문제는 이 남자가 그다지 흥미롭지 않다는 거지.

"혼자 힘으로는 어른이 될 수 없나요?"

그녀는 얼마나 많은 사람들이, 특히 얼마나 많은 여자들이 그에게 이런 질문을 했을지 궁금했다.

"영리하군요."

그는 몇 번이나 이렇게 대답했을까? 이 대화는 아무래도 직관적으로 이어져야 할 것 같아, 하고 그녀는 유쾌하게 생각하며 상냥하게 대꾸했다.

"무척 고독한 삶을 살았을 것 같아요. 참으로 외로웠겠어요."

내가 원하는 것은 그저 소중하게 기억되는 것뿐이야. 그런데 여기에서 이기적인 남자와 헛소리를 떠들어 대고 있구나.

그가 그녀의 손을 살며시 잡으며 다시 미소 지었다.

"넬은 행운아예요. 어머니가 계셨으니까요."

002

☆☆☆

"이걸 도서실에서 찾았어요. 도서실에서 찾았다고 맹세할 수도 있어요.”

루크가 말했다.

“참으로 믿기 힘들군.”

박사가 대꾸했다.

“보세요.”

루크가 탁자에 커다란 책을 내려놓고는 속표지를 펼쳤다.

“직접 만든 거예요. 여기, 잉크로 적혀 있잖아요. 『소피아 앤 레스터 크레인에게 남기는 회고록 : 다정하고 헌신적인 아버지는 평생에 걸쳐 교육과 깨우침이라는 유산을 딸에게 물려주고자 하노라』 저자는 휴 데즈먼드 레스터 크레인이고, 날짜는 1881년 6월 21일이에요.”

시어도라와 엘리너와 박사가 탁자를 에워싸듯 서서 내려다보고 있는 동안, 루크가 페이지를 넘겨 대망의 첫 장을 드러냈다.

“여기 보세요. 어린 딸에게 겸손을 가르쳐 주죠. 이 스크랩북을 만들기 위해 유명한 옛날 책들을 잘라 낸 것이 분명해요. 그림들 중 눈에 익은 것이 여럿 되거든요. 그림은 모두 풀로 붙여져 있죠.”

루크의 말에 박사가 슬픈 어조로 대꾸했다.

“인간은 자신의 업적에 대해 허영심을 갖지. 휴 크레인이 이걸 만들겠다고 갈기갈기 찢어 버린 책들이 너무나 아깝군. 이건 고야의 에칭화네. 어린 소녀가 이런 그림을 감상해야 했다니 끔찍하군.”

루크가 말했다.

"이 추한 그림 아래에 휴 크레인이 글을 적어 두었죠. '딸아, 네 존재의 근원인 아버지와 어머니를 경애해라. 부모는 무거운 책임을 짊어지고 자식에게 순수와 정의를 심어 주며, 무시무시한 좁은 길 끝의 영원한 천국으로 너를 이끌어 주노니. 그리하여 순결하고 독실한 너의 영혼은 마침내 하나님에게로 인도되리라. 딸아, 죄악이나 무신론에 물들기 전에 해방된 어린 영혼이 하늘로 올라가 맛볼 환희를 명심하거라. 이와 같은 순수를 유지하는 것이 너의 영원한 의무이니라.'"

"가엾어라."

엘리너는 말했다. 루크가 다음 페이지를 넘기자 그녀는 화들짝 놀랐다. 휴 크레인의 두 번째 교훈은 뱀 구덩이를 갖가지 색으로 묘사한 판화 아래 적혀 있었다. 생생한 빛깔의 뱀들이 종이를 따라 얽히고설킨 채 몸부림쳤다. 깔끔하게 적힌 글자 중 일부는 금박이었다.

"수많은 인간들이 영원한 저주에 빠지리라, 아무리 눈물 흘리고 죗값을 치르더라도 이미 저지른 죄를 지울 수는 없나니. 딸아, 욕정과 배신이 판을 치는 세상에서 멀리 떨어져 살거라. 딸아, 너 자신의 순수를 지키거라."

"다음은 지옥이에요. 비위가 약하다면 보지 않는 게 좋아요."

루크가 말했다.

"나는 보고 싶지 않네요. 하지만 글을 읽어 주세요."

엘리너의 말에 박사가 맞장구쳤다.

"현명한 선택입니다. 폭스의 책에서 삽화를 오려 낸 거로군요. 개인적으로는 죽음을 너무 추하게 묘사했다고 생각하지만, 순교자들이 정말 어떻게 죽었는지 누가 알겠습니까?"

루크가 말했다.

"하지만 이것 좀 보세요. 페이지의 한쪽 모서리를 태워 버렸어요. 그리고 이렇게 적었죠. '딸아, 영원한 지옥 불에 던져진 가엾은 영혼들이 내뱉는 고통스러운 비명과 끔찍한 울부짖음과 회개의 말을 가만히 들어 보아라! 쉼 없이 불타는 황무지의 시뻘건 불꽃이 네 눈을 순식간에 태우리라! 아, 영원히 사그라지지 않는 고통 속에 사는 것은 그 얼마나 비참할지! 딸아, 너의 아버지는 이 페이지의 모서리를 잠시 촛불에 맡기노라. 연약한 종이가 불꽃에 자글자글 움츠러드는구나. 딸아, 초의 열기는 영원한 지옥 불에 비하면 드넓은 사막의 모래알 하나에 불과하단다. 이 종이는 미약한 촛불에 살짝 데었으나 너의 영혼은 천 배는 더 뜨거운 지옥 불에서 영원히 불탈 것이다.'"

"잠자기 전에 매일 밤 아버지가 읽어 주었을걸요. 내기를 걸어도 좋아요."

시어도라가 말하자 루크가 대꾸했다.

"좀 기다려 봐요. 아직 천국을 안 봤잖아요. 넬이 봐도 문제없어요. 블레이크의 작품인데, 약간 근엄하긴 하지만 지옥보다는 한결 낫죠. 들어 봐요. '성스러워라, 성스러워라, 성스러워라! 천상의 순수한 빛 속에서 천사들이 하나님과 그들 서로를 영원히 찬양하느니라. 딸아, 바로 이곳에서 너와 만나고 싶구나.'"

박사가 말했다.

"대단한 사랑이로군. 구상을 하는 데만 몇 시간은 들였을 텐데. 게다가 정갈한 글씨에 금박까지……."

루크가 말허리를 잘랐다.

"자, 이제 일곱 가지 대죄랍니다. 본인이 직접 그린 것 같아요."

"폭식은 정말 진심을 다해 그렸나 봐요. 식욕이 영원히 달아날 것 같네요."

시어도라가 말했다.

"정욕에 비하면 아무것도 아니죠. 실력이란 실력은 다 발휘한 것 같아요."

루크의 말에 시어도라가 대꾸했다.

"더 이상 보고 싶지 않네요. 여기 넬이랑 같이 앉아 있을게요. 나한테 도움이 될 만한 교훈이 나오거든 소리 내어 읽어나 주세요."

"여기 정욕이에요. 세상에 이런 익살맞은 구애를 받은 여자가 있을까요?"

"맙소사. 세상에나."

박사가 말했다.

"직접 그린 게 분명해요."

"아이한테 이런 그림을?"

박사가 분노했다.

"소중히 간직하라고 스크랩북으로 선물까지 하다니. 자만을 봐요. 우리의 넬과 무척 비슷하죠."

"네?"

엘리너가 일어나자 박사가 달래듯 말했다.

"놀리는 겁니다. 보지 말아요. 장난에 걸려들 뿐이죠."

"다음은 나태입니다."

"시기. 어린아이가 어떻게 이런 죄를 짓는다고……."

"마지막 페이지야말로 최고의 걸작이죠. 숙녀분들, 이건 휴 크레인의 피랍니다. 넬, 휴 크레인의 피가 보고 싶지 않나요?"

"아뇨, 사양하죠."

"시어는요? 싫다고요? 어쨌든, 휴 크레인이 책을 마무리 지으며 쓴 말을 두 분의 양심을 위해 읽어 드리죠. '딸아, 성스러운 약속은 피로써 이루어지는 법이니라. 내 손목에서 직접 짜낸 피로 너에게 명하노니, 구세주와 이 아버지를 믿으며 선하고 도덕적인 삶을 살거라. 내세에서 영원한 축복 속에 우리가 함께하리라고 네게 맹세하노라. 겸허한 마음으로 이 책을 만든 헌신적인 아버지의 가르침을 받들거라. 나의 노력이 미약할지라도 의도는 잘 수행되어, 이 세상의 위험으로부터 너를 보호하여 천국에서 기다리고 있을 나의 품으로 너를 안전히 인도하기를 비노라.' 그리고 이렇게 서명되어 있네요. '너의 근원이자 도덕적 스승이며 현세에도 내세에도 영원한 사랑을 베푸는 아버지, 휴 크레인이 겸허한 사랑을 담아.'"

시어도라가 몸을 떨며 말했다.

"자기 피로 서명하며 엄청 즐거워했을걸요. 미친 듯이 웃어 대는 모습이 눈에 선해요."

박사가 한마디했다.

"건강하지 않아요. 이런 책을 만들다니 전혀 건강하지 않아요."

엘리너가 말했다.

"아버지가 이 집을 떠났을 때 딸은 무척 어렸을 텐데요. 아버지가 이 책을 딸에게 정말 읽어 주지는 않았을 거예요."

시어도라가 반박했다.

"아니야, 읽어 주었고말고. 요람에 누워 있는 딸에게 단어를 하나하나 내뱉으며 아기의 여린 마음속 깊이 가르침을 새겨 주었을 거야. 휴 크레인, 당신은 비열한 늙은이이고 비열한 집을 지었지. 어디에서든 내 말을 듣고 있다면 당신 면전에 대고 똑바로 말해 주고 싶어. 이 추악하고 끔찍한 그림 속에 영원히 처박혀 쉴 새 없이 불타기를 진심으로 빌어 주지."

그녀가 방을 향해 커다란 조롱의 몸짓을 해 보였다. 전의 일도 있고 하니 그들은 대답이라도 기다리듯 한동안 침묵에 잠겼다. 이윽고 벽난로 석탄이 타들어 가며 무너지자 박사가 손목시계를 확인했고, 루크가 일어났다.

"자, 이제 즐길 시간이로군요."

박사가 유쾌하게 말했다.

003

☆☆☆

시어도라는 벽난로 앞에 웅크린 채 엘리너를 심술궂게 올려다보았다. 방 다른 쪽에서는 나직이 달가닥거리며 체스 말이 움직였다. 시어도라가 상냥한 어조로 짓궂게 물었다.

"너의 그 작은 아파트에 그를 초대할 거니, 넬? 너의 별 컵을 쓰라고 할 거야?"

엘리너는 아무 대꾸 없이 벽난로 불빛만을 응시했다. 나는 정말 바보야. 어쩜 이렇게 어리석은지.

"두 사람이 함께할 만큼 방이 넓니? 초대하면 그가 올까?"

이보다 더 최악일 수는 없어. 나는 정말 바보야.

"어쩜 그는 작은 집을 소망하고 있을지도 몰라. 물론 힐 하우스보다 작은 집이겠지. 어쩜 너와 함께 집으로 갈지도 모르지."

머저리 등신.

"너의 새하얀 커튼……. 자그마한 석조 사자상……."

엘리너는 가까스로 상냥한 표정으로 내려다보며 말했다.

"나는 와야만 했어."

그리고 일어나 무작정 방향을 돌려 걸어갔다. 뒤에서 놀라 외치는 목소리는 들리지 않았고, 어디로 어떻게 가는지도 알 수 없었다. 어쩌다 보니 거대한 현관문 앞이었고, 어느새 따뜻하고 부드러운 밤의 어둠 속으로 나와 있었다.

"나는 와야만 했어."

그녀는 바깥세상을 향해 말했다.

두려움과 죄책감은 자매인 법이다. 시어도라는 잔디밭에서 그녀를 따라잡았다. 말없이 분노하고 상처받은 채 그들은 나란히 힐하우스에서 멀어져 갔다. 둘 다 서로에게 미안해했지만, 화가 나거나 즐거워하거나 겁에 질리거나 질투하는 사람은 다른 때라면 불가능한 극단적 행동을 고집스레 끝까지 밀고 나가곤 한다. 엘리너도 시어도라도 해가 진 후에 힐 하우스에서 멀리 가는 것이 경솔한 짓은 아닌지 전혀 생각하지 않았다. 둘 다 자신의 절망에 너무 몰입한 나머지 어둠 속으로 탈출하지 않고는 견딜 수가 없었다. 질기고도 연약하며 처치 곤란한 분노라는 망토를 휘감은 채, 두 사람은 서로를 고통스레 의식하며 결코 먼저 말을 걸지 않겠다는 다짐으로 단호히 걸음을 내디뎠다.

결국 엘리너가 먼저 입을 열었다. 돌에 발을 부딪혀 통증이 밀려오는 것을 느꼈지만 자존심 때문에 내색하지 않고 최대한 침착하면서도 냉랭하게 말했다.

"내 사생활에 간섭할 권리가 네게 있다고 생각하는 까닭을 모르겠어. 내가 무엇을 하든 네가 관심을 둘 일은 아니라고 생각되는데."

그녀는 비난을 줄줄 늘어놓거나 부당한 책망을 하지 않으려고 일부러 격식을 차려 말했다. 어차피 그들은 남이 아닌가? 아니, 사촌이던가?

시어도라가 단호히 대꾸했다.

"맞아. 네가 무엇을 하든 나는 전혀 관심 없어."

엘리너는 생각했다. 우리는 울타리의 양쪽에서 걷고 있어. 하지만 나 역시 여기서 지낼 권리가 있어. 그걸 증명하기 위해 별채에서 루크와 한 시간을 허비했지.

"발을 다쳤어."

"저런."

시어도라는 진심으로 안타까운 어조였다.

"그가 어떤 놈인지 너도 알잖아."

시어도라가 주저하다가 마침내 말을 이었으나, 다소 재밌어하는 기색이 어려 있었다.

"그는 바람둥이야."

"그가 어떤 사람이든 나는 관심 없어."

그들은 어쩔 수 없이 말다툼하는 여자들이었다.

"네가 원하면 너나 가져."

"그는 대가를 치러야 마땅해."

"무슨 대가 말이지?"

엘리너는 우아하게 물었다.

"너는 스스로를 바보로 만들고 있잖아."

"그런 것 같지 않은데. 네 생각이 틀린 것으로 판명 난다면 어쩌려고 그러니?"

시어도라는 지친 듯하면서도 냉소적인 목소리로 대꾸했다.

"내가 틀렸다면 온 마음을 다해 너를 축복해 주지. 너는 정말 바보야."

"할 줄 아는 말이 그것뿐인 모양이지."

그들은 개울로 이어진 오솔길을 걷고 있었다. 어둠 속에서도 비탈길로 가고 있다는 것이 느껴졌다. 전에 즐거워하며 함께 걸었던 길을 이 순간에 의도적으로 택했다는 점에 대해 서로를 말없이 비난했다.

엘리너는 이성적인 어조로 말했다.

"어쨌든 내게 무슨 일이 일어나든 네가 관여할 일이 아니야. 내가 스스로를 바보로 만들든 말든 네가 무슨 상관이지?"

시어도라는 어둠 속을 걸으며 잠시 침묵했다. 별안간 그녀가 자신을 향해 보이지 않는 손을 뻗었다는 바보 같은 확신에 휩싸인 엘리너는 어색하게 말했다.

"시어, 나는 말주변이나 사교성이 별로 없어."

시어도라가 깔깔 웃더니 단호히 물었다.

"그럼 뭘 잘하는데? 달아나기?"

아직 돌이킬 수 없는 말을 서로에게 한 것은 아니었지만 안전선을 넘을 듯 말 듯한 상황이었다. 둘 다 같은 질문의 가장자리를 조심스럽게 더듬고 있었다.

'너는 나를 진심으로 좋아하니?'

일단 이런 질문을 뱉으면 대답을 들을 수도, 잊힐 수도 없었다. 그들은 생각에 잠겨 천천히 걸어갔다. 발아래의 길이 내리막길이 되었을 때도 그들은 그대로 걸어갔다. 나란히 걷는 것은 가장 친밀한 사이라는 증명이었지만, 그들은 그저 서로를 견제하고 주저하며 해결책이 저절로 나타나기를 기다릴 뿐이었다. 상대가 무슨 생각을 하고 무슨 말을 하고 싶어 하는지 거의 한 몸처럼 알고 있었다. 서로를 위해 울 수도 있을 정도였다. 그들은 동시에 길의 변화를 깨달았고 서로가 알고 있다는 것 역시 눈치챘다. 시어도라가 엘리너의 팔을 잡았지만 멈추기에는 너무 두려워 서로 몸을 꼭 붙인 채 천천히 걸어갔다. 바로 앞에서 길이 시커메지고 넓어지며 굽이쳐 이어졌다.

엘리너는 숨을 죽였다. 그녀를 꼭 잡고 있는 시어도라의 손이 조용히 해야 한다고 경고하고 있었다. 길 양쪽의 나무들은 여태 고수했던 시커먼 빛깔을 포기하고 거의 투명한 빛으로 하얗게 소리 없이 서 있었다. 시커먼 하늘을 등진 모습이 마치 유령 같았다. 풀은 색이 없었고, 길은 넓고 시커멨다. 그 외에는 아무것도 없었다.

엘리너는 이가 딱딱 맞부딪혔고, 두려움에 토할 것만 같았다. 시어도라가 잡다 못해 움켜쥐다시피 한 팔이 부들부들 떨렸다. 한 걸음 한 걸음 앞으로 나아가는 것이 합리적인 선택인 동시에 미치광이의 고집처럼 느껴졌다. 절규하는 길의 흑색과 몸서리치는 나무의 백색 때문에 눈이 따끔거리며 눈물이 났다. 이성적이고 명료한 단어들로 구성된 생각에 영혼이 불타는 듯했다. 이제는 정말 두려워.

그들은 길이 이끄는 대로 나아갔다. 양쪽에 변함없이 새하얀 나무들이 서 있었고 무엇보다도 시커먼 하늘이 머리 위에 빽빽하게 드리워져 있었다. 걸음을 디딜 때마다 발이 하얗게 반짝였다. 시어도라의 손이 창백하게 빛났다. 굽이치는 앞쪽의 길 너머가 보이지 않았지만 그들은 꿋꿋이 발을 내밀어 나아갔다. 다른 동작은 할 수가 없었고, 끔찍한 흑색과 백색과 빛나는 악의 물결에 가라앉지 않으려면 걷는 수밖에 없었다. 이제는 정말 두려워. 엘리너는 불타는 단어들로 생각했다. 자신의 팔을 쥐고 있는 시어도라의 손이 희미하게나마 느껴지긴 했지만 시어도라는 머나먼 곳에 안전히 떨어져 있었다. 야만적일 만큼 추웠지만 온기를 더해 줄 사람은 곁에 없었다. 이제 정말 두려워. 그녀는 한 발 한 발 내디디며 무정한 추위에 부들부들 떨었다.

길이 이어졌다. 그들을 어딘가로 데려가는 듯했지만 그들은 길에서 벗어날 수가 없었다. 그랬다가는 양쪽의 새하얀 풀밭에서 목숨을 잃을 터였다. 검게 빛나는 길이 굽이쳤다. 그들은 길을 따라갔다. 시어도라가 손을 꼭 쥐었고, 엘리너는 울음을 터뜨리지 않으려고 숨을 참았다. 앞에 뭔가가 움직이는 것일까? 흰 나무보다 더 새하얀 뭔가가 손짓하는 것일까? 나무 사이로 스며들어 가만히 지켜보며 손짓하는 것일까? 이토록 고요한 밤에 느껴지지도 않을 만큼 뭔가가 곁에서 미세하게 움직이는 것일까? 어떤 발걸음이 그들을 하얀 풀밭으로 보이지 않게 이끄는 것일까? 이곳은 어디일까?

길은 정해진 종착지에 그들을 이끈 후 사라졌다. 엘리너와 시어도라는 정원을 바라보았다. 생생한 빛깔과 햇살에 눈이 부셨다. 기가 막히게도 정원의 풀밭에서 사람들이 소풍을 즐기고 있었다. 아이들의 웃음소리와, 어머니와 아버지의 애정과 즐거움이 가득한 목소리. 무성한 초록 풀밭에 빨강, 주황, 노랑 꽃들이 만발했다. 하늘은 푸른빛과 금빛이었다. 다홍색 원피스를 입은 아이가 다시 소리 높여 깔깔거리며 강아지를 쫓아가다 넘어졌다. 체크무늬 식탁보가 펼쳐져 있고, 어머니는 화사한 과일이 담긴 접시를 들어 올리며 미소 지었다. 그 순간 시어도라가 소리쳤다.

"돌아보지 마, 돌아보지 마. 돌아보지 말고 뛰어!"

두려움에 질린 새된 목소리였다.

왜 뛰는지도 모른 채 달려가며 엘리너는 생각했다. 체크무늬 식탁보에 발이 걸리면 어쩌지. 강아지 위로 넘어지면 큰일인데. 하지만 그들이 정원을 달려가는 동안 발에 닿은 것은 시커멓게 변해 가는 잡초 외에 아무것도 없었다. 시어도라는 여전히 소리쳐 대며, 좀 전만 해도 꽃이 피어 있던 관목을 짓밟다가 반쯤 묻힌 돌들, 혹은 깨진 컵 위로 넘어져 흐느꼈다. 이윽고 그들은 덩굴이 시커멓게 뒤덮은 새하얀 석벽을 미친 듯이 두드리고 할퀴어 대며 내보내 달라고 애원하고 고함쳤다. 녹슨 철문이 열리자 그들은 울부짖고 헐떡이며 달려갔고, 그 와중에도 서로 손을 꼭 쥐고 있었다. 힐 하우스의 텃밭을 가로질러 뒷문을 부수다시피 열고 주방에 들어서자 루크와 박사가 서둘러 다가왔다.

"무슨 일이에요? 괜찮아요?"

루크가 시어도라를 붙잡고서 물었다.

박사가 지친 어조로 말했다.

"미치는 줄 알았답니다. 몇 시간 동안 두 사람을 찾아다녔어요."

"소풍이었어요."

엘리너가 말을 뱉고는 주방 의자에 무너지듯 앉았다. 손을 내려다보니 온통 긁혀 피투성이였으며 의지와는 상관없이 부들부들 떨고 있었다. 그녀는 두 손을 보라며 앞으로 내민 채 말했다.

"탈출하려고 했어요. 소풍에서 아이들이……."

시어도라가 우는 것인지 웃는 것인지 계속 큭큭거렸다. 그러다 말했다.

"돌아봤지. 난 뒤를 봤어……."

그러고는 다시 웃어 댔다. 엘리너가 멍하니 중얼거렸다.

"아이들이……. 강아지가……."

"엘리너."

시어도라가 몸을 휙 돌려 엘리너에게 얼굴을 들이댔다.

"엘리너, 엘리너."

엘리너는 시어도라를 붙잡은 채 루크와 박사를 올려다보았다. 주방이 미친 듯이 흔들리는 듯했다. 시간이 되었다. 그녀는 늘 잘 알았다. 멈출 시간이 왔음을.

몬터규 부인이 오기로 한 토요일 오후, 엘리너는 힐 하우스 뒤쪽 언덕으로 혼자 산책을 나갔다. 특별히 어디로 가려는 것은 아니었다. 심지어 어디를 어떻게 가든 아무 상관이 없었다. 그저 힐 하우스라는 시커멓고 묵직한 나무 아래에서 벗어나 혼자만의 시간을 갖고 싶었다. 부드럽고 건조한 풀로 덮인 자그마한 빈터가 나오자 그녀는 그곳에 누워 생각했다. 혼자 조용히 사색하기 위해 부드러운 풀밭에 누워 본 것이 과연 몇 년 만이던가. 주위에는 나무가 자라고 야생화가 만발했는데, 그들은 생존과 죽음이라는 절박한 분투 도중 느닷없이 방해받았음에도 묘하게 정중한 태도로 그녀를 주시하는 듯했다. 마치 그녀와 마찬가지로 눈치와 재치가 부족한 식물

주제에, 불행히도 땅에 뿌리박지 못하고 이리저리 힘겹게 이동해야 하는 생명체를 상냥하게 대해야 한다는 의무감이라도 느끼는 듯했다. 엘리너는 별 뜻 없이 야생 데이지를 꺾었다. 그녀의 손가락으로 죽음을 맞은 야생화는 죽은 얼굴을 위로 하고 풀밭에 쓰러졌다. 압도적이고도 야생적인 행복감만이 생생히 밀려왔다. 그녀는 데이지를 집어 들고는 스스로를 향해 미소 지으며 생각했다. 내가 무엇을 하려는 거지? 내가 무엇을 하려는 거지?

002

☆☆☆

몬터규 부인이 말했다.

"가방을 현관홀에 내려놔요, 아서. 누가 문을 잡고 있으면 좋을 텐데. 가방을 2층으로 가져갈 사람이 있을 거예요. 존? 존?"

"내 사랑, 내 사랑."

몬터규 박사가 냅킨을 든 채 현관홀로 달려 나가 아내가 내민 뺨에 순종적으로 입맞춤했다.

"이렇게 와서 얼마나 기쁜지 모르오. 못 오는 줄 알았소."

"오늘 온다고 말했잖아요. 내가 온다고 해 놓고 못 온 적이 있던가요? 아서와 함께 왔어요."

"아서."

박사는 전혀 좋아하는 기색 없이 대꾸했다.

“운전할 사람이 필요해서요. 설마 여기까지 나 혼자 운전해 올 줄 알았나요? 기진맥진할 게 뻔한데. 안녕하세요.”

박사가 돌아서더니 엘리너와 시어도라, 그리고 그들 뒤에 서 있는 루크를 향해 미소를 지었다. 세 사람은 어찌할지 몰라 문가에 모여 있었다.

“내 사랑, 여긴 며칠 전부터 나와 함께 힐 하우스에 머물고 있는 친구들이라오. 시어도라. 엘리너 밴스. 루크 샌더슨.”

시어도라와 엘리너와 루크가 예의에 맞춰 인사를 중얼거리자 몬터규 부인이 고개를 까닥하더니 대꾸했다.

“우리가 오기를 기다리지 않고 먼저 저녁 식사를 시작했나 보군요.”

“못 오는 줄 알았소.”

“오늘 오겠다고 분명히 말했잖아요. 물론, 내가 착각했을 가능성이야 얼마든지 있죠. 하지만 내 기억에 따르면 분명 오늘 오겠다고 했어요. 새 친구들의 이름은 금방 외우리라 확신해요. 여기 이 신사분은 아서 파커로, 내가 운전하는 것을 싫어해서 여기까지 데려다 달라고 부탁했죠. 아서, 여기는 존의 친구들이에요. 우리 가방을 옮기는 걸 누가 도와주지 않겠어요?”

박사와 루크가 중얼거리며 다가갔다.

몬터규 부인이 말을 이었다.

플랑셰트 Planchette

/

심장 모양의 판에 손가락을 얹어 판의 이동에 따라

글자와 숫자를 읽는 도구.

심령 연구에 쓰인다.

"나는 여기에서 가장 무시무시한 방에 묵을 거예요. 아서는 원하는 곳을 마음대로 골라요. 푸른 가방은 내 거랍니다, 젊은이. 저 자그마한 서류 가방도요. 가장 무시무시한 방으로 가져다줘요."

루크가 묻는 듯한 얼굴로 바라보자 몬터규 박사가 대꾸했다.

"육아실이 좋겠군. 육아실이 모든 문제의 근원이라고 보네."

몬터규 부인이 짜증 어린 한숨을 쉬었다.

"좀 더 확실히 조사하지 그랬어요. 거의 일주일이나 있었는데. 자동서기•나 플랑셰트는 여태 시도도 안 한 게 뻔하네요. 이 젊은 숙녀들 중에 영매 능력이 있는 사람은 없겠죠? 저건 아서의 가방이에요. 만일의 경우에 대비해 골프채를 가져왔죠."

"어떤 경우 말이죠?"

시어도라가 멍하니 묻자 몬터규 부인이 고개를 돌려 그들을 냉담하게 응시하더니 말했다.

"괜히 방해하고 싶지 않으니 저녁 식사나 마저 하세요."

"육아실 바로 앞에 기온이 급속히 내려가는 지점이 있소."

박사가 희망에 차 말했다.

"아, 그래요, 그거 멋지네요. 저 젊은이가 아서의 가방을 2층으로 가져가지 않을 건가요? 아무래도 여기는 체계가 안 잡혀 있는 것 같네요. 거의 일주일이나 있었으니 어느 정도 체계가 잡혔을 줄 알았는데. 구체적으로 확인된 수치가 있나요?"

"심령 현상이 확실히……."

• **자동서기** _ 다른 곳에 주의를 기울이고 있는데도 문장이나 그림이 자동적으로 쓰이거나 그려지는 것.

"자, 이제 내가 왔으니 본격적으로 착수하도록 하죠. 아서에게 차를 어디에 두라고 하면 되죠?"

"집 뒤쪽에 빈 마구간이 있어서 우리는 거기 대 놓았소. 아침에 거기로 옮기도록 해요."

"말도 안 돼요. 일을 미룬다는 건 있을 수 없죠. 존, 당신도 알잖아요. 아서는 오늘 밤 할 일을 굳이 미루지 않아도 내일 아침에 할 일이 많을 거예요. 즉시 차를 옮기도록 해요."

"밖이 어두운데."

박사가 주저하며 말렸다.

"존, 기가 막히네요. 밤에 밖이 어둡다는 것도 내가 모를 것 같나요? 차에 전조등이 있잖아요, 존. 그리고 저 젊은이가 같이 가서 길을 안내하면 되고요."

루크가 엄숙하게 대꾸했다.

"감사합니다만, 어두워진 후에는 밖에 나가지 않는다는 규칙을 확고히 세웠지요. 물론 아서가 원한다면 말리지는 않겠지만, 나는 나가지 않습니다."

"여기 숙녀분들이 충격적인……."

박사가 설명하려 했으나 아서가 말허리를 잘랐다.

"젊은이가 그렇게 겁이 많다니."

차에서 여행 가방과 골프 가방과 바구니를 모두 옮긴 그는 몬터규 부인 곁에 서서 루크를 내려다보고 있었다. 얼굴은 붉고 머리카락은 새하얀 아서가 경멸을 드러내며 분노했다.

"여자들 앞에서 이렇게 행동하다니 스스로 부끄러운 줄 알아야 마땅하네."

몬터규 박사가 아서의 팔에 달래듯 손을 얹었다.

"그게 말이오, 그게 어찌 된 거냐면, 여기 한동안 있어 보면 루크의 태도가 비겁한 것이 아니라 지극히 합리적인 것임을 이해하게 될 거요. 해가 진 후에는 항상 함께 있기로 굳게 약속했다오."

몬터규 부인이 한마디했다.

"존, 당신이 이렇게 나약한지 몰랐어요. 이런 일로 두려움에 떨다니."

그녀가 화가 나서 발을 굴렀다.

"당신도 알잖아요, 존. 저 너머의 영혼들은 행복하게 웃는 우리 모습을 보고 싶어 해요. 우리가 자신들을 좋게 생각하는지 알고 싶어 한다고요. 이 집에 떠도는 영혼은 당신이 자기를 두려워한다는 사실에 무척 고통스러워할 거예요."

박사가 지친 어조로 대꾸했다.

"그 문제는 나중에 이야기하지. 그럼, 식사는 어떡하겠소?"

몬터규 부인이 시어도라와 엘리너를 힐끗 보았다.

"물론, 식사를 방해했다니 유감이네요."

"저녁은 먹고 온 거요?"

"당연히 안 먹었죠, 존. 여기 와서 저녁을 먹을 거라고 말했잖아요. 안 그래요? 아니면 내가 또 착각했나요?"

"어쨌든 더들리 부인한테 당신이 올 거라고 얘기해 두었소. 덕분에 파티를 열어도 될 만큼 음식이 풍성하지."

박사가 휴게실 문을 열고는 식당 문으로 다가갔다.

그가 식당 문을 열고 비켜서서 부인이 들어가기를 기다리는 모습을 보며 엘리너는 생각했다. 가엾은 몬터규 박사님. 얼마나 괴로울까. 저 여자가 여기 계속 있는 건 아니겠지.

"설마 저 여자가 여기 계속 있는 건 아니겠지?"

시어도라가 귀에 대고 속삭이자 엘리너는 희망 어린 어조로 대꾸했다.

"저 가방이 엑토플라즘•으로 가득 차 있을지도 모르지."

"여기에는 얼마나 오래 머물 수 있소?"

몬터규 박사가 식탁 상석에 앉으며 물었다. 부인은 그의 옆자리에 편안히 자리 잡았다. 더들리 부인의 케이퍼 소스를 우아하게 맛보더니 대꾸했다.

"아, 여보. 괜찮은 요리사를 구했군요. 당신도 알다시피 아서는 학교로 돌아가야 해요. 아서는 교장 선생님이니까요."

그녀가 다른 이들을 향해 설명했다.

"아서는 친절하게도 월요일 일정을 전부 취소했답니다. 그러니 월요일 오후에 떠나면 돼요. 그럼, 아서가 화요일부터 일을 시작할 수 있죠."

"아서가 떠나서 많은 학생들이 기뻐하겠는데요."

루크가 나직이 속삭이자 시어도라가 대꾸했다.

"문제는 오늘이 토요일이라는 거죠."

"요리가 썩 괜찮은데요. 내일 아침 요리사와 이야기해 봐야겠어요, 존."

"더들리 부인은 감탄할 만한 요리사라오."

박사가 아내에게 조심스레 대꾸했다.

아서가 시어도라를 향해 말했다.

"내 취향에는 약간 화려하군요. 나는 단순한 음식을 좋아하죠. 술과 담배를 하지 않고, 쓰레기를 읽지 않습니다. 학생들에게 모범을 보이기 위해서이죠. 하지만 아시다시피 학생들은 나쁜 본보기를 찾는 경향이 다소 있죠."

"학생들 모두 교장 선생님을 본받으리라 믿어요."

시어도라가 침착하게 대꾸하자 아서가 고개를 저으며 말했다.

"이따금 문제아가 섞여 있기 마련이죠. 체육을 질색하고 구석에서 침울해하며 아기처럼 징징대는 녀석들. 그런 한심한 태도는 되도록 빨리 없애 버려야 합니다."

그가 버터를 향해 손을 뻗었다.

몬터규 부인이 상체를 내밀어 식탁 아래쪽의 아서를 바라보았다.

"과식하지 말아요, 아서. 밤에 할 일이 많잖아요."

● **엑토플라즘** _ 혼령과 소통하는 사람의 몸에서 나와 혼령이 형체를 가질 수 있게 해 준다는 물질.

"뭘 할 계획이기에?"

박사가 물었다.

"보나 마나 체계적인 탐색 계획을 세워야겠다는 생각은 꿈도 안 꾸었겠죠. 하지만 존, 이 분야에서 직관적인 이해 능력은 내가 더 뛰어나다는 점은 당신도 인정해야 해요. 여자가 원래 그렇잖아요, 존. 적어도 몇몇 여자들은요."

그녀가 말을 멈추더니 엘리너와 시어도라를 미심쩍은 듯 응시했다.

"두 사람은 아닌 것 같군요. 내가 또 착각한 게 아니라면요. 당신은 내 실수를 지적하는 게 취미잖아요, 존."

"아, 여보……."

"나는 무슨 일이든 얼렁뚱땅하는 것은 견딜 수 없어요. 물론 아서가 순찰을 돌 거예요. 그러려고 데려왔죠."

그녀가 맞은편의 루크를 향해 설명했다.

"다른 세계에 관심이 있는 교육계 사람을 찾기란 무척 힘들죠. 아서가 놀라울 만큼 이 분야에 정통하다는 사실을 알게 될 거예요. 그 문제의 방에서 나는 종야등 하나만 켜 놓고 이 집을 떠도는 영혼과 접촉하기 위해 노력할 거랍니다. 영혼이 떠돌아다니는데 태연히 잠을 자거나 하지는 않을 거예요."

루크는 아무 말 없이 고개를 끄덕였다. 아서가 끼어들었다.

"건전한 상식에 따라 올바른 방식으로 탐색할 겁니다. 하찮은

성과만으로는 부족하죠. 이분들에게 그 이야기를 해 주도록 하죠."

몬터규 부인이 말했다.

"식사 후에 플랑셰트를 실행해 볼 거예요. 물론 아서와 나만요. 다른 분들은 아직 준비가 안 된 것이 뻔히 보이네요. 괜히 영혼만 내쫓기 십상이죠. 조용한 방이 필요한데……."

"도서실이 좋겠군요."

루크가 예의 바르게 권했다.

"도서실요? 괜찮을 것 같군요. 책은 종종 좋은 매개체가 되거든요. 책이 있는 방에서 영혼이 발현하는 경우가 많죠. 책의 존재가 영혼의 발현을 방해하는 경우는 한 번도 없었다고 기억해요. 도서실은 먼지투성이겠죠? 아서가 때때로 재채기를 하는데."

"더들리 부인이 집 전체를 깔끔히 정돈해 놓았소."

박사가 말했다.

"내일 아침에 더들리 부인과 정말 이야기해 보고 싶군요. 그럼 존, 도서실로 안내해 줘요. 젊은이는 내 가방을 가져다주고요. 커다란 여행 가방 말고 자그마한 서류 가방이요. 도서실로 가져와요. 우리는 곧 합류하죠. 플랑셰트를 마친 후에는 우유 한 잔과 자그마한 케이크를 먹어야 해요. 너무 짜지 않다면 크래커도 괜찮고요. 마음이 잘 맞는 사람들과 조용히 몇 분간 대화를 나누면 무척 도움이 된답니다. 특히 밤에 영혼을 맞이할 때는 그렇죠. 정신은 중요한 도구인 만큼 아무리 세심하게 보살펴도 충분하지 않아요. 아서?"

그녀가 엘리너와 시어도라에게 쌀쌀맞게 고개를 까닥하고는 아서와 루크와 남편과 함께 식당에서 나갔다.

잠시 후 시어도라가 말했다.

"몬터규 부인 때문에 미쳐 버릴 것 같아."

엘리너는 대꾸했다.

"글쎄, 아서는 좀 괜찮은 것 같아. 그리고 루크는 겁쟁이야."

"가엾은 루크. 어머니 없이 자라야 했지."

엘리너가 고개를 드니 시어도라가 묘한 미소를 지으며 바라보고 있었다. 엘리너가 식탁에서 너무 빨리 일어나는 바람에 유리잔이 쓰러졌다. 그녀는 묘하게 숨 가빠 하며 말했다.

"우리끼리만 있으면 안 돼. 다른 사람들을 찾으러 가자."

그녀는 거의 뛰다시피 식당을 나갔다. 시어도라가 깔깔 웃으며 뒤따라왔다. 그들은 복도를 지나 응접실로 들어갔다. 루크와 박사가 벽난로 앞에 서 있었다.

"그런데 교수님, 플랑셰트가 누구죠?"

루크가 상냥하게 묻자 박사가 짜증난 듯 한숨을 쉬었다.

"천치들. 미안하네. 생각만 해도 짜증이 나는데 아내가 너무 좋아해서……."

그는 몸을 돌려 벽난로 속을 맹렬히 휘저어 댄 후 말했다.

"플랑셰트는 점괘 판과 비슷한 장치네. 자동서기의 일종이라고 하는 편이 낫겠군. 보이지 않는 존재와 의사소통을 하는 방법인데,

솔직히 나는 그런 식으로 접촉하는 보이지 않는 존재란 바로 그 장치를 이용하는 사람의 상상일 뿐이라고 믿네. 그래, 그렇고말고. 플랑셰트는 보통 심장 모양이거나 삼각형인 자그마한 나무판이지. 뾰족한 끝에 연필이 달려 있고, 다른 쪽 양끝에는 종이 위로 쉽게 미끄러지도록 바퀴가 달려 있네. 두 사람이 그 위에 손가락을 얹어 질문을 하면 플랑셰트가 움직여 대답을 하지. 어떤 힘이 플랑셰트를 미는지에 대해서는 여기에서 논의하지 않겠네. 아까 말했다시피 점괘 판과 비슷하지만, 점괘 판의 경우는 글자가 적혀 있는 판을 사용하지. 평범한 유리잔으로도 같은 결과를 만들 수 있네. 바퀴 달린 장난감을 가지고 하는 걸 본 적이 있지. 솔직히 바보처럼 보이긴 했지만. 한쪽 손끝을 장치에 얹고, 다른 손은 질문과 대답을 기록하지. 그 대답은 언제나 예외 없이 무의미하네. 물론 우리 아내는 다르게 설명하겠지만, 헛소리이지. 어린애들이나 믿는 미신이야."

그가 다시 벽난로의 불을 들쑤셨다.

003

☆☆☆

"플랑셰트는 오늘 밤 무척 잘 반응하더군요. 이 집에 미지의 존재가 머물고 있는 것이 분명해요."

몬터규 부인이 말했다.

"대단히 보람 있는 시간이었죠."

아서가 종이를 자랑스레 흔들며 말했다.

"유용한 정보를 많이 얻었죠. 자, 플랑셰트는 수녀에 대해 계속 얘기했어요. 수녀에 대해 아는 게 있나요, 존?"

"힐 하우스에? 아닐 것 같소만."

"플랑셰트는 수녀에 대해 무척 강하게 반응했어요, 존. 이웃에서 어둡고 흐릿한 존재가 목격되지 않았나요? 밤늦게 술에 취해 돌아오다가 겁에 질린 주민은 없었어요?"

"수녀의 영혼은 흔해 빠진……."

"존, 부탁이니 예의를 좀 갖춰요. 내가 착각했다고 말하고 싶은 모양인데. 아니면 플랑셰트 자체가 착각이라고 지적하고 싶은 건가요? 장담컨대, 설령 내 말을 못 믿는다 하더라도 플랑셰트는 믿어야 해요. 수녀에 대해 구체적으로 이야기했어요."

"여보, 수녀 유령이 나타나는 실제 경우는 대단히 드물다고 말하려 한 것뿐이오. 힐 하우스에 수녀와 관련된 사연은 전혀 없소. 대부분……."

"존, 부탁이니 예의를 갖춰요. 내가 계속 말해도 되겠죠? 아니면 플랑셰트에 대해서라면 듣기도 싫은 건가요? 고맙군요."

몬터규 부인이 마음을 진정시키고 말을 이었다.

"자, 이름도 하나 나왔어요. 헬렌이나 헬레네나 엘레나죠. 그건 누굴까요?"

"아, 여보. 이곳에는 많은 사람들이 살……."

"헬렌이 정체 모를 수도사를 조심하라고 경고했어요. 수도사와 수녀가 동시에 한 집에 나타나면……."

"예전에 다른 건물이 있던 터에 이 집을 지은 것으로 보입니다. 그럴 경우 강한 영향을 받죠. 더 오래된 영혼들이 돌아다니며 영향을 주는 겁니다."

아서가 보다 자세히 설명했다.

"서약을 어긴 것 같지 않나요? 아무래도 그런 것 같아요."

"당시에는 그런 일이 많았죠. 유혹에 넘어가는 바람에요."

"아무래도 그건……."

박사의 말허리를 몬터규 부인이 뚝 잘랐다.

"수녀가 산 채로 갇혀 죽은 게 분명해요. 그런 일이 비일비재했잖아요. 산 채로 갇혀 죽은 수녀들에게서 그동안 어떤 메시지를 받았는지 당신은 상상도 못 할 거예요."

"실제로 그런 일을 당한 수녀가 있었다는 기록은 전혀 없……."

"존, 산 채로 갇혀 죽은 수녀들에게서 그동안 많은 메시지를 받았다고 내가 다시 한번 알려 주어야 하나요? 지금 내가 거짓말을 하는 것 같아요, 존? 아니면 수녀가 그런 일을 겪지도 않았는데 산 채로 갇혀 죽은 척한다고 생각하는 건가요? 내가 또다시 착각한 건가요, 존?"

"물론 아니라오, 여보."

몬터규 박사가 지쳐서 한숨을 쉬었다.

"초 한 자루와 빵 한 덩어리만 남기고 가둬 버립니다. 상상만 해도 끔찍하기 이를 데 없죠."

아서가 시어도라에게 말했다.

박사가 시무룩한 어조로 말하며 목소리를 살짝 높였다.

"산 채로 갇혀 죽은 수녀는 없소. 그건 전설이고 소문일 뿐이지. 떠도는 중상모략……."

"좋아요, 존. 이걸 두고 싸워 봐야 뭐하겠어요. 당신 마음대로 생각해요. 하지만 물질주의적이기 짝이 없는 견해가 진실 앞에 무릎 꿇게 된다는 점만은 명심해요. 이건 입증된 진실이에요. 이 집을 떠도는 영혼이 수녀와……."

루크가 서둘러 물었다.

"또 누구인가요? 뭐라더라, 플랑셰트가 뭐라고 했는지 참으로 궁금하군요."

몬터규 부인이 장난꾸러기 같은 태도로 손가락을 하나 들어 흔들었다.

"젊은이에 대해서는 아무 말도 없었죠. 하지만 여기 숙녀 한 분은 흥미로워할 만한 이야기가 있었지요."

엘리너는 생각했다. 참 대책 없는 여자로군. 대책 없고, 천박하고, 독점욕이 강한 여자야.

몬터규 부인이 말을 이었다.

"헬렌은 우리들이 지하실로 가서 오래된 우물을 찾기를 바라죠."

"헬렌이 산 채로 묻혔다고 말하려는 건 아니길 비오."

"그건 아닌 것 같군요, 존. 그랬더라면 이야기했을 테니. 사실 헬렌은 우물에 무엇이 있는지 확실히 알려 주지는 않았어요. 하지만 보물이 아닐까 싶군요. 이런 경우 진짜 보물을 찾기란 대단히 드물지만요. 아무래도 사라진 수녀의 증거일 가능성이 크죠."

"팔십 년 묵은 쓰레기일 가능성이 더 크겠지."

"존, 유독 당신이 이렇게 회의적으로 구는 이유를 도통 모르겠네요. 초자연 현상의 증거를 찾기 위해 이 집에 온 건 바로 당신이잖아요. 그런데 내가 그 원인만이 아니라 어디부터 수색하면 될지까지 알려 주건만 이렇게 비딱한 태도라니."

"우리는 지하실을 파 볼 권리가 없소."

"아서가……."

몬터규 부인이 희망 어린 어조로 말했으나 박사가 단호히 말허리를 잘랐다.

"안 되오. 임대 계약서에는 집에 손대는 것을 엄히 금지하고 있소. 지하실을 파거나 목조 패널을 벗기거나 마룻바닥을 뜯는 일은 절대 안 되오. 힐 하우스는 여전히 값비싼 건물이오. 우리는 연구자이지 공공 기물 파손자가 아니오."

"당신이 진실을 알고 싶어 하는 줄 알았어요, 존."

체스 Chess—**기사** Knight

/

장기와 유사한 서양 놀이.

왕을 포함해 16개의 말을 사용한다.

기사는 그중 말 머리를 한 말을 가리킨다.

"더 알아야 할 것은 이제 없는 것 같소."

몬터규 박사가 체스판을 향해 쿵쿵 걸어가 기사를 집어 들더니 화난 표정으로 노려봤다. 분노를 참기 위해 백까지 헤아리는 듯했다.

"이런, 때로는 인내심이 필요한 법이죠."

몬터규 부인이 한숨을 쉬고 말을 이었다.

"마지막 무렵에 받은 메시지를 읽어 주고 싶군요. 아서, 가지고 있죠?"

아서가 종이들을 뒤적였다. 몬터규 부인이 말했다.

"아서, 숙모에게 보내야 할 꽃에 대한 메시지 바로 뒤에 있어요. 플랑셰트는 메리고트라는 영혼이 통제하고 있죠. 메리고트는 아서에게 지대한 관심이 있고요. 친척들 소식을 전해 주죠."

"숙모가 치명적인 질병에 걸린 건 아니지만 꽃을 보내는 게 좋겠다고 하더군요. 메리고트가 나를 안심시켜 주었죠."

아서가 진지하게 말했다.

"자."

몬터규 부인이 종이 몇 장을 고르더니 재빨리 살펴보았다. 연필로 마구 휘갈겨 쓴 글자로 뒤덮여 있었다. 그녀가 이마를 찌푸린 채 손가락으로 종이를 훑었다.

"여기네요. 아서, 질문을 읽어요. 그럼 내가 대답을 읽죠. 이러면 더 자연스럽게 들릴 거예요."

"시작하죠."

아서가 밝게 말하며 몬터규 부인의 어깨 너머로 고개를 숙였다.

"자, 보자. 여기에서 시작할까요?"

"'당신은 누구입니까?'부터요."

"네. 당신은 누구입니까?"

"넬."

몬터규 부인이 날카로운 목소리로 읽자 엘리너와 시어도라와 루크와 박사가 돌아보며 귀를 기울였다.

"성은 무엇입니까?"

"엘리너 넬리 넬 넬. 때때로 이런 경우가 있죠. 제대로 전달되었는지 확인하기 위해 같은 단어를 반복하는 거예요."

몬터규 부인이 설명했다.

아서가 목청을 가다듬었다.

"무엇을 원합니까?"

"집."

"집으로 가고 싶습니까?"

시어도라가 엘리너를 향해 우스꽝스레 어깨를 으쓱했다.

"집에 가고 싶어요."

"이곳에서 무엇을 하고 있나요?"

"기다려요."

"무엇을 기다립니까?"

"집."

아서가 고개를 깊이 끄덕이고 말했다.

"또다시 이러는군요. 어떤 단어를 몇 번이고 반복하죠. 그냥 그 소리를 즐기나 봐요."

몬터규 부인이 이어서 설명했다.

"보통 이유는 묻지 않죠. 플랑셰트가 혼란에 빠지는 경향이 있거든요. 하지만 이번에는 대담하게 밀고 나가 물어보았죠. 아서?"

"왜죠?"

"어머니. 보다시피, 이번에는 묻기를 잘했죠. 플랑셰트가 완벽하게 대답했으니."

"힐 하우스가 당신의 집인가요?"

아서가 차분하게 읽었다.

"집."

몬터규 부인이 대꾸하자 박사가 한숨을 쉬었다.

"지금 고통스러운가요?"

"여기에는 대답이 없었죠."

몬터규 부인이 달래듯 고개를 끄덕이고 말을 이었다.

"때로 영혼은 고통을 인정하고 싶어 하지 않죠. 세상에 남아 있는 우리를 낙심시키기 때문이에요. 예를 들어, 아서의 숙모는 자신이 아프다는 사실을 결코 알려 주지 않죠. 하지만 항상 메리고트가 전해 준답니다. 살아 있을 때도 이런데 죽고 나면 더하죠."

"극기심이 강한 겁니다."

아서가 대꾸하고 다시 종이를 읽었다.

"우리가 도와줄 수 있나요?"

"아뇨."

"당신을 위해 우리가 할 수 있는 뭔가가 있나요?"

"아뇨. 길을 잃었어요. 길을 잃었어요."

몬터규 부인이 읽다 말고 고개를 들었다.

"봤죠? 같은 말을 반복하죠. 영혼은 이렇게 되뇌는 것을 좋아해요. 때로는 종이 전체가 한 단어로 채워지죠."

"무엇을 원합니까?"

아서가 읽었다.

"어머니."

"왜요?"

"아이."

"어머니는 어디에 있죠?"

"집."

"집이 어디죠?"

"길을 잃었어요. 길을 잃었어요. 그 뒷부분은 횡설수설해서 무슨 말인지 알 수 없었죠."

몬터규 부인이 활기차게 종이를 접으며 말했다.

"플랑셰트가 이렇게 잘된 적은 처음이에요. 참으로 멋진 경험이었죠."

아서가 시어도라에게 은밀히 말했다. 그녀는 짜증 어린 어조로 물었다.

"그런데 왜 넬을 골랐나요? 동의 없이 플랑셰트를 통한 메시지를 받을 권리는 없을 텐데……."

"플랑셰트를 남용할 경우 아무 성과도 얻을 수 없죠."

아서가 말을 이으려는데 몬터규 부인이 말리더니 몸을 휙 돌려 엘리너를 응시했다.

"당신이 넬인가요?"

그녀가 단호히 묻고는 고개를 돌려 시어도라를 바라보았다.

"우리는 당신이 넬인 줄 알았어요."

"그래서요?"

시어도라가 건방진 어조로 대꾸했다. 몬터규 부인은 짜증스레 종이를 두드리며 대꾸했다.

"물론, 플랑셰트는 착각하지 않고 제대로 이름을 불렀을 테니 메시지와 우리의 착각은 아무 상관이 없지만요. 하지만 나는 소개를 잘 못 받은 게 영 아쉽네요."

루크가 시어도라에게 말했다.

"무시받았다고 생각하지 말아요. 우리가 산 채로 묻어 줄 테니."

시어도라가 대꾸했다.

"그걸 통해 메시지를 받는다면 숨겨진 보물에 대한 메시지가 좋겠네요. 숙모에게 꽃을 보내라느니 하는 헛소리 말고요."

엘리너는 생각했다. 저들 모두 일부러 나를 바라보지 않고 있어. 또 나 혼자 지목당한 거야. 그런데 저들은 아무 일도 아닌 척 굴면서 나를 위로하려고 해.

"왜 번번이 나한테 메시지를 보내는 걸까요?"

그녀는 참지 못하고 물었다.

몬터규 부인이 종이를 나지막한 탁자에 내려놓으며 말했다.

"이런, 나도 확실히는 몰라요. 당신은 아이라고 할 수는 없지만, 그래도 본인이 깨닫고 있는 것보다 더 심령 현상에 수용적인 게 아닐까요?"

그녀가 냉담히 몸을 돌려 물었다.

"이 집에서 일주일이나 있었으면서 어떻게 저 너머에서 오는 단순한 메시지조차 받아 볼 생각을 안 했어요? ……저기 벽난로를 휘저어야겠군요."

"넬은 저 너머에서의 메시지를 원하지 않아요. 넬은 따뜻한 침대와 포근한 잠을 원하죠."

시어도라가 다가가 엘리너의 차가운 손을 쥐고는 위로하듯 말했다.

엘리너는 단호히 생각했다. 평화. 내가 이 세상에서 원하는 것이라고는 평화뿐이야. 조용히 누워 생각할 장소. 꿈을 꾸고 달콤한 이야기들을 스스로에게 들려줄, 꽃이 만발한 조용한 장소.

004

☆☆☆

아서가 우렁찬 목소리로 말했다.

"고함을 치면 바로 들을 수 있도록 육아실 바로 옆방을 본부로 삼기로 했답니다. 권총을 빼 놓은 채 대기하죠. 놀라지 마세요, 숙녀분들. 난 명사수랍니다. 손전등을 준비해 놓았고, 날카롭게 휘파람을 불 줄 알죠. 목격할 만한 가치가 있는 상황이 벌어지거나…… 음, 일행이 필요할 경우 알려 드리겠습니다. 그러니 염려 말고 푹 주무세요."

몬터규 부인이 설명했다.

"아서가 순찰을 돌 거예요. 매 시간마다 정기적으로 2층을 살펴볼 겁니다. 오늘 밤 굳이 1층까지 살필 필요는 없다고 봐요. 내가 2층에 있을 테니. 우리는 전에도 이런 일을 여러 번 해 보았죠. 따라오세요, 여러분."

그들은 말없이 그녀를 따라 계단을 올랐다. 그녀가 애정이 담긴 손길로 계단 난간과 벽의 조각을 살짝 쓰다듬었다. 한번은 이렇게 말했다.

"이 집의 영혼들이 사연을 털어놓고 무거운 슬픔에서 벗어날 기회를 기다리고 있다는 사실을 아는 것은 크나큰 축복이죠. 자, 아서가 우선 침실들을 확인해 볼 겁니다. 아서?"

엘리너와 시어도라가 함께 쓰는 푸른 방의 문을 열며 아서가 말했다.

"숙녀분들께 진심으로 사과드립니다. 매력적인 두 여성과 걸맞은 우아한 방이로군요. 두 분만 괜찮다면, 벽장과 침대 아래를 두려움에 떨며 흘긋거리는 일이 없도록 도와 드리죠."

아서가 엎드려 침대 아래를 살펴보고 일어나 손에서 먼지를 터는 동안, 그들은 가만히 진지하게 바라보았다. 아서가 말했다.

"완벽하게 안전하군요."

"자, 내 방은 어디죠? 젊은이가 내 가방을 둔 곳이 어디인가요?"

몬터규 부인이 묻자 박사가 대답했다.

"복도 끝 방이오. 우리는 그곳을 육아실이라고 부르지."

아서를 거느린 몬터규 부인이 자신 있게 복도를 걸어가다 한기가 닿자 몸을 떨었다.

"담요가 더 있어야겠군요. 젊은이를 시켜 다른 방에서 담요를 좀 갖다 달라고 해요."

육아실 문을 열며 그녀가 고개를 까닥하더니 말했다.

"침대는 깨끗해 보이지만 환기는 대체 언제 시킨 거죠?"

"더들리 부인한테 환기시키라고 일러두었소."

"곰팡내가 나는군요. 아서, 창문을 열어 주겠어요? 춥긴 하겠지만."

육아실 벽의 음울한 동물들이 몬터규 부인을 내려다보았다.

"당신 정말……."

주저하던 박사가 육아실 문 위의 씩 웃는 얼굴들을 염려하듯 힐긋 보고 말을 이었다.

"누군가와 함께 있는 편이 나을 텐데."

저 너머 존재의 출현에 기분이 좋아진 몬터규 부인이 재밌다는 듯 말했다.

"아, 여보. 혼자 있으면서도 더없이 순수한 사랑과 이해 덕분에 결코 혼자가 아니었던 시간이 얼마나, 얼마나 많았는지 아나요? 아, 여보. 이곳에 위험이라고는 전혀 없으며 사랑과 연민 어린 이해만이 자리한다는 사실을 대체 어떻게 하면 받아들일 수 있겠어요? 내가 이곳에 온 것은 불운한 영혼들을 돕기 위해서예요. 진심 어린 애정의 손길을 내밀고, 아직도 그들을 기억하고 그들을 위해 눈물 흘리고, 그들의 목소리를 귀 기울여 듣는 사람이 있다는 사실을 알려 주기 위해 여기 온 거죠. 그들의 고독이 끝나고 나는……."

"그래요. 하지만 문은 열어 두도록 해요."

"정 그렇다면 잠그지는 않을게요."

몬터규 부인은 대단히 관대했다.

"나는 바로 저 방에 있을 거요. 순찰을 돌지는 않겠소. 그건 아서의 몫이니. 하지만 도움이 필요하면 부르시오."

몬터규 부인이 깔깔 웃으며 손을 흔들었다.

"당신 도움은 나보다는 다른 사람들에게 더 필요할 것 같은데요. 나야 알아서 할 테니 걱정 말아요. 하지만 저들은 단단한 심장과 어두운 눈을 가진 무척 연약한 존재들이죠."

아서는 즐거운 표정의 루크를 동행한 채 2층의 다른 침실들을 확인하고 돌아와서는 박사에게 활기차게 고개를 끄덕였다.

"모두 괜찮습니다. 아무 문제 없이 편히 잘 수 있을 겁니다."

"고맙소."

박사가 침착하게 인사하더니 아내를 향해 말했다.

"그럼 잘 자요. 조심하고."

"당신도 잘 자요."

몬터규 부인이 모두를 향해 미소 지으며 말했다.

"걱정할 것 없어요. 무슨 일이 있더라도 내가 여기 있다는 걸 명심해요."

"안녕히 주무세요."

시어도라가 말했다.

"좋은 밤 보내세요."

루크가 말했다.

푹 쉬라고, 총성이 들리더라도 걱정하지 말라고, 자정에 첫 순찰을 시작한다고 아서가 뒤에서 안심시켜 주는 동안 엘리너와 시어도라는 방으로 들어갔고, 루크는 자기 방을 향해 걸어갔다. 잠시 박사가 육아실의 닫힌 문 앞에서 주저하다 돌아섰다.

방에 단둘이 남게 되자 시어도라가 말했다.

"잠깐만. 루크가 우리더러 모이라고 했어. 그러니 옷을 갈아입지 말고 조용히 기다리자."

그녀가 문을 살짝 열더니 어깨 너머로 속삭였다.

"저 늙은 암탉이 순수한 사랑 타령을 늘어놓다 이 집을 날려 버리리라 장담해. 세상에 순수한 사랑이 먹히지 않는 곳이 있다면 바로 여기 힐 하우스인데 말이야. 자, 아서가 문을 닫았어. 조용히 서둘러."

복도의 카펫과 양말 차림 덕분에 두 사람은 소리 없이 박사의 방으로 들어갔다.

"어서 들어와요. 조용히."

박사가 사람이 들어올 수 있을 만큼만 문을 열며 말했다.

"저자가 실수로 사람한테 총을 쏠지도 몰라요. 위험해요."

루크가 문을 살짝만 열어 둔 채 다가와 바닥에 앉았다.

박사가 걱정스러운 어조로 말했다.

"아무래도 마음이 놓이지 않아요. 루크와 내가 밤새 지켜볼 겁니다. 숙녀분들은 여기에 계시는 편이 나을 듯하군요. 그럼 우리가 지켜볼 수 있으니까요. 분명 무슨 일이 일어날 겁니다. 마음이 편치 않아요."

시어도라가 대꾸했다.

"플랑셰트로 문제를 악화시키지 않기만을 빌어요. 죄송해요, 몬터규 박사님. 사모님을 나쁘게 말하려던 건 아니었어요."

박사가 껄껄 웃었지만 눈은 문을 주시하고 있었다.

"아내는 원래 처음부터 함께할 생각이었답니다. 하지만 등록했던 요가 강좌를 결석하기 싫어했죠. 많은 면에서 훌륭한 여자랍니다."

박사가 솔직한 얼굴로 그들을 둘러보며 덧붙였다.

"좋은 아내이고, 내 뒷바라지를 잘해 주죠. 살림 솜씨가 참으로 뛰어나답니다. 셔츠에 다는 단추하며."

그가 희망 어린 미소를 짓더니 복도 쪽을 가리켰다.

"이건, 이건 사실상 아내의 유일한 단점이죠."

"박사님의 일을 돕고 있다고 생각하나 봐요."

엘리너가 말했다.

박사가 얼굴을 찌푸리더니 몸을 부들부들 떨었다. 그 순간 문이 활짝 열렸다가 쿵 하고 닫혔다. 문 너머의 고요 속에서 뭔가가 느긋하면서도 빠르게 움직이는 소리가 들렸다. 마치 강한 바람이 복도를 따라 길게 부는 듯했다. 비실재적인 추위가 서서히 다가오는 가운데 그들은 서로 힐긋거리며 용감한 척 웃으려고 애썼다. 바람 소리 사이로 누군가 아래층 문을 두드렸다. 시어도라는 아무 말 없이 침대 발치의 퀼트 이불을 집어 엘리너와 자신을 감쌌다. 그들은 소리를 내지 않기 위해 서로 바짝 붙은 채로 천천히 움직였다. 시어도라가 두 팔로 꼭 껴안고 있는데도 엘리너는 얼어붙을 듯 추웠다. 그녀는 생각했다. 그건 내 이름을 알아. 그건 이제 내 이름을 알고 있어. 쿵쿵 소리가 계단을 올라왔다. 층계 하나하나마다 울렸다. 문가에 서 있던 박사가 잔뜩 긴장하자 루크가 곁에 다가가 말했다.

"육아실 근처는 아니에요."

그가 손을 내밀어 박사가 문을 열지 못하도록 막았다.

"이렇게 계속 쿵쿵 소리에 시달리자니 피곤하기 이를 데 없네요. 다음 여름에는 다른 곳으로 가야겠어요."

시어도라가 조롱하듯 말하자 루크가 받아쳤다.

"어디에나 문제점은 있기 마련이죠. 호숫가에는 모기가 득시글대잖아요."

"힐 하우스가 레퍼토리가 떨어진 모양이에요. 이 쿵쿵 소리는 전에도 한 번 써먹었는데. 처음부터 다시 시작할 셈일까요?"

시어도라는 쾌활한 어조이긴 했지만 목소리가 떨렸다.

쿵 소리가 복도를 따라 메아리쳤다. 육아실에서 가장 먼 쪽에서부터 다가오는 듯했다. 문에 기대어 바짝 긴장하고 있던 박사가 초조히 고개를 저었다.

"아무래도 나가 봐야 할 것 같군요. 아내가 겁에 질려 있을 거예요."

엘리너는 복도뿐만 아니라 머릿속에서도 쿵쿵 소리가 울리는 느낌이 들었다. 몸이 휘청이자 시어도라를 꽉 붙잡고 말했다.

"우리가 여기 있다는 걸 저들이 알아."

세 사람은 아서와 몬터규 부인을 말한다고 여기고는 고개를 끄덕인 뒤 귀를 기울였다. 엘리너는 두 손으로 눈을 누르고 쿵쿵 소리에 휘청이며 생각했다. 소리가 복도를 따라 이어질 거야. 복도 끝까지 다다르면 다시 방향을 틀어 돌아올 거야. 전에 그랬던 것처럼 계속 이어지다 뚝 그치면 우리는 서로를 바라보며 깔깔 웃고 얼마나 추웠는지, 등줄기가 얼마나 오싹했는지를 떠올리겠지. 좀 있으면 멈출 거야.

"우리를 해치지 못하니 저들도 해치지 못할 거예요."

시어도라가 쿵쿵 소리 너머로 박사를 향해 말했다.

"아내가 문제를 해결한답시고 괜한 짓을 하지 않기를 빌 뿐입니다."

박사가 진지하게 말했다. 그는 여전히 문 앞에 있었지만, 복도의 요란한 쿵쿵 소리에 차마 문을 열지 못하는 듯했다.

시어도라가 엘리너를 향해 말했다.

"두 번 겪으니 한결 익숙한데. 바짝 붙어, 넬. 그럼 더 따뜻해질 거야."

시어도라가 퀼트 이불을 덮어쓴 채 엘리너를 끌어당겼다. 맹렬한 추위가 그들을 휘감았다.

불현듯 조용해졌다. 그들 모두 은밀히 기어드는 침묵을 기억하기에 숨죽인 채 서로를 바라보았다. 박사는 두 손으로 문손잡이를 잡고 있었고, 하얗게 질린 루크는 떨리는 목소리로 짐짓 쾌활하게 말했다.

“브랜디 마실 분? 넋을 달래는 데는 술이 최고…….”

시어도라가 미친 듯이 깔깔대며 말했다.

“맙소사, 그런 농담을 하다니.”

루크가 술을 따르려다 술병이 잔에 부딪혀 달그락거렸다.

“미안하지만 농담이 아니에요. 유령이 씐 집에 살면서 유머 감각을 발휘하기란 힘들죠.”

그가 두 손으로 술잔을 들고서, 시어도라와 엘리너가 퀼트 이불을 덮어쓴 채 앉아 있는 침대로 다가왔다. 시어도라가 한 손을 뻗어 잔을 받더니 엘리너의 입에 갖다 댔다.

“자, 마셔.”

브랜디를 마셨지만 몸이 전혀 따뜻해지지 않았다. 엘리너는 생각했다. 우리는 지금 태풍의 눈 속에 있는 거야. 곧 다시 시작될 거야. 루크가 박사에게 브랜디 잔을 조심스레 건네려 했다. 술잔이 루크의 손가락에서 벗어나 바닥으로 떨어지는 광경을 보면서도 그녀는 상황을 이해하지 못했다. 문이 소리 없이 격렬하게 흔들렸던 것이다. 루크가 박사를 끌어당겼다. 문은 침묵 속에서 공격당하고 있었다. 경첩이 거의 뜯겨 나갈 듯했다. 압력에 굴복해 문이 쓰러지는 순간, 그들은 훤히 노출될 터였다. 루크와 박사는 어찌할 바를 몰라 잔뜩 긴장한 채 뒤로 물러났다. 시어도라가 문을 주시하며 거듭 속삭였다.

“안으로 못 들어와, 안으로 못 들어와, 안으로 들이지 않겠어,

안으로 못 들어와."

문의 흔들림이 뚝 그쳤다. 그것은 문손잡이를 다정하고도 부드럽게 돌리는 듯하더니 문이 잠겨 있자 문틀을 다독거렸다. 마치 안으로 들여보내 달라고 꼬드기듯.

"우리가 여기 있다는 걸 알아."

엘리너가 속삭이자 루크가 어깨 너머로 돌아보며 조용히 하라고 맹렬히 손짓했다.

엘리너는 아이처럼 생각했다. 너무 추워. 머릿속이 이렇게 소리로 요란하니 다시는 잠들지 못할 거야. 하지만 내 머릿속에서 나는 소리를 다른 사람들은 어떻게 듣는 거지? 나는 이 집에 조금씩 조금씩 흡수되고 있어. 이 소리에 내 몸이 조금씩 조금씩 부서져 나가겠지. 그런데 왜 다른 사람들도 두려워할까?

쿵쿵 소리가 다시 시작되었다는 것을 그녀는 멍하니 깨달았다. 금속이 부딪치는 소리가 거대한 파도처럼 밀려왔다. 얼굴이 여전히 붙어 있는지 걱정이라도 되는 양 그녀는 차가운 두 손으로 입을 더듬었다. 이만하면 충분해. 너무 추워.

루크가 쿵쿵 소리 너머로 잔뜩 긴장한 어조로 말했다.

"육아실 문이에요, 육아실 문. 박사님, 그러지 말아요."

루크가 손을 뻗어 박사를 제지했다.

"더없이 순수한 사랑. 더없이 순수한 사랑."

시어도라가 미친 듯이 말하더니 깔깔거렸다.

"저들이 문만 열지 않는다면……."

루크의 말에 박사는 머리를 문에 대고서 촉각을 곤두세웠다. 루크는 박사가 움직이지 않도록 그의 팔을 꼭 붙들고 있었다.

엘리너는 머릿속의 소리에 귀 기울이며 생각했다. 이제 새로운 소리가 나겠구나. 소리가 달라지고 있어. 쿵쿵거려 봐야 효과가 없음을 깨달은 양 소리가 멈추더니, 이내 복도를 이리저리 거니는 소리가 들리기 시작했다. 믿을 수 없을 만큼 인내심 강한 짐승이 서성이며 안쪽의 움직임에 촉각을 곤두세운 채 문을 하나하나 살펴보는 듯했다. 그 순간, 엘리너가 기억하는 그 나직한 중얼거림이 들렸다. 지금 내가 이러는 걸까? 내가 내는 소리일까? 불안이 엄습했다. 문 너머에서 그녀를 조롱하듯 나직한 웃음소리가 들렸다.

"어야디야 어야디야."

시어도라가 숨죽여 중얼거리자 웃음소리가 커지다 못해 고함처럼 울렸다. 엘리너는 두 손으로 얼굴을 가리며 생각했다. 내 머릿속에서 나는 소리야. 내 머릿속에서 나와 밖으로, 밖으로, 밖으로…….

이제 집 전체가 부들부들 떨렸다. 커튼이 창문에 휘날리고, 가구가 휘청거렸다. 복도의 소리가 어찌나 요란한지 벽이 무너지는 듯했다. 복도 액자가 떨어졌는지 와장창 유리 깨지는 소리가 들렸다. 어쩌면 창문이 부서진 건지도. 루크와 박사는 필사적으로 문을 막는 양 온몸을 문에 바짝 대고 있었다. 발아래에서 바닥이 움직였다. 엘리너는 생각했다. 우리가 가는구나. 우리가 가는구나. 그 순간 시어도라가 멀리서 말하는 소리가 들렸다.

"집이 무너지고 있어."

두려움 없이 차분한 어조였다. 엘리너는 흔들리는 와중에 침대를 꼭 잡고서 눈을 감고 고개를 숙였다. 추위에 입술을 앙다물고는, 바닥이 무너지며 방 전체가 뚝 떨어지는 듯한 감각에 휩싸였다. 이윽고 진동이 느려졌다.

"하느님 맙소사."

시어도라가 말했다. 일 킬로미터 너머의 문에서 루크가 박사를 붙잡아 바로 세웠다.

"괜찮아요? 시어, 괜찮아요?"

등으로 문을 막고 선 루크가 박사를 붙든 채 그의 어깨 너머로 소리쳤다.

"그럭저럭요. 넬은 어떤지 모르겠네요."

"따뜻하게 보듬어 줘요. 아직 끝난 게 아니에요."

루크가 멀어지며 목소리가 사그라졌다. 엘리너는 저 머나먼 방에 있는 루크를 보고 들을 수 있었다. 그와 시어도라와 박사는 여전히 그 방에서 기다리고 있었다. 소용돌이치는 어둠 속에 그녀 혼자 끝도 없이 떨어져 내렸다. 침대 기둥을 붙잡은 새하얀 손 말고는 그 어떤 것도 현실 같지 않았다. 그들이 아주 조그맣게 보였다. 침대가 흔들리고 벽이 기울고 문이 저 멀리 날아가는 순간 그들은 더욱 졸아들었다. 어딘가에서 거대한 뭔가가 곤두박질친 양 쿵 하고 진동이 울렸다. 탑이 분명해. 오래도록 서 있을 줄 알았건만. 우리가 졌어. 진 거야. 집이 스스로를 파괴하고 있어. 사방에서 웃음소리가 들렸다. 가느다라면서도 광기 어린 웃음소리가 미친 듯한 선율에 맞추어 높아졌다. 아니, 이제 그만해. 더 이상은 안 돼. 나 자신까지도 모두 내주겠어. 나는 아무것도 필요 없어. 무엇을 원하든 다 가지라고 해.

"나는 갈 거야."

굽어보고 있는 시어도라를 향해 엘리너는 소리 내어 말했다. 방은 완벽하게 고요했다. 얌전히 내려앉은 커튼 사이로 햇살이 비쳤다. 루크는 창가 의자에 앉아 있었다. 얼굴은 멍이 들고 셔츠는 찢어져 있었다. 여전히 브랜디를 마시는 중이었다. 박사는 다른 의자에 기대어 앉아 있었다. 머리를 막 빗질하여 말쑥하고 침착해 보였다. 시어도라가 엘리너를 굽어보며 말했다.

"넬이 정신을 차린 것 같아요."

엘리너는 일어나 앉아 머리를 흔들고 사방을 가만히 응시했다. 집은 고요하고 차분했다. 그 무엇도 이동한 흔적 없이 견고히 자리해 있었다.

"어떻게……."

그녀가 말하자 그들 셋이 깔깔 웃어 댔다.

"새로운 날이 밝았답니다."

박사는 겉모습과 달리 지친 목소리였다.

"아까도 말했지만, 유령이 씐 집에 살면서 유머 감각을 발휘하기란 대단히 힘들죠. 농담으로 한 말이 아니었어요."

루크가 시어도라에게 말했다.

"그들은 어찌…… 되었죠?"

엘리너는 물어보면서도 자신이 하는 말이 너무 낯설게 들렸고, 입가가 뻣뻣하게 느껴졌다.

"둘 다 아기처럼 곤히 자고 있답니다."

박사는 엘리너가 잠들었을 때 나누던 대화를 마저 하는 듯한 어조로 말을 이었다.

"사실상, 우리 아내가 그 폭풍을 야기했다고는 생각지 않습니다. 하지만 순수한 사랑에 대해 한마디만 더 한다면……."

"무슨 일이 있었던 건가요?"

엘리너가 물었다. 밤새 이를 갈았던 것이 분명해. 그래서 턱 주위가 이렇게 뻣뻣한 거야.

시어도라가 대답했다.

"힐 하우스가 춤을 추었지. 야밤의 정신 나간 무도회였어. 적어도 내 생각에는 춤을 춘 거야. 공중제비까지 돌았지."

박사가 말했다.

"9시가 다 되어 가는군요. 엘리너가 준비되면……."

시어도라가 말했다.

"가자, 아기야. 시어가 얼굴을 씻겨 주고 맛있는 아침 식사를 차려 줄게."

"두 사람에게 더들리 부인이 10시에 식탁을 치운다는 걸 알려줬나요?"

시어도라가 커피 주전자 속을 가늠하듯 살피며 물었다.

"힘든 밤을 보냈을 텐데 깨우자니 망설여지는군요."

박사가 대꾸했다.

"하지만 더들리 부인은 10시에 식탁을 치우잖아요."

엘리너가 말했다.

"두 사람이 오고 있어요. 계단 내려오는 소리가 들려요."

엘리너는 그들에게 말하고 싶었다. 난 이 집에서 나는 모든 소리를 들을 수 있어요.

이윽고 멀리서 몬터규 부인의 목소리가 들렸다. 새된 목소리에 짜증이 어린 것을 알아차린 루크가 말했다.

"아, 이런. 식당이 어디인지 헤매고 있군요."

그가 부랴부랴 일어나 문을 열었다.

"적절히 환기를 시켜야 해요."

목소리가 먼저 들리더니, 이어서 몬터규 부인이 들어왔다. 그녀는 아침 인사 대신 박사의 어깨를 대충 두드리고는 의자에 앉아 다른 사람들을 향해 고개를 까닥였다. 그리고 즉시 입을 열었다.

"아침 식사를 하라고 불렀는데 우리가 못 들은 것이라 믿겠어요. 음식은 다 식었겠죠? 커피는 마실 만한가요?"

"안녕하세요."

아서가 퉁명스레 인사하고 부루퉁하게 의자에 앉았다. 시어도라는 몬터규 부인 앞에 커피 잔을 놓으려고 서두르다 커피 주전자를 기의 엎을 뻔했다.

몬터규 부인이 말했다.

"충분히 따뜻해 보이는군요. 어쨌든 오늘 아침 더들리 부인과 꼭 이야기를 해야겠어요. 그 방은 환기가 필요해요."

박사가 소심하게 물었다.

"밤은 어땠소? 그러니까, 보람찬 밤을 보냈소?"

"보람찼냐는 것이 편안했냐는 질문이라면 그냥 솔직히 그렇게 묻지 그래요. 그 세련된 질문에 대답하자면, 아뇨, 편안한 밤을 보내지 못했어요. 눈을 아예 붙이지 못했죠. 그 방에서 자는 것은 고문이에요."

아서가 맞장구쳤다.

"오래된 집이라 소음이 정말 심하죠? 밤새 나뭇가지가 창문을 두들겨 대더군요. 그 통에 미칠 뻔했다니까요."

"심지어 창문을 열어 놨는데도 방이 퀴퀴했어요. 더들리 부인의 커피는 살림 솜씨만큼 형편없지는 않군요. 괜찮으면 한 잔 더 주세요. 그렇게 엉망인 방에 나를 재우다니 정말 경악스러워요, 존. 저 너머의 영혼과 소통을 하려면 적어도 방이 환기는 되었어야죠. 밤새 먼지 냄새에 시달렸잖아요."

아서가 박사를 향해 말했다.

"도저히 이해가 안 가는군요. 이 집에 대해 왜 그렇게 불안해하는 건가요? 권총을 든 채 밤새 앉아 있었지만 쥐새끼 한 마리 안 지나가더군요. 창문을 두드리는 지긋지긋한 나뭇가지 말고는 아무 일도 없었죠. 그 나무 때문에 미칠 뻔하긴 했지만요."

그는 마지막 문장을 시어도라에게 비밀을 털어놓듯 속삭였다.

몬터규 부인이 남편을 쏘아보며 선언했다.

"물론 희망을 완전히 접은 건 아니에요. 오늘 밤 어떤 심령 현상이 일어날지도 모르죠."

002

☆☆☆

"시어?"

엘리너가 공책을 내려놓고 부르자 시어도라는 부지런히 휘갈겨 쓰다 말고 이마를 찌푸린 채 고개를 들었다. 엘리너는 말을 이었다.

"생각을 해 봤는데 말야."

"기록을 하자니 지긋지긋해. 말도 안 되는 헛소리를 적으려니 머저리가 된 것 같아."

"이러면 어떨까 싶어서 말인데."

시어도라가 살짝 미소 지었다.

"뭔데? 엄청 진지해 보인다. 위대한 결론에 이르기라도 한 거야?"

엘리너는 마음을 굳혔다.

"그래. 앞으로 어떻게 할지 결론을 내렸어. 우리 모두 힐 하우스를 떠난 후에 말이야."

"그래?"

"너와 함께 갈 거야."

"나와 함께 간다고?"

"너와 함께 집으로 돌아갈 거라고. 나는……."

엘리너는 얼굴을 찌푸리며 웃고 말을 이었다.

"네 집으로 갈 거야."

시어도라가 빤히 쳐다보더니 멍하니 물었다.

"왜?"

"전에는 나를 아껴 주는 사람이 한 명도 없었거든. 내가 속할 수 있는 곳에서 지내고 싶어."

전에 누군가가 이와 비슷한 말을 한 듯한 느낌이 들었다.

"길 잃은 고양이를 집에 데려가는 취미는 없는데."

시어도라가 가볍게 대꾸하자 엘리너 역시 깔깔 웃었다.

"하긴 나는 길 잃은 고양이 신세지. 안 그래?"

시어도라가 다시 연필을 집어 들었다.

"너한테는 네 집이 있잖아. 넬, 나의 넬, 때가 되면 집으로 돌아가는 것이 엄청 기쁘게 느껴질 거야. 우리 모두 집으로 돌아가며 기뻐하겠지. 어젯밤의 소리에 대해 뭐라고 썼니? 나는 어떻게 묘사해야 할지 도통 모르겠어."

"나는 갈 거야. 알지. 나는 그냥 갈 거야."

"넬리, 넬리."

시어도라가 다시 깔깔 웃더니 말했다.

"진정해, 그저 여름이라 그래. 시골의 근사하고 고풍스러운 여름 휴양지에서 몇 주를 보내는 것이 전부야. 너는 집으로 돌아가면 다시 네 인생을 살 거고, 나는 내 인생을 살 거야. 여름이 끝나면 우리는 각자 돌아가지. 물론 편지를 주고받고 서로 방문하기도 하겠지. 하지만 힐 하우스는 영원하지 않아. 너도 알잖아."

"일자리를 구할 거야. 폐가 되지 않을게."

"이해가 안 돼."

시어도라가 격분하며 연필을 집어 던졌다.

"너는 늘 반갑지 않은 손님 노릇을 즐기니?"

엘리너는 차분히 미소를 지었다.

"어디에서도 나를 반긴 곳이 없긴 하지."

003

☆☆☆

루크가 말했다.

"너무도 어머니 같아요. 모든 것이 부드럽고 푹신하죠. 하지만 편안할 것만 같은 의자와 소파에 막상 앉으면 단단하고 불편해요. 마치 나를 튕겨 내는 듯하죠."

"시어?"

엘리너가 나직이 부르자 시어도라가 바라보더니 당혹스럽다는 듯 고개를 저었다. 루크의 목소리가 이어졌다.

"그리고 어디에나 손이 있지요. 자그마하고 부드러운 유리 손이 나를 향해 손짓하지만……."

"시어?"

"안 돼. 너와 함께 살 수는 없어. 그 이야기는 이제 그만하자."

루크가 그들을 바라보며 말을 이었다.

"어쩌면 단 하나 유일하게 혐오스러운 점은 구체에 대한 강조일지도 모르겠군요. 자그마한 유리 조각들을 풀로 붙여 만든 전등갓이나, 계단의 거대하고 둥근 등이나, 시어의 팔꿈치에 놓여 있는 무지갯빛 사탕 단지에 대해 어떻게 생각하는지 허심탄회한 견해를 듣고 싶군요. 식당에는 어린아이의 두 손 위에 지저분한 노란 유리그릇이 놓여 있죠. 그리고 춤추는 양치기들이 안쪽에 그려진, 설탕으로 만든 부활절 달걀이 있고요. 가슴이 풍만한 여인이 계단 난간을 머리에 이고 있고, 객실 유리판 아래에는……."

"넬리, 그만둬. 개울로 산책이나 가자."

"아이 얼굴이 십자수로 수놓아져 있죠. 넬, 그렇게 불안해하지 말아요. 시어는 그저 개울로 산책 가자고 권했을 뿐이에요. 원하신다면 나도 같이 가죠."

"얼마든지 좋죠."

시어도라가 대꾸했다.

"토끼를 겁주어 내쫓아 드리죠. 원하신다면 막대를 가져가고, 원하지 않는다면 따라가지 않겠어요. 솔직히 한마디만 해요, 시어."

시어도라가 깔깔 웃었다.

"아무래도 넬은 여기 남아 벽에 글을 쓰고 싶은 모양인데요."

"그런 무정한 말을 하다니. 잔인해요, 시어."

"안쪽에서 양치기들이 춤을 추는 부활절 달걀 이야기를 더 해

줘요."

"설탕에 담긴 세상이죠. 자그마한 남자 양치기 여섯이 춤을 추고, 분홍과 푸른 옷을 입은 여자 양치기가 이끼 낀 기슭에 누워 그들을 즐겁게 바라보죠. 꽃과 나무와 양이 있고, 늙은 염소지기가 피리를 불죠. 나도 염소지기나 될까 봐요."

"투우사가 싫다면요."

시어도라가 말했다.

"투우사가 싫다면 말이죠. 넬의 연애는 카페에 회자되고요. 기억나죠?"

"그리스 신화 속 목신이 되어 속이 빈 나무에서 사는 거예요, 루크."

"넬, 전혀 듣고 있지 않군요."

"루크 때문에 겁이 났나 봐요."

"언젠가 힐 하우스를 물려받아 막대한 보물과 쿠션이 나의 것이 되어서요? 나는 집과 잘 지내는 편이 아니랍니다, 넬. 어쩌면 난 불안 발작을 일으켜 설탕으로 된 부활절 달걀을 던지거나, 자그마한 아이 손을 부수거나, 풀로 붙인 전등갓을 지팡이로 내리치고 난간을 머리에 인 풍만한 여자를 갈기면서, 계단을 내려오며 고함을 치고 발을 구를지도……."

"보여요? 루크 때문에 넬이 겁먹잖아요."

"그러게요. 넬, 그저 농담한 거랍니다."

"심지어 지팡이도 없잖아요."

"사실 있답니다. 넬, 그저 농담한 거예요. 넬이 무슨 생각을 하는 거죠, 시어?"

시어도라가 조심스레 말했다.

"넬은 힐 하우스를 떠난 후 나와 함께 살고 싶어 해요. 하지만 그럴 수 없죠."

루크가 깔깔 웃었다.

"가엾은 바보 넬. 연인과의 만남으로 여행은 끝난다네. 개울로 산책 가요."

루크가 베란다에서 계단을 내려오며 말했다.

"모원母院, 여사감, 여교장, 여주인. 힐 하우스가 내 소유가 되었을 때 나는 우리의 아서처럼 아주 형편없는 사감이 될 거예요."

"세상에 누가 힐 하우스를 갖고 싶어 하겠어요."

시어도라의 말에 루크가 몸을 돌려 재미있다는 얼굴로 집을 바라보았다.

"직접 보기 전까지는 자신이 무엇을 원할지 알 수 없죠. 이 집을 물려받을 가능성이 전혀 없었다면 느낌이 무척 달랐을 것 같아요. 언젠가 넬이 물었죠. 사람들이 서로에게 진실로 원하는 것이 무엇이냐고요. 다른 사람이 무슨 소용이 있을까요?"

엘리너가 말했다.

“어머니가 돌아가신 건 내 잘못이었죠. 어머니가 벽을 두드리며 나를 부르고 또 불렀지만 나는 잠에서 깨지 않았어요. 어머니께 약을 갖다 드렸어야 했는데. 전에는 항상 그랬죠. 하지만 이번에는 어머니가 부르는 소리를 듣지 못했어요.”

“그런 일은 그냥 잊어버려.”

“그때 이후로 계속 이런 생각이 들어. 내가 혹시 그때 잠에서 깨었던 건 아닐까? 부르는 소리에 잠에서 깨었는데 그냥 무시하고 다시 잔 거라면? 그럴 수도 있잖아. 정말 궁금해.”

“여기서 꺾어져요. 개울로 갈 생각이라면.”

루크가 말했다.

“걱정도 사서 하는구나, 넬. 네 잘못이라는 생각 자체를 좋아하는 건 아닐까?”

“어쨌든 어머니는 머잖아 돌아가셨겠지. 물론 언제 돌아가시든 무조건 내 잘못이겠지만.”

“그때 어머니가 돌아가시지 않았더라면 너는 힐 하우스에 오지 못했을 거야.”

“여기에서는 한 줄로 가요. 넬 먼저.”

루크가 말했다.

엘리너는 웃으며 앞장섰다. 길을 따라 편안하게 발을 옮겼다. 나는 지금 어디로 가는지 알고 있어. 어머니에 대해 말했으니 이제 괜찮아. 자그마한 집이나, 아니면 시어처럼 아파트를 구하겠어. 매일 시어와 만나서 함께 멋진 물건을 찾아다녀야지. 금테 접시, 하얀 고양이, 설탕으로 된 부활절 달걀, 그리고 별 컵. 더 이상 겁에 질리거나 외로워하지 않을 거야. 나는 이제 나를 그냥 엘리너라고 부르겠어.

"두 사람 지금 내 얘기 하고 있어요?"

그녀가 어깨 너머로 물었다.

잠시 후 루크가 예의 바르게 대꾸했다.

"넬의 영혼을 위해 선과 악 사이에서 분투하고 있죠. 하지만 난 아무래도 신이 되어야 할 것 같군요."

"물론 넬은 우리 둘 다 믿지 않겠지만."

시어도라가 즐거운 어조로 말했다.

"특히 나는 안 믿겠죠."

루크가 말했다.

"게다가, 넬, 우리는 네 이야기를 하고 있지 않았어."

시어도라가 루크를 향해 반쯤 화난 어조로 말을 이었다.

"만약 내가 체육 교사라면……."

엘리너는 생각했다. 너무도 긴 시간을 기다렸어. 그리고 마침내 행복을 얻었지. 그녀는 두 사람을 이끌고 언덕 꼭대기에 올라, 주르르 늘어선 나무들을 내려다보았다. 개울로 가려면 저곳을 통과해야 해. 하늘을 등지고 자유롭게 쭉 뻗은 나무들이 참 근사하구나. 이곳 어디나 부드럽다는 건 루크가 잘못 안 거야. 여기 나무는 빳빳하기 이를 데 없지. 저들은 여전히 내 이야기를 하고 있어. 내가 어떻게 힐 하우스에 왔는지, 어떻게 시어도라를 만났는지. 나는 절대 그녀를 놓치지 않겠어. 뒤에서 그들의 목소리가 중얼중얼 들렸다. 때로는 악의로 날카로워지고, 때로는 조롱으로 높아지고, 때로는 가족처럼 친근하게 웃었다. 그들이 뒤따라오는 소리를 들으며 그녀는 꿈을 꾸듯 걸어갔다. 우거진 풀밭에 들어서고 일 분쯤 후 그들도 따라 들어오는 것을 알 수 있었다. 발밑에서 풀이 사각거리자 놀란 메뚜기가 화들짝 달아났다.

엘리너는 생각했다. 시어의 상점 일을 도울 거야. 그녀는 아름다운 물건을 사랑하니, 그런 것을 찾기 위해 함께 돌아다닐 거야. 우리가 원하는 곳은 어디든 갈 수 있어. 세상 끝까지라도. 그리고 원할 때 돌아오지. 지금 그는 나에 대해 파악한 사실을 늘어놓고 있어. 내가 쉽게 넘어가지 않는다고, 협죽도 벽으로 에워싸여 있다고. 그녀는 내가 더 이상 외롭지 않을 거라며 웃고 있어. 저 둘은 무척 비슷해. 매우 친절하지. 이토록 나를 다정하게 대해 줄 줄은 전혀 몰랐는데, 오길 잘했어. 연인과의 만남으로 여행은 끝난다네.

땡볕이 내리쬐는 길을 벗어나 단단한 나뭇가지 아래로 들어서자 시원한 그늘이 쾌적하게 드리웠다. 이제는 더 조심스레 걸어야 했다. 내리막길인데다 때로 돌이나 뿌리에 발이 걸렸다. 그녀 뒤에서 빠르고 새된 목소리가 이어지다 느려지더니 깔깔 웃어 댔다. 그녀는 행복해하며 생각했다. 돌아보지 않겠어. 내가 무슨 생각을 하는지 저들이 눈치챌 테니. 나중에 함께 이야기 나누면 돼. 시어와 나는 시간이 많아. 기분이 참 묘하구나. 그녀는 숲에서 나와 마지막으로 가파른 부분에 들어섰다. 조금만 가면 개울이었다. 경이감이 느껴져. 여전히 환희가 밀려와. 개울에 이를 때까지는 절대 돌아보지 않겠어. 여기 온 첫날 시어는 개울에 빠질 뻔했지. 개울의 황금 물고기와 우리의 소풍에 대해 이야기해야지.

그녀는 초록 풀이 무성한 좁은 기슭에 앉아 무릎에 턱을 괴었다. 내 평생 이 순간을 잊지 않겠어, 하고 다짐하며 그녀는 서서히 내려오는 그들의 목소리와 발소리에 귀를 기울였다.

"서둘러. 나는……."

그녀는 시어도라를 보려고 고개를 돌렸다가 침묵했다. 언덕에는 아무도 없었다. 하지만 길을 따라 다가오는 발소리와 조롱기 어린 희미한 웃음소리는 뚜렷이 들렸다.

"누구세요? 누구세요?"

그녀는 속삭였다.

풀이 사람의 무게로 내려앉는 것이 보였다. 메뚜기 한 마리가 놀라서 펄쩍 뛰었다. 자갈이 달각거리다 또르르 굴렀다. 오솔길을 걸어와 기슭을 단단히 밟는 발소리와 웃음소리가 아주 가깝게 들렸다.

"엘리너, 엘리너."

소리가 머리 안과 밖에서 들렸다. 평생 귀 기울여 들었던 바로 그 소리였다. 발소리가 멈춘 순간, 강한 바람이 그녀를 붙잡았다.

너무도 우악스럽게 채는 바람에 그녀는 크게 휘청대다가 이내 단단히 붙들렸다.

"엘리너, 엘리너."

공기가 귀를 따라 우르르 달려갔다.

"엘리너, 엘리너."

누군가가 그녀를 안전하게 붙잡고 있었다. 전혀 춥지 않아. 전혀 춥지 않아. 그녀는 눈을 감고 기슭에 드러누워 생각했다. 이대로 갈 수 없어. 여기 있을 거야. 여기에. 붙잡고 있던 단호한 힘이 스르르 물러나더니 사라졌다.

"엘리너, 엘리너."

다시 이 소리를 들었을 때 그녀는 개울가에 서서, 해라도 진 양 부들부들 떨고 있었다. 투명한 발자국이 개울을 가로지르며 잔물결을 일으키더니 맞은편 기슭의 풀밭으로 올라가, 애무하듯 천천히 언덕을 올랐다.

돌아가자. 그녀는 개울가에 서서 생각하다 거의 말로 뱉을 뻔했다. 돌아서서 미친 듯이 언덕을 달려가며 소리쳐 댔다.

"시어? 루크?"

그들은 작은 숲에서 나무에 기대어 나직이 이야기 나누며 웃고 있었다. 그녀가 달려오자 두 사람이 화들짝 놀라 돌아보았다. 시어도라는 거의 화난 듯했다.

"이번에는 또 뭐야?"

"개울가에서 기다렸어."

"여기가 시원하니까 여기 있겠다고 했잖아. 우리가 외치는 소리를 들은 줄 알았어. 안 그래요, 루크?"

루크는 당황해하며 대꾸했다.

"아, 네. 들었는 줄 알았어요."

"어쨌든 곧 가려고 했어. 안 그래요, 루크?"

루크가 씩 웃으며 대꾸했다.

"네, 아무렴요."

004

☆☆☆

"수맥이란……."

박사가 포크를 흔들며 말했다.

"헛소리죠. 더들리 부인이 혼자 요리를 다 한 건가요? 아스파라거스가 훌륭한걸요. 아서, 젊은이더러 아스파라거스를 좀 덜어 달라고 해요."

박사가 사랑스러운 눈길로 아내를 바라보았다.

"여보, 점심 식사 후 한 시간 쉬는 것이 우리의 습관으로 자리 잡았다오. 당신이 원한다면……."

"나는 됐어요. 여기 있는 동안 할 일이 너무 많거든요. 요리사와 이야기를 해야 하고, 방이 환기되었는지 확인해야 하고, 오늘 저녁 플랑셰트를 할 준비를 해야 하죠. 아서는 권총을 청소해야 하고요."

아서가 설명했다.

"전사의 상징이죠. 무기는 항상 상태를 점검해야 합니다."

"물론 당신과 여기 젊은이들은 쉬어도 좋아요. 나와는 달리 간절하지 않나 보죠. 이곳에서 정처 없이 떠돌고 있는 가엾은 영혼을 도와야겠다는 강한 열망이 없는 걸 어떡하겠어요. 영혼을 가엾어 한다고 나를 바보처럼 여기거나, 도움의 손길 하나 없이 길을 잃은 영혼을 위해 눈물 흘리는 나를 조롱 어린 눈으로 볼 수도 있겠죠. 순수한 사랑은……."

루크가 재빨리 끼어들었다.

"크로케를 할까요? 어때요, 크로케?"

그는 한 명 한 명 열정적으로 바라보며 제안했다.

"배드민턴? 아니면 크로케?"

"수맥은 어때요?"

시어도라가 거들고 나서자 아서가 단호히 말했다.

"나는 그런 달콤한 헛소리에 넘어가지 않습니다. 그건 사기꾼의 상징이라고 학생들에게 가르치죠."

그가 진지하게 루크를 바라보며 말을 이었다.

"사기꾼의 상징. 달콤한 헛소리. 여자들이 넘어가기 일쑤죠. 우리 학생들은 스스로를 돌볼 줄 압니다. 남자의 상징이죠."

아서가 시어도라를 향해 말을 마무리 지었다.

"학생들에게 또 무엇을 가르치나요?"

시어도라가 예의 바르게 물었다.

"가르친다고요? 학생들이 어떤 것을 배우느냐는 뜻인가요? 대수학이나 라틴어 같은 것 말인가요? 그렇죠."

아서가 즐거워하며 등을 의자에 기댔다.

"그런 것은 다른 선생들이 맡는답니다."

"학교에 학생이 몇 명이나 있지요?"

시어도라는 호기심을 보이며 새 손님과 대화를 나누기 위해 상체를 내밀고 예의 바르게 물었다. 아서는 관심에 즐거워했다. 식탁 상석에서 몬터규 부인이 이마를 찌푸리며 초조하게 손가락을 두드려댔다.

"몇 명이냐고요? 몇 명이라. 탁월한 테니스부가 있죠."

그가 시어도라를 향해 활짝 웃고 말을 이었다.

"탁월하죠. 최고의 실력을 갖추고 있습니다. 얼간이는 빼고 묻는 건가요?"

"네, 얼간이는 빼고요."

"아, 테니스부, 골프부, 야구부, 육상부, 크리켓부."

그가 음흉하게 미소를 지으며 말을 이었다.

"우리가 크리켓을 할 줄은 상상도 못 했겠죠. 안 그래요? 그리고 수영부와 배구부가 있죠. 어떤 학생은 모든 운동부에 가입하기도 하지만요."

그가 다소 초조해하는 기색으로 말했다.

"다재다능한 인재들입니다. 모두 합치면 일흔 명쯤 되죠."

몬터규 부인이 더 이상 참지 못하고 끼어들었다.

"아서? 직장 이야기는 그만해요. 지금은 휴가중이잖아요. 안 그래요?"

아서가 다정하게 미소 지었다.

"이런, 바보 같은 짓을 했군요. 무기를 점검해야겠어요."

더들리 부인이 문가에 나타났다.

"2시입니다. 나는 2시에 식탁을 치우죠."

005

☆☆☆

시어도라가 깔깔 웃었다. 엘리너는 별채 뒤쪽 그림자에 깊이 숨은 채 자신의 존재를 들키지 않도록 두 손으로 입을 막고 있었다. 알아내야 해. 알아내야 해.

"제목은 '그래튼 살인 사건'이죠. 멋진 작품이에요. 원한다면 노래로 불러 드리죠."

루크가 말했다.

"사기꾼의 상징이라니."

시어도라가 다시 깔깔거리고는 말을 이었다.

"가엾은 루크. 나라면 '불한당'이라고 말했을 거예요."

"이 소중한 시간을 아서와 함께 보내고 싶다면……."

"물론 아서와 함께 보내고 싶죠. 교육받은 남자는 항상 좋은 말동무가 되니까요."

"크리켓, 우리가 크리켓을 할 줄은 상상도 못 했겠죠? 안 그래요?"

"노래해 줘요, 노래."

시어도라가 깔깔거리며 말했다.

루크가 단어 하나하나를 강조하며 단조로운 콧소리로 노래를 불렀다.

제일 처음은 젊은 그래튼 양이었지.
현관에서 그를 막으려고 했지만
낫에 찔리고 말았지.
그렇게 그의 범죄는 시작되었네.

다음은 할머니 그래튼 차례였지.
늙고 병든 백발의 할머니는
괴한과 맞서 싸웠지.

하지만 기운을 잃고 말았네.

다음은 할아버지 그래튼 차례였지.
벽난로 앞에 앉아 있었지.
괴한은 뒤에서 슬금슬금 다가가
철사로 노인의 목을 졸랐네.

마지막은 아기 그래튼이었지.
바퀴 달린 침대에 누워 있는
아기의 갈비뼈를 분질렀지.
숨이 끊어질 때까지.

그리고 담배 즙을 뱉었네,
아기의 황금빛 머리에 온통.

그가 노래를 마치자 잠시 침묵이 내려앉더니 시어도라가 나직이 말했다.

"근사해요, 루크. 너무나 아름다워요. 이 노래를 들을 때마다 당신이 떠오를 것 같아요."

"원래는 아서한테 불러 주려고 했지요."

내 이야기는 언제 시작할까? 엘리너는 그림자 속에서 기다렸다. 잠시 후 루크가 느긋하게 말을 이었다.

"박사님의 책이 과연 어떨지 궁금해요. 우리 이야기도 들어 있겠죠?"

"루크는 성실하고 젊은 심령 연구가로 묘사될 거예요. 나는 부인할 수 없는 재능이 있지만 의심스러운 평판을 얻은 여자로 묘사되겠죠."

"몬터규 부인이 자신만을 위해 한 장章을 쓰게 하지 않을까요?"

"아서도요. 그리고 더들리 부인도요. 박사님이 우리를 도표 상의 수치로만 나타내지 않기를 빌어요."

"궁금해요, 궁금해. 이 더운 오후에 뭘 해야 시원해질 수 있을까요?"

"더들리 부인한테 레모네이드를 만들어 달라고 해 봐요."

"내가 뭘 하고 싶은지 알아요? 탐험을 하고 싶어요. 언덕을 따라 개울을 거슬러 올라가는 거예요. 개울이 시작되는 부분을 보고 싶어요. 어딘가에 연못이 있어 수영을 할 수 있을지도 모르죠."

"아니면 폭포나요. 폭포에서 이어지는 개울처럼 보이지 않나요?"

"한번 가 볼까요?"

별채 뒤에서 귀를 기울이던 엘리너는 그들의 웃음소리와 발소리가 집 쪽으로 멀어지는 것을 들었다.

006

☆☆☆

"여기 흥미로운 것이 있답니다. 이 책에요. 평범한 아동용 크레용으로 초 만드는 법이 나와 있죠."

아서의 목소리는 다른 이들을 즐겁게 하기 위해 힘껏 애쓰는 사람 같았다.

박사가 지친 어조로 대꾸했다.

"흥미롭군요. 하지만 양해를 구하죠, 아서. 기록해야 할 것들이 쌓여 있거든요."

"그럼요, 박사님. 우리 모두 할 일이 있죠. 조용히 하겠습니다."

엘리너는 응접실 문 앞에서 귀를 기울였다. 아서가 조용히 있기 위해 자리를 잡느라 부스럭거리며 신경을 긁는 소리가 나직이 이어졌다.

"여기는 딱히 즐길 거리가 없군요. 보통 뭘 하며 시간을 보내나요?"

아서가 묻자 박사가 퉁명스레 대꾸했다.

"일을 하죠."

"이 집에서 일어난 일을 기록하고 있나요?"

"네."

"내 이야기도 있나요?"

"아뇨."

“플랑셰드가 알려 준 내용을 넣어야 할 것 같은데요. 지금 무엇을 쓰고 있나요?”

“아서. 책이나 읽지 그래요?”

“그러죠. 폐를 끼칠 생각은 없었습니다.”

엘리너는 가만히 들었다. 아서가 책을 집어 들었다가 내려놓더니 담배에 불을 붙이고 한숨을 쉬며 몸을 들썩이다 결국엔 입을 열었다.

“있죠, 여기에 뭔가 즐길 거리는 없나요? 다른 사람들은 어디에 있죠?”

박사가 인내심을 발휘하여 무심한 어조로 대꾸했다.

“시어도라와 루크는 개울을 탐험하러 간 것 같군요. 다른 사람들은 어딘가에 있겠죠. 우리 아내는 더들리 부인을 찾고 있으리라 생각되는군요.”

“아.”

아서가 다시 한숨을 쉬었다.

“책을 읽는 편이 낫겠군요.”

그러다 일 분도 안 되어 그가 말했다.

“저기, 박사님. 방해하고 싶지는 않지만 이 책에 이런 대목이 있는데, 한번 들어 보세요.”

007

☆☆☆

몬터규 부인이 말했다.

"세상에, 젊은 남녀를 무분별하게 한데 모아 놓다니 믿기지가 않아요, 더들리 부인. 이런 대단한 모임을 개최하기 전에 남편이 내게 미리 의견을 물었더라면……."

"글쎄요."

더들리 부인의 목소리가 들리자 엘리너는 식당 문에 얼굴을 들이댔다. 문의 목조 패널에 활짝 벌린 입을 댄 채 멍하니 바라보았다.

"저는 늘 말하죠, 몬터규 부인. 누구나 한때는 젊었다고요. 저들은 인생을 즐기고 있고, 그건 자연스러운 일이죠."

"하지만 한 지붕 아래서……."

"옳고 그름을 분별 못 할 사람들이 아니에요. 시어도라라는 예쁜 아가씨는 스스로를 돌볼 만큼 성숙하리라 믿어요. 루크 씨가 얼마나 방탕하든지요."

"은식기를 닦을 마른 행주가 있어야겠어요, 더들리 부인. 요즘 아이들이 그렇게 무분별하게 온갖 것을 보고 들으며 자라는 모습을 보면 참으로 안타까워요. 아이 때는 몰라야 마땅하고 어른이 된 후에야 배워야 할 것들이 많건만. 가만히 기다리면 저절로 알게 될 텐데."

"깨닫기까지 힘든 과정을 거치겠죠."

더들리 부인의 목소리는 편안했다.

"그이가 오늘 아침 텃밭에서 토마토를 땄답니다. 올해 토마토 농사가 잘되었죠."

"내가 씻을까요?"

"아, 아뇨, 아뇨. 저기 앉아서 쉬세요. 충분히 많이 도와주셨어요. 주전자를 올릴게요. 맛있는 차를 같이 마시도록 해요."

008

☆☆☆

"연인과의 만남으로 여행은 끝난다네. 시어가 입은 푸른 원피스가 정말 넬 건가요? 전에는 못 봤는데."

미소를 띤 루크가 방을 가로질러 다가와 엘리너에게 물었다.

"나는 엘리너랍니다. 턱수염[Beard]이 있기 때문이죠."

시어도라가 장난스레 말했다.

"두 사람이 입을 옷을 가져오다니 선견지명이 있었군요. 내 낡은 재킷을 걸쳤다면 시어의 매력이 반은 묻혀 버렸을 거예요."

"나는 엘리너랍니다. 푸른색[Blue] 옷을 입었기 때문이죠. 나는 E에 대한 나의 사랑을 너무나 사랑한답니다. 천상[Ethereal]에 있기 때문이죠. 그녀의 이름은 엘리너[Eleanor]랍니다. 기대[Expectation] 속에서 살지요."

시어는 짓궂게 장난을 치고 있어. 엘리너는 아득히 생각했다.

마치 머나먼 곳에서 그들을 보고 듣는 듯했다. 시어는 심술을 부리고, 루크는 친절하게 굴려고 노력해. 그는 나를 비웃은 일을 후회하고 있어. 그리고 짓궂게 구는 시어를 한심하게 여기고.

"루크, 여기 와서 노래를 불러 줘요."

시어도라가 엘리너를 힐긋 보며 말했다.

"나중에요. 박사님이 막 체스 준비를 마쳤거든요."

루크가 어색한 어조로 대꾸하더니 부랴부랴 떠나갔다.

시어도라는 언짢은 듯 의자 등받이에 머리를 기대고 눈을 감았다. 말을 하기 싫은 모양이었다. 엘리너는 두 손을 내려다보며 앉아 집의 소리에 귀 기울였다. 위층 어디에선가 문이 조용히 닫혔다. 새가 탑에 잠깐 내려앉았다가 날아갔다. 주방에서 스토브가 식어 가며 나직이 삐걱거렸다. 어떤 동물, 토끼 같은 것이 별채 옆의 덤불 속에서 움직였다. 집에 대한 새로운 인식 덕분에 그녀는 다락방에서 살며시 떠도는 먼지와 낡아 가는 목재의 소리까지 들을 수 있었다. 도서실만이 예외였다. 몬터규 부인과 아서가 플랑셰트를 굽어보며 거친 숨을 헐떡이거나 살짝 흥분한 채 질문하는 소리는 전혀 들리지 않았다. 책이 부식되거나 나선형 철제 계단에 녹이 스는 소리 역시 전혀 들리지 않았다. 작은 응접실에서 시어도라가 나직이 손가락을 두드리는 성가신 소리와 체스 말이 조용히 놓이는 소리를, 엘리너는 고개를 들지 않고도 들을 수 있었다. 도서실 문이 벌컥 열리더니 화가 난 발소리가 응접실로 다가왔다. 몬터규 부인이 문을 열고 들어오자 모두들 돌아보았다.

몬터규 부인이 숨을 빠르게 몰아쉬며 말했다.

"그냥 넘어갈 수 없군요. 참으로 천인공노할……."

"아, 여보."

박사가 일어났지만 몬터규 부인은 화난 듯 손사래 쳤다.

"당신한테 품위라는 게 있다면……."

아서는 멋쩍어하며 뒤에서 머뭇대더니 살금살금 그녀를 지나쳐 들어와 벽난로 앞의 의자에 앉았다. 시어도라가 돌아보자 그는 조심스레 고개를 저었다.

"기본적 품위는 지켜야죠. 어쨌든 존, 당신을 돕겠다고 나는 이 먼 길을 왔어요. 아서도 마찬가지고요. 당신이 이토록 냉소와 불신을 보일 줄은 몰랐어요. 당신들 전부……."

그녀가 엘리너와 시어도라와 루크를 가리키며 말을 이었다.

"내가 바란 것이라고는, 내가 바란 것이라고는 최소한의 신뢰와, 내가 하는 일에 대한 약간의 이해일 뿐이에요. 하지만 당신들은 나를 불신하고 비웃고 조롱했죠."

그녀는 얼굴이 뻘게진 채 헐떡이며 박사를 향해 손가락을 흔들었다. 그리고 쓰디쓴 어조로 말했다.

"플랑셰트는 오늘 밤 나에게 아무 말도 하지 않겠죠. 당신의 조소와 의심으로 인해 단 한 마디도 들을 수 없게 되었어요. 어쩌면 몇 주는 플랑셰트가 입을 다물지도 몰라요. 전에도 이런 일이 있었죠. 전에도요. 불신자들의 조롱에 시달리는 바람에 그랬죠. 플랑셰트는 몇 주나 침묵을 지킬 거예요. 나는 순수한 마음으로 이곳에 왔는데 약간의 존중 정도는 받아 마땅한 것 아닌가요?"

그녀가 박사를 향해 손가락을 흔들며 잠시 침묵했다.

"여보, 우리 중 그 누구도 고의적으로 방해했다고는 생각지 않소."

"조롱하고 비웃지 않았다고요? 플랑셰트가 한 말을 불신하지 않았다고요? 저 건방지고 무례한 젊은이들이 그러지 않았다고요?"

"몬터규 부인, 실은……."

루크가 입을 열었지만 몬터규 부인은 그를 무시한 채 의자에 앉아서는 입술을 앙다물고 눈을 번득였다. 박사가 한숨을 쉬더니 말을 하려다 그대로 입을 다물었다. 그리고 돌아서서는 루크더러 체스나 두자고 손짓했다. 루크는 재빨리 눈치를 채고 체스판으로 향했다. 아서는 의자에서 꿈틀거리며 시어도라에게 나직이 말했다.

"저렇게 화내는 모습은 처음 봅니다. 플랑셰트가 다시 말하기를 기다리는 건 참으로 힘겹지요. 플랑셰트는 분위기에 워낙 예민하다 보니 쉽게 불쾌해하는 경우가 종종 있답니다."

아서는 상황을 만족스레 설명했다고 자신하며 의자에 등을 기대고서 살짝 미소 지었다.

엘리너는 듣는 둥 마는 둥 하며 방 안의 움직임에 대해 의아해하고 있었다. 그녀는 무심히 생각했다. 누군가 걸어 다니고 있어.

루크가 서성이며 나직이 혼잣말을 하고 있네. 체스를 두면서 저러다니 이상한걸. 콧노래를 흥얼거리는 걸까, 노래를 부르는 걸까? 그녀는 한두 번 말을 걸 뻔했지만, 그 순간 루크가 나직이 말했다. 그는 마땅히 체스판 앞에 앉아 있었다. 엘리너는 고개를 돌려 응접실의 텅 빈 중앙을 바라보았다. 누군가 걸어 다니며 나직이 노래를 부르고 있었다. 이윽고 노랫소리가 또렷이 들렸다.

골짜기로 걸어가,

골짜기로 걸어가,

골짜기로 걸어가,

전에도 그랬듯이…….

그녀는 희미한 노랫소리에 웃으며 귀 기울였다. 어머, 아는 노래야. 저 게임을 하곤 했지. 기억나.

"플랑셰트는 더없이 예민하고 복잡해요."

몬터규 부인이 시어도라에게 말하고 있었다. 여전히 화난 어조였지만, 시어도라의 다정한 관심에 꽤 누그러진 모양이었다.

"약간의 불신만 느껴져도 플랑셰트는 말문을 닫아 버리죠. 사람들이 당신을 믿지 못하고 의심한다면 기분이 어떻겠어요?"

창문으로 들락날락,

창문으로 들락날락,

창문으로 들락날락,

전에도 그랬듯이…….

목소리는 가벼웠다. 어린애 같았다. 거의 숨소리도 없이 달콤하면서도 여리게 노래했다. 엘리너는 미소 지으며 기억을 떠올렸다. 플랑셰트에 대해 늘어놓는 몬터규 부인의 목소리보다 나직한 노랫소리가 더 또렷이 들렸다.

연인을 만나는 거야,

연인을 만나는 거야,

연인을 만나는 거야,

전에도 그랬듯이…….

노랫소리가 서서히 잦아들더니 살며시 다가오는 움직임이 느껴졌다. 뭔가가 그녀의 얼굴을 스치는 듯했고, 뺨에 대고 나직이 한숨을 쉬는 듯했다. 그녀는 화들짝 놀라 돌아보았다. 루크와 박사는 체스판을 내려다보고 있고, 아서는 시어도라에게 다정히 몸을 기울이고 있고, 몬터규 부인은 말을 늘어놓고 있었다.

엘리너는 기뻐하며 생각했다. 아무도 듣지 못해. 나 외에는 아무도 듣지 못해.

009

엘리너는 침실 문을 살며시 닫았다. 시어도라처럼 깊이 자는 사람이 문 닫는 소리에 깰 것 같지는 않았지만 만에 하나 깨우고 싶지 않았다. 그녀는 위로하듯 생각했다. 어머니가 부르는 소리를 들으려고 얕은 잠을 자는 습관을 길러야 했지. 계단 꼭대기에 자그마한 종야등 하나만 켜져 있어서 복도는 어스레했다. 문은 모두 닫혀 있었다. 복도 카펫을 맨발로 조용히 밟으며 그녀는 생각했다. 웃기는군. 밤에 소리가 날까 봐 혹은 움직이는 게 나라는 걸 누군가 알까 봐 걱정할 필요가 없는 집이 있다면 바로 여기인데. 그녀는 도서실에 가야겠다는 생각으로 내내 깨어 있었다. 그녀의 이성이 그럴싸한 이유를 제시했다. 잠이 오지 않으니 계단을 내려가서 책을 가져와야겠어. 어디 가느냐고 누가 물으면 잠이 오지 않아 도서실에 책을 가지러 간다고 말하면 돼.

따뜻했다. 졸리고도 쾌적한 따뜻함이었다. 그녀는 거대한 계단을 맨발로 소리 없이 내려가 도서실 문으로 다가갔다. 하지만 들어갈 수 없었다. 난 들어가도록 허락되지 않았어. 그녀는 퀴퀴한 곰팡내에 구역질이 치밀어 물러섰다.

"어머니."

그녀는 소리 내어 말하고 재빨리 뒷걸음쳤다.

"이리 온."

목소리가 2층에서 아스라이 들렸다. 엘리너는 열렬히 몸을 돌려 부랴부랴 계단으로 갔다.

"어머니?"

나직이 부른 뒤 다시 불렀다.

"어머니?"

낮고도 부드러운 웃음소리가 살랑이자 그녀는 헐떡이며 계단을 올라서는 복도 좌우로 닫힌 문들을 살폈다.

"어머니가 여기 어딘가에 있군요."

그녀가 말하자 복도 아래쪽에서 나지막이 메아리가 울렸다. 공기의 미세한 흐름을 타고 속삭임이 전해지는 듯했다.

"어딘가, 어딘가."

엘리너는 깔깔 웃으며 소리 없이 달려가 육아실 문에 이르렀다.

섬뜩한 한기는 느껴지지 않았다. 그녀를 내려다보며 웃는 두 얼굴을 향해 활짝 미소 지었다. 그리고 문 앞에서 속삭였다.

"여기 계세요? 여기 계세요?"

주먹으로 문을 두드렸다.

"네? 네? 누구든 들어와요."

몬터규 부인이었다. 금방 잠에서 깬 것이 분명했다.

아니, 아니야. 엘리너는 팔로 몸을 감싸고서 조용히 웃으며 생각했다. 여기가 아냐. 몬터규 부인과 같이 있지 않아. 그녀는 미끄러지듯 복도를 걸어갔다. 몬터규 부인이 뒤에서 소리쳤다.

"나는 당신의 친구예요. 어떤 해도 끼치지 않을 거랍니다. 여기 들어와서 무엇이 문제인지 말해 주세요."

부인은 문을 열지는 않을 거야. 두려워하는 건 아니지만 문을 열지는 않겠지. 아서의 방문을 쿵쿵 두드리자 그가 화들짝 놀라며 깨는 소리가 들렸다.

부드러운 카펫 위로 춤을 추며, 엘리너는 시어도라가 잠든 방의 문으로 다가갔다. 부정한 시어, 잔인한 시어, 비웃어 대는 시어, 일어나, 일어나, 일어나. 그녀는 깔깔 웃으며 문을 두드려 대고 손잡이를 흔들고 재빨리 루크의 방으로 달려가 문을 두드렸다. 일어나, 일어나, 부정한 인간아. 누구도 문을 열지 못하겠지. 안에서 이불을 두른 채 부들부들 떨면서 다음에는 무슨 일이 일어날지 생각하겠지. 일어나. 그녀는 박사의 방문을 두드렸다. 문을 열고 나와, 힐 하우스의 복도에서 춤을 추는 나를 봐.

시어도라가 미친 듯이 외치는 소리에 엘리너는 화들짝 놀랐다.

"넬? 넬? 박사님, 루크, 넬이 없어요!"

가엾은 집, 엘리너를 깜박했구나. 이제 저들이 문을 열겠지. 그녀는 재빨리 계단을 내려갔다. 뒤에서 박사의 목소리가 초조하게 높아졌고, 시어도라가 소리쳐 댔다.

"넬? 엘리너?"

머저리들. 이제 나는 도서실로 갈 거야.

"어머니, 어머니, 어머니."

그녀는 속삭였다. 하지만 도서실 앞에서 속이 울렁거려 멈추고 말았다. 2층 복도에서 사람들이 말하는 소리가 들렸다. 웃기는군. 집 전체가 느껴져. 심지어 몬터규 부인이, 아서가, 그리고 박사님이 주장하는 소리까지도 또렷이 들려.

"넬을 찾으러 가야 해요. 모두들 서둘러요."

까짓것, 나도 서두르면 그만이지. 그녀는 복도를 달려가 작은 응접실로 들어갔다. 문을 여는 순간, 벽난로에서 불빛이 잠시 반짝였다. 체스판에는 루크와 박사가 둔 말들이 그대로 놓여 있었다. 시어도라가 걸쳤던 스카프가 의자 등받이에 걸려 있었다. 저것도 내가 챙겨야지. 시녀의 애처로운 옷. 스카프 한쪽 끝을 이로 물고 당기자 죽 찢어졌다. 계단에서 목소리가 들려 엘리너는 스카프를 내려놓았다. 그들은 걱정하며 우르르 내려오고 있었다. 어디를 먼저 수색해야 할지 논의하며 이따금 고함쳐 댔다.

"엘리너? 넬?"

"이리 온. 이리 온."

집 어딘가 멀리에서 들려왔다. 사람들의 무게에 계단이 흔들리는 소리와 잔디밭에서 귀뚜라미가 팔짝 뛰어오르는 소리가 들렸다. 그녀는 유쾌하고 대담하게 복도를 달려가 문틈으로 그들을 엿보았다. 그들은 긴장한 채 서로 바짝 붙어 이동하고 있었다. 박사의 손전등이 현관홀을 훑더니 거대한 현관문 앞에서 멈추었다. 문이 활짝 열려 있었다. 그들은 "엘리너, 엘리너" 외치며 우르르 달려 나가 손전등으로 분주히 바깥을 살폈다. 엘리너는 문에 매달린 채 눈물이 날 정도로 낄낄거렸다. 멍청이들. 우리의 속임수에 그렇게 쉽게 넘어가다니. 느려 터진 머저리에 답답한 천치들. 집 안 곳곳을 찔러 보고 뒤져 보고 괴롭혀 대더니 꼴좋다. 그녀는 현관홀을 가로질러 휴게실과 식당을 통해 문들이 즐비한 주방으로 들어갔다. 여기가 좋겠어. 소리가 들리면 어디로든 달아날 수 있어. 그들이 바보처럼 그녀를 불러 대며 현관홀로 돌아오자 그녀는 재빨리 베란다로 나가 시원한 밤공기를 맛보았다. 문에 등을 대고 서 있자 힐 하우스의 엷은 안개가 발목을 간질였다. 그녀는 압도적으로 우뚝 선 언덕들을 올려다보았다. 언덕 사이에 편안하고 안전하고 따뜻하게 자리 잡고 있구나, 힐 하우스는 복도 많지.

"엘리너?"

그들은 매우 가까운 곳에 있었다. 그녀는 베란다를 달려가 객실로 들어갔다.

"휴 크레인, 나와 춤을 추시겠어요?"

거대한 조각상이 몸을 굽히자 그녀는 무도회용 절을 했다. 조각상의 눈이 깜박이더니 빛을 발했다. 반사된 빛 조각들이 작은 조각상들과 금박 의자를 어루만졌다. 그녀가 품위 있게 춤을 추는 동안, 휴 크레인은 가만히 지켜보며 빛을 뿜었다.

"창문으로 들락날락, 창문으로 들락날락."

노래를 부르며 춤을 추는데 누군가가 그녀의 손을 잡는 느낌이 들었다. 그녀는 베란다로 나가 집을 맴돌며 춤을 추었다. 집을 맴돌고 맴돌고 맴돌면 아무도 나를 볼 수 없지. 엘리너가 지나가면서 주방 문을 만지자 십 킬로미터 너머의 더들리 부인이 잠을 자다 몸을 떨었다. 목조 건물에 단단히 붙잡혀 있는 탑에 이르러 그녀는 회색 석벽을 천천히 지나쳤다. 외벽조차도 감히 만질 수가 없었다. 모퉁이를 도니 거대한 현관문 앞이었다. 하지만 문은 도로 닫혀 있었다. 그녀는 손을 내밀어 간단히 문을 열었다. 힐 하우스에 들어가야지. 그녀는 자신의 집에 들어가듯 발을 디뎠다. 그리고 소리 내어 말했다.

"나 왔어요. 집 안 여기저기를 돌아다녔죠. 창문으로 들락날락. 춤을 추고……."

"엘리너?"

루크의 목소리였다. 저들 중 하필 루크한테 잡힐 수는 없어. 못 보게 숨어야지. 그녀는 절박한 심정으로 몸을 돌려 주저 없이 도서실로 달려 들어갔다.

나 왔어요. 여기 들어왔어요. 춥기는커녕 편안하고 달콤하고 따뜻했다. 위로, 위로 올라가는 나선형 철제 계단이 보일 만큼 밝았다. 꼭대기에 자그마한 문이 보였다. 발아래에서 석조 바닥이 애무하듯 그녀의 발꿈치를 쓰다듬었다. 사방에서 부드러운 공기가 그녀를 어루만지고, 머리카락을 살랑이고, 손가락을 스쳤다. 그녀의 입술 위로 가벼운 숨결이 느껴졌다. 그녀는 빙빙 돌며 춤을 추었다. 나에게는 석조 사자상도, 협죽도도 없어. 내가 힐 하우스의 저주를 깨뜨려 안으로 들어왔어. 집으로 온 거야. 그녀는 이 생각에 경이로워하며 우뚝 멈추었다. 나는 집에 왔어. 나는 집에 왔어. 이제 올라가자.

좁은 철제 계단을 올라가노라니 도취되는 듯했다. 빙글빙글 맴돌며 점점 높이 오르다가 가느다란 철제 난간을 잡고 내려다보니 석조 바닥이 아스라했다. 그녀는 계단을 올라가며 아래를 내려다볼 때는 부드러운 풀밭과 굽이치는 언덕과 무성한 숲을 떠올렸고, 위를 쳐다볼 때는 나무들 사이에 우뚝 솟은 힐 하우스의 탑을 생각했다. 탑이 내려다보고 있는 길은 굽이굽이 이어져 힐즈데일을 지나, 꽃들에 둘러싸인 하얀 집을 지나, 마법의 협죽도를 지나, 석조 사자상을 지나 계속 계속 뻗어가다, 그녀를 위해 기도해 줄 왜소한 노부인에게까지 이어졌다. 이제 끝낼 시간이야. 모든 것이 사라지고 버려졌지. 그 불쌍한 노부인은 여전히 나를 위해 기도하고 있어.

"엘리너!"

일순 그녀는 그들이 누구인지 기억나지 않았다. 석조 사자상이 지키는 저택에 초대된 손님들인가? 촛불 켜진 기다란 식탁에서 식사하는 사람들인가? 졸졸 흘러가는 개울을 굽어보았던 식당에서 만났던가? 저들 중 한 명은 말을 타고 깃발을 나부끼며 초록 언덕을 내려온 사람인가? 저들 중 한 명은 어둠 속에서 그녀와 나란히 달렸던 사람인가? 이윽고 기억이 났다. 그들은 자기가 속해 있는 곳에 있었다. 그녀는 난간을 움켜쥔 채 주저했다. 그들은 너무도 작고 무능했다. 저 아래 석조 바닥에 서서 그녀를 손으로 가리키고 있었다. 그들이 다급한 목소리로 외쳤지만 미미하기만 했다.

"루크."

그녀는 이름을 떠올렸다. 목소리가 들린 모양이었다. 그녀가 말을 하는 순간 그들이 침묵했기 때문이다.

"몬터규 박사님. 몬터규 부인. 아서."

약간 떨어져 조용히 서 있는 나머지 한 사람은 이름이 기억나지 않았다.

몬터규 박사가 소리쳤다.

"엘리너, 조심스레 몸을 돌린 다음, 천천히 내려와요. 아주 천천히, 엘리너. 난간을 계속 꼭 쥐고 있어야 해요. 이제 몸을 돌려 내려와요.”

“저 아가씨는 저기서 대체 뭘 하고 있죠?”

몬터규 부인이 단호히 말했다. 머리에 컬을 말고 있고, 목욕용 가운의 배 부분에 용이 그려져 있었다.

“어서 내려오라고 해요. 그래야 다시 잘 거 아니에요. 아서, 당장 내려오라고 해요.”

“여기 봐요.”

아서가 말을 시작하자 루크가 계단 발치로 다가가 오르기 시작했다.

“맙소사. 루크, 부디 조심하게. 계단이 삭아 떨어질지도 몰라.”

루크가 한 단 한 단 오르는 동안, 박사가 말했다.

몬터규 부인이 강력히 주장했다.

“두 사람의 무게를 견디지 못할 거예요. 우리 머리 위로 계단이 무너질 거라고요. 아서, 문 쪽으로 가요.”

박사가 소리쳤다.

“엘리너, 방향을 틀어 천천히 내려올 수 있겠어요?”

그녀 위쪽에는 부속 탑으로 이어지는 작은 뚜껑 문만이 있을 뿐이었다. 그녀는 계단 꼭대기의 좁은 단에 서서 뚜껑 문을 힘주어 밀었지만, 끄떡도 하지 않았다. 주먹으로 문을 두드려 대며 미친 듯이 안달했다. 열려라, 열려라. 이러다가 잡히겠어. 어깨 너머로 힐긋 보니 루크가 천천히 계단을 따라 돌며 다가오고 있었다.

"엘리너, 가만히 서 있어요. 움직이지 말아요."

겁이 난 목소리였다.

끌려갈 수는 없어. 그녀는 아래를 내려다보았다. 얼굴 하나가 또렷이 보이며 이름이 떠올랐다.

"시어도라."

"넬, 박사님과 루크 말대로 해. 부탁이야."

"시어도라? 나갈 수가 없어. 문이 잠겨 있어."

루크가 대꾸했다.

"잠겨 있기에 망정이죠. 운 좋은 줄 알아요, 아가씨."

그가 천천히 계단을 올랐다. 곧 꼭대기에 도착할 터였다.

"가만히 있어요."

그가 말했다.

"가만히 있어요, 엘리너."

박사가 말했다.

"넬. 제발 부탁이니 박사님과 루크 말대로 해."

시어도라가 말했다.

"왜?"

엘리너가 아래를 내려다보자 탑이 어지러이 무너져 내리는 것 같았다. 석벽에 매달려 있던 철제 계단이 휘청휘청 흔들렸다. 저 멀리 차가운 석조 바닥의 창백한 얼굴들이 그녀를 빤히 응시하고 있었다.

"어떻게 하면 내려갈 수 있죠? 박사님, 어떻게 하면 내려갈 수 있어요?"

그녀는 어찌할 바를 몰라 물었다.

"천천히 움직여요. 루크 말대로 해요."

"넬, 겁먹지 마. 괜찮을 거야. 정말이야."

시어도라가 말했다. 루크가 씩 웃으며 맞장구쳤다.

"아무렴, 괜찮고말고요. 기껏 해 봐야 내 목이나 부러질 테니 염려 말고 꽉 잡고 있어요, 넬. 곧 거기 이를 거예요. 넬이 먼저 내려갈 수 있도록 내가 넬을 지나쳐 뒤로 갈게요."

계단을 그렇게 많이 올랐는데도 그는 전혀 숨이 차지 않는 것처럼 보였다. 하지만 난간을 잡기 위해 팔을 뻗을 때 보니 손이 떨리고 있었다. 얼굴도 땀으로 축축했다.

"이리 와요."

그가 날카롭게 말했다. 엘리너는 뒤로 물러섰다.

"지난번에 나더러 먼저 가라고 했을 때 따라오지 않았잖아요."

"넬을 확 밀어 버릴지도 몰라요. 그럼 바닥에 쿵 하고 부딪히겠죠. 그러니 시키는 대로 해요. 천천히, 나를 지나쳐서 계단을 내려가요. 확 밀고 싶은 유혹에 내가 넘어가지 않도록 기도나 해요."

마지막 문장에는 분노가 차 있었다.

그녀는 순순히 다가가, 단단한 석벽에 등을 바짝 붙였다. 루크가 조심스레 그녀를 지나쳐 뒤로 들어갔다. 그가 말했다.

"내려가요. 나는 바로 뒤에서 따라갈 테니."

그녀가 한 걸음 한 걸음 디딜 때마다 철제 계단이 위태로이 흔들리며 신음했다. 난간을 붙잡은 손을 보니 너무 꽉 움킨 탓에 하얗게 질려 있었다. 맨발로 한 번에 한 단씩 극도로 조심하며 내려가는 동안, 석조 바닥을 내려다보지 않으려 애썼다. 아주 천천히 움직이는 거야. 그녀는 몇 번이고 되뇌었다. 거의 휘어질 듯한 계단만을 생각하며 아주아주 천천히 내려갔다.

루크가 뒤에서 말했다.

"꾸준히 편안하게 내려가요, 넬. 겁먹을 것 없어요. 거의 다 왔어요."

아래에서 박사와 시어도라가 자기도 모르게 두 팔을 내밀고 있었다. 마치 그녀가 떨어지면 받으려는 듯. 엘리너가 비틀대며 헛발을 딛자 꽉 쥐고 있던 난간이 휘청거렸다. 시어도라가 깜짝 놀라더니 달려와 계단 끝 부분을 움켜쥐었다. 그리고 몇 번이고 반복해 말했다.

"괜찮아, 넬리. 괜찮아. 아무 문제 없어."

"조금만 더 오면 돼요."

박사가 맞장구쳤다.

엘리너는 한 단 한 단 기다시피 내려갔다. 그리고 마침내 석조 바닥에 발이 닿았다. 믿기지 않았다. 뒤에서 계단이 덜컹덜컹 요동치자 루크가 마지막 몇 계단을 껑충 뛰어내려서는 태연히 방을 가로질러 의자에 털썩 주저앉아 고개를 떨구었다. 온몸을 부들부들 떨었다. 엘리너는 몸을 돌려 엄청나게 높은 곳의 자그마한 지점을 올려다보았다. 그녀가 아까 서 있던 바로 그곳이었다. 철제 계단이 휘청거리며 석벽에 부딪혔다. 그녀는 나직이 말했다.

"달려서 올라갈 거야. 끝까지 달려서 올라갈 거야."

계단의 붕괴에 대비해 아서와 함께 문가에 피해 있던 몬터규 부인이 단호히 걸어왔다. 그리고 대단히 섬세한 어조로 말했다.

"이 아가씨 덕분에 오늘 밤 고생은 충분히 했다는 데 다른 분들은 동의하지 않나요? 적어도 나는 그만 침대로 돌아가고 싶군요. 아서 역시 그럴 거고요."

"힐 하우스는……."

박사가 말했다.

"분명히 말하지만, 그런 어린애 같은 헛소리 때문에 오늘 밤 심령 현상이 일어나지 않는 거예요. 이런 우스꽝스러운 짓거리를 벌였으니 우리 친구들은 절대 나타나지 않을 거라고요. 그러니 이만 괜찮다면, 그리고 거짓 연극으로 사람들을 깨우는 데 충분히 만족했다면, 나는 이제 가서 잘 거예요. 아서."

몬터규 부인이 획 몸을 돌리자 우뚝 솟은 용이 분노하며 부르르 몸을 떨었다.

"루크가 겁에 질렸어요."

엘리너가 박사와 시어도라를 바라보며 말했다. 뒤에서 루크가 맞장구쳤다.

“루크는 당연히 겁에 질렸죠. 어찌나 겁에 질렸는지 계단에서 내려오지도 못할 뻔했답니다. 넬, 참으로 어리석기 짝이 없군요.”

“나도 루크와 같은 생각이라고 말해야겠군요.”

박사가 화가 나서 대꾸하자 엘리너는 고개를 돌려 시어도라를 바라보았다.

“꼭 이렇게 해야만 했던 거라고 믿어. 그렇지, 넬?”

“나는 괜찮아.”

엘리너가 말했다. 그러다 이내 그들을 계속 보고 있을 수 없게 되었다. 그녀는 자신의 맨발을 보고 화들짝 놀랐던 것이다. 철제 계단을 내려오는 동안 발에 아무 느낌도 없었다는 사실을 불현듯 깨달았다. 그녀는 발을 바라보며 생각하다가 고개를 들어 말했다.

“책을 가지러 도서실에 왔던 것뿐이에요.”

002

☆☆☆

면목 없고 비참하기 이를 데 없었다. 아침 식사 때 아무도 그 일을 언급하지 않았다. 엘리너는 다른 사람들과 똑같이 커피와 달걀과 빵을 먹었다. 모두와 함께 여유롭게 커피를 마시며 창 너머의 햇살을 구경하고 날씨가 좋을 듯하다고 이야기를 나누었다. 어젯밤 아무 일도 없었다고 믿어도 되겠다는 생각을 몇 분이나마 했을 정도였다. 루크가 마멀레이드를 건넸고, 시어도라는 아서의 머리 너머로 그녀를 향해 미소를 보냈고, 박사는 즐거운 아침이 되기를 빌어 주었다. 하지만 아침 식사가 끝나고 10시에 더들리 부인이 입장하자 그들은 아무 말 없이 식당에서 나가 줄지어 작은 응접실로 들어갔다. 박사는 벽난로 앞의 자기 자리에 앉았다. 시어도라는 엘리너의 붉은 스웨터를 입고 있었다.

"루크가 넬의 차를 가져올 겁니다."

박사가 상냥하게 말했다. 말의 내용에도 불구하고 그의 눈빛은 다정하고 자상했다.

"시어도라는 함께 방에 가서 짐 싸는 것을 도와줄 겁니다."

엘리너는 낄낄거렸다.

"그럴 수 없어요. 시어가 입을 옷이 없잖아요."

"넬……."

시어도라는 말을 하려다 멈추고 몬터규 부인을 힐긋 보았다. 부인이 어깨를 으쓱하더니 말했다.

"그 방을 검사해 보았죠. 당연히요. 왜 당신들은 아무도 그럴 생각을 못 했는지 모르겠군요."

"하려고 했소. 하지만 그때……."

박사가 사과하듯 말했다.

"당신은 늘 생각만 하죠, 존. 그게 당신 문제예요. 당연히 나는 즉시 그 방을 검사했죠."

"시어도라의 방 말인가요? 그 방이라면 두 번 다시 들어가기 싫군요."

루크의 말에 몬터규 부인은 놀란 어조로 대꾸했다.

"왜 그렇게 생각하는지 모르겠군요. 그 방에는 아무 문제도 없던걸요."

"나도 방으로 들어가서 내 옷을 확인해 봤어요. 모두 완벽하게 멀쩡했답니다."

시어도라가 박사를 향해 말했다.

"당연히 청소할 필요는 있죠. 문을 잠가 더들리 부인을 못 들어가게 했으니……."

박사의 목소리가 아내보다 높아졌다.

"얼마나 미안한지 이루 말할 수가 없군요, 넬. 내가 도울 일이 있다면……."

엘리너는 깔깔 웃었다.

"하지만 떠날 수 없어요."

그녀는 어떤 식으로 설명해야 할지 궁리했다.

"이미 여기에 충분히 오래 있었어요."

박사가 말했다.

시어도라가 그녀를 가만히 응시했다. 그리고 차분하게 말했다.

"네 옷은 없어도 괜찮아. 몬터규 부인이 한 말 못 들었니? 네 옷은 없어도 괜찮아. 설령 입을 옷이 없다 하더라도 어떻게든 버틸 거야. 넬, 너는 지금 여기에서 벗어나야 해."

"하지만 떠날 수 없어."

엘리너는 여전히 웃으며 말했다. 이유를 설명하기가 불가능했기 때문이다.

루크가 음울한 어조로 말했다.

"아가씨, 당신은 더 이상 이 집의 손님이 아닙니다."

"아무래도 아서가 도시까지 데려다 주는 게 낫겠네요. 그러면 무사히 도착했는지 확인할 수 있을 테니."

"어디에 말인가요? 어디에?"

엘리너는 쾌활한 어조로 물었다. 그들을 향해 고개를 젓자 사랑스러운 묵직한 머리카락이 얼굴 위로 흘러내렸다.

박사가 대꾸했다.

"그야 당연히 집이죠."

시어도라가 말했다.

"넬, 너의 작은 아파트가 있잖아. 네 모든 물건이 그 집에 있잖아."

엘리너는 깔깔 웃었다. 그러고는 시어도라에게 말했다.

"나는 아파트가 없어. 지어낸 거야. 언니의 아기방에 간이침대를 놓고 자지. 집이라고는 없어. 언니 집으로 돌아갈 수 없어. 언니 차를 훔쳤거든."

그녀는 깔깔 웃으며 자신의 말을 들었다. 너무도 부적절했고 형언할 수 없이 슬펐다.

"나는 집이 없어."

그녀는 다시 말하고 희망에 찬 눈으로 그들을 바라보았다.

"나는 집이 없어요. 이 세상에서 나에게 속한 물건은 차 뒷좌석에 놓아둔 종이 상자에 다 들어 있죠. 그게 내가 가진 전부예요. 책 몇 권, 아이였을 때 물건, 어머니가 주신 손목시계. 그러니 나를 보낼 곳은 없어요."

그녀는 겁에 질린 채 빤히 응시하는 얼굴들을 언제까지나 바라보며 말하고 싶었다. 물론 얼마든지 새로이 떠날 수 있어요. 옷은 전부 시어도라에게 주고 얼마든지 새로 떠날 수 있죠. 집 없이 여기저기 떠돌며 사는 거예요. 그리고 언제든 여기로 돌아올 수 있죠. 하지만 그냥 여기 그대로 있는 편이 더 간단하고 합리적일 거예요. 그녀는 한결 행복해져서는 그렇게 말하고 싶었다.

"나는 여기 있고 싶어요."

그녀가 선언하자 몬터규 부인이 거만한 어조로 말했다.

"엘리너의 언니와 이미 연락했어요. 이 이야기를 하지 않을 수가 없군요. 다짜고짜 차에 대해서부터 물어보지 뭔가요. 저속한 사람이었죠. 전혀 걱정할 필요 없다고 일러 주었어요. 존, 엘리너가 언니 차를 훔쳐 여기로 오게 하다니, 크게 실수한 거예요."

"아, 여보."

몬터규 박사가 말을 하려다 말더니 무력하게 두 손을 벌렸다.

"어쨌든 언니가 기다리고 있어요. 나한테 무척 화를 냈지만요. 오늘 휴가를 떠날 계획이었다더군요. 하지만 나한테 화가 난 이유는……."

몬터규 부인이 엘리너를 노려보며 말을 이었다.

"엘리너가 언니한테 무사히 도착하는지 알 수 있도록 누군가 같이 가는 게 좋겠어요."

박사가 고개를 저었다. 그리고 천천히 말했다.

"오히려 실수일 수도 있소. 우리 중 한 명을 넬과 함께 보내는 게 문제를 키울지도 모르오. 되도록 이 집에 관한 모든 것을 넬이 잊는 편이 좋소. 이 모임을 연장할 수는 없소. 일단 여기를 벗어나면 넬은 다시 원상태로 돌아갈 거요. 집으로 혼자 갈 수 있겠나요?"

박사가 묻자 엘리너는 깔깔 웃었다.

시어도라가 말했다.

"내가 올라가서 짐을 쌀게요. 루크, 넬의 차를 점검하고 현관 앞에 대 놓아요. 넬은 여행 가방 하나가 다죠."

"산 채로 갇혀 죽었죠."

엘리너는 돌처럼 굳은 얼굴들을 향해 다시 깔깔거리다 말을 이었다.

"산 채로 갇혀 죽었죠. 나는 여기 있겠어요."

003

☆☆☆

그들은 힐 하우스의 현관 계단에 단호히 늘어서서 현관문을 지켰다. 그들의 머리 위에서 창문이 내려다보았고, 한쪽에선 탑이 자신만만하게 기다리고 있었다. 이유를 말하려고 했다면 그녀는 아마 울어 버렸으리라. 하지만 그저 집을 향해 어색한 미소를 짓고, 그녀 방의 창문을 바라보았다. 집은 말없이 그녀를 응시하며 특유의 신이 난 표정을 짓고 있었다. 그녀는 생각했다. 집은 지금 기다리고 있어. 나를 기다리고 있지. 그 누구도 집을 만족시킬 수 없어.

“이 집은 내가 머물기를 원해요.”

그녀가 말하자 박사는 그녀를 가만히 바라봤다. 그는 대단히 품위 있는 태도로 굳건히 서 있었다. 마치 집 대신 자신을 선택해 달라는 듯, 여기까지 그녀를 데려온 것처럼 길 안내 편지를 되감기만 하면 그녀를 도로 보낼 수 있다는 듯. 그는 집을 단호히 등지고 있었다. 그녀는 정직한 얼굴로 그를 바라보며 말했다.

“죄송해요. 정말로 죄송해요. 진심이에요.”

“힐즈데일로 가도록 해요.”

그가 차분히 말했다. 아마도 너무 많이 말할까 봐 두려운 것이리라. 아니면 친절한 말이나 연민 어린 말이 자신을 옭아매어 그녀를 되돌아오게 할지도 모른다고 생각하는 것이리라. 언덕과 집과 정원과 잔디밭과 나무와 개울에 햇빛이 쏟아졌다. 엘리너는 심호흡을 하고는 몸을 돌리며 그 모든 것을 보았다.

"힐즈데일에서 5번 도로로 들어서서 동쪽으로 가세요. 애슈턴에서 39번 도로를 타면 집에 도착할 겁니다."

그가 다소 다급한 어조로 덧붙였다.

"넬의 안전을 위해서예요. 꼭 믿어 줘요. 이런 일이 생길 줄 알았더라면……."

"참으로 죄송해요."

"위험을 감수할 수는 없어요. 그 어떤 위험도요. 내가 여러분 모두에게 얼마나 큰 위험을 끼칠 뻔했는지 이제야 깨달았답니다. 이제야……."

그가 한숨을 쉬더니 고개를 저었다. 그리고 물었다.

"다 기억하나요? 힐즈데일로 가서 5번 도로를 타고……."

"저기요."

엘리너는 잠시 침묵했다. 정확히 설명하기 위해서였다. 이윽고 마침내 말했다.

"나는 두렵지 않았어요. 정말 두렵지 않았어요. 그리고 지금 괜찮아요. 나는…… 행복했어요."

그녀는 정직한 얼굴로 박사를 바라보았다.

"행복했다고요. 어떻게 말해야 할지 모르겠네요. 여기를 떠나고 싶지 않아요."

그녀는 다시 울 것만 같았다. 박사가 엄격히 대꾸했다.

"다음 기회가 있을 겁니다. 위험을 감수할 수 없다는 점 이해하죠?"

엘리너는 마음이 흔들렸다. 그리고 바보처럼 말했다.

"누군가가 나를 위해 기도하고 있어요. 오래전 만난 노부인이죠."

박사는 상냥한 어조로 대꾸하면서도 초조히 발을 떨었다.

"이곳에 대한 기억은 금방 지워질 겁니다. 힐 하우스에 대한 모든 것을 잊어야 합니다. 여기 초대한 것은 내 실수였어요."

"우리가 여기 얼마나 오래 있었죠?"

별안간 엘리너가 물었다.

"일주일 좀 넘었죠. 왜요?"

"나한테 무슨 일이 일어난 유일한 시간이었죠. 너무 좋았어요."

"바로 그렇기 때문에 서둘러 떠나야 하는 겁니다."

엘리너는 눈을 감고 한숨을 쉬었다. 집을 듣고, 냄새 맡고, 느꼈다. 주방 너머 꽃이 만발한 덤불에서 향이 물씬 풍겼고, 개울물이 돌에 부딪치며 반짝였다. 저 멀리 2층, 아마도 육아실에서 자그마한 회오리바람이 생겨나 바닥을 쓸며 먼지를 운반했다. 도서실에서 철제 계단이 흔들렸고, 휴 크레인의 대리석 눈에 빛이 번득였다. 시어도라의 노란 셔츠가 얼룩 하나 없이 단정히 걸려 있었다. 더들리 부인은 5인분의 점심을 차리고 있었다. 힐 하우스는 오만하고도 참을성 있게 지켜보았다.

"가지 않겠어요."

엘리너는 2층 창문을 향해 말했다.

"가야 해요. 지금 당장."

박사가 마침내 인내심을 잃었다. 엘리너는 깔깔 웃다가 몸을 돌려 손을 뻗었다.

"루크."

그가 말없이 다가왔다.

"어젯밤 계단을 내려오게 도와줘서 고마워요. 그건 내 잘못이었어요. 이제야 깨달았어요. 어제 루크는 정말 용감했어요."

"정말 그랬죠. 내 생애 그렇게 용감한 행동은 없었답니다. 넬이 무사히 떠나는 모습을 보니 마음이 놓이는군요. 왜냐하면 두 번 다시 그런 짓은 할 수 없거든요."

몬터규 부인이 말했다.

"내가 보기엔, 일단 떠나고 나면 한결 편해질 거예요. 이렇게 작별하는 데에 나는 아무 불만 없어요. 다만 이 집에 대해 다들 너무 과장되게 여긴다고 개인적으로 생각할 뿐이죠. 하지만 엘리너가 가야 한다고 우리 모두 동의하는 마당에 이렇게 서서 논쟁을 하느니 다른 일을 하는 편이 한결 낫다고 생각해요. 도시로 돌아가기 딱 좋은 때예요. 언니가 휴가를 가려고 기다리고 있어요."

아서가 고개를 끄덕였다.

"이렇게 작별하자니 눈물이 나는군요. 굳이 울음을 참을 필요는 없어요. 나도 마찬가지고요."

저 멀리 작은 응접실의 벽난로에서 재가 살며시 떨어졌다. 몬터규 부인이 말했다.

"존, 아무래도 아서가 데려다 주는 게……."

박사가 단호히 말을 잘랐다.

"아니오. 엘리너는 왔던 그대로 돌아가야 하오."

"내가 누렸던 멋진 시간에 대해 누구한테 감사해야 하죠?"

엘리너가 물었다. 그러나 박사가 그녀의 팔을 잡았고 루크가 다른 쪽 곁에서 따라와 차로 이끈 다음 차 문을 열었다. 종이 상자는 여전히 뒷좌석에 있었고, 여행 가방은 바닥에 있었고, 코트와 핸드백은 조수석에 놓여 있었다. 차는 시동이 걸린 채였다.

"박사님, 박사님."

엘리너가 그를 꽉 움켰다.

"미안해요. 잘 가요."

"조심히 운전하세요."

루크가 예의 바르게 말했다.

"날 이렇게 억지로 보낼 수는 없어요. 박사님이 나를 여기로 데려왔잖아요."

그녀가 미친 듯이 말했다.

"그래서 돌려보내는 겁니다. 잊지 않을게요, 엘리너. 하지만 지금 당신에게 유일하게 중요한 일은 힐 하우스와 우리 모두를 잊는 거랍니다. 안녕히 가세요."

"잘 가요."

몬터규 부인이 계단에서 단호히 말했다. 아서도 인사했다.

"잘 가요. 좋은 여행이 되기를 빌어요."

엘리너는 차 문에 손을 얹은 채 몸을 돌렸다.

"시어?"

묻는 듯이 부르자 시어도라가 계단을 뛰어 내려왔다.

"나한테는 작별 인사를 하지 않을 줄 알았어. 아, 넬리. 우리 넬. 행복해. 제발 행복해야 해. 나를 진짜 잊지는 말아 줘. 언젠가 상황이 다시 좋아질 거야. 편지 보내 주면 답장 쓸게. 서로의 집에 놀러 가자. 힐 하우스에서 보고 듣고 했던 미친 일들에 대해 재미나게 수다를 떠는 거야. 아, 넬리! 나한테는 작별 인사를 하지 않을 줄 알았어."

"잘 있어."

"넬리."

시어도라가 망설이며 이름을 부르더니 손을 뻗어 엘리너의 뺨을 쓰다듬고 박사를 향해 말했다.

"있죠. 언젠가 여기에서 다시 만나면 어떨까요? 개울가로 소풍을 가는 거예요. 소풍을 여태 못 갔잖아요."

그는 엘리너를 바라보며 고개를 저었다.

"안녕히 계세요."

엘리너는 몬터규 부인에게 말했다.

"안녕히 계세요, 아서. 안녕히 계세요, 박사님. 책이 성공하기를 빌겠습니다. 루크, 잘 있어요. 너도 잘 있어."

"넬. 부탁이니 조심해."

"안녕."

엘리너는 차에 올랐다. 낯설고 어색한 느낌이었다. 힐 하우스의 안락함에 너무 익숙해져 버렸나 봐. 차창으로 손을 흔들어야겠어.

"안녕히 계세요. 안녕. 안녕."

그녀는 소리쳤다. 달리 할 말이 떠오르지 않았다. 어설프게 더듬거려 브레이크를 풀고는 차를 서서히 출발시켰다.

그들은 가만히 서서 그녀를 바라보며 예의 바르게 손을 흔들었다. 진입로를 내려가는 모습이 보이지 않을 때까지 지켜보겠지. 보이지 않을 때까지 보는 것은 그저 예의상 그러는 것뿐이야. 그래, 이제 가는 거야. 연인과의 만남으로 여행은 끝난다네. 하지만 나는 가지 않을 거야. 그녀는 깔깔 웃었다. 힐 하우스는 저들처럼 쉽지 않아. 가라고 말하기만 해서는 나를 보낼 수 없어. 힐 하우스가 나를 떠나 보낼 생각이라면 또 몰라도.

그녀는 소리 내어 읊조렸다.

"가 버려, 엘리너. 가 버려, 엘리너. 우리는 더 이상 너를 원하지 않아. 우리의 힐 하우스에 너는 필요 없으니 가 버려, 엘리너. 너는 여기 머물 수 없어. 하지만 나는 할 수 있지."

그녀는 노래를 불렀다.

“하지만 나는 할 수 있지. 저들은 이곳의 규칙을 만들 수 없어. 나를 돌려보내지도, 막지도, 비웃지도, 내게서 달아나지도 못해. 나는 가지 않을 거야. 힐 하우스는 내가 속한 곳이야.”

번뜩이는 지혜라도 얻은 양 그녀는 액셀러레이터를 꽉 밟았다. 이번에는 나를 잡을 만큼 빨리 달리지 못할걸. 지금쯤 저들도 눈치챘겠지. 누가 가장 먼저 깨달았을까? 루크가 확실해. 저들이 외치는 소리가 들려. 작은 발걸음들이 힐 하우스를 달려가고, 언덕의 부드러운 소리가 더 바짝 압박하고. 내가 진짜 하고 있어. 그녀는 핸들을 돌려 차를 진입로 굽이의 거대한 나무로 정확히 향했다. 나는 진짜 하고 있어. 나 혼자 힘으로 마침내 하고 있어. 이게 나야. 나는 진짜 진짜 진짜 혼자 힘으로 하고 있어.

차가 나무에 부딪히기 직전, 끝없는 충돌의 순간 그녀는 또렷이 생각했다. 내가 왜 이러지? 내가 왜 이러는 거야? 왜 저들이 나를 막지 않지?

004

☆☆☆

샌더슨 부인은 몬터규 박사와 그의 일행이 힐 하우스를 떠나자 한없이 안도했다. 몬터규 박사가 더 머물려고 하면 거절해 버렸을 거라고 가문 변호사한테 말했다. 시어도라의 친구는 화가 가라앉아 깊이 뉘우치고 있던 중, 시어도라가 마침 돌아와 무척 기뻐했다. 루크는 파리로 떠났다. 그의 숙모는 조카가 그곳에 오래 머물기를 강력히 소망했다. 몬터규 박사는 힐 하우스의 심령 현상을 분석한 예비 논문을 발표하였다. 그 결과로 냉담하다 못해 거의 멸시하는 반응을 받고 학계에서 완전히 은퇴했다. 어둠을 품은 채 언덕을 등지고 서 있는 힐 하우스는 광기에 물들어 있다. 지금까지 팔십 년간 그 자리를 지킨 이 건물은 앞으로도 팔십 년은 우뚝 버티리라. 벽은 똑바르고 벽돌은 차곡차곡 쌓여 있으며 바닥은 탄탄하고 문은 꼭 닫혀 있다. 힐 하우스를 이루고 있는 목재와 석재 위로는 항상 침묵이 내려앉는다. 무엇이든 저택 안을 걸어갈 때는 항상 혼자이다.

작가 정보

●

셜리 잭슨

Shirley Hardie Jackson

셜리 잭슨은 인간의 평범한 행동 속에서 악의와 광기를 짚어 내는 데 능한 작가다. 장편과 단편을 가리지 않고 인간에게 숨겨져 있는 야만성을 전달하는 데 꾸준히 힘썼다. 비슷한 주제를 다루는 작가들은 많지만, 무심한 어투로 잔인하리만큼 독자의 불안을 고조시키는 수법이나 암암리에 인간의 악의를 읽어 내리는 가시 돋친 문체는 누구도 따라갈 수 없는 잭슨만의 특징이다. 잭슨은 고립되고 오래된 저택에 사는 수상한 거주자들의 이야기인 고딕 미스터리에 뛰어난 작품들을 남겨, 고딕 호러의 대가라는 평을 받는다.

셜리 잭슨은 1916년 샌프란시스코 교외의 중산층 집안에서 태어났다. 전업주부의 전형적인 삶에 만족했던 그녀의 어머니는 어릴 때부터 감수성이 남달랐던 잭슨을 이해하지 못했다. 잭슨은 자신의 딸이 요조숙녀로 성장하기를 바란 어머니의 기대와 간섭에 반발한 나머지 병적인 공상과 상상의 세계에 빠져들었다. 로체스터 대학에 입학했다가 자퇴하고 1937년 시러큐스 대학에 입학한 것도 어릴 적부터 발전한 그녀의 정신병적 기질이 원인이 되었을 거라는 말도 있다.

셜리 잭슨은 문학 비평가인 스탠리 에드거 하이먼과 시러큐스 대학에서 만나 1940년 결혼해 2남 2녀를 두었다. 하이먼은 시러큐스 대학 잡지에 실린 셜리 잭슨의 단편을 보고 그녀의 천재성을 실감했던 나머지, 결혼 후에는 상습적으로 처방약을 복용하며 줄담배를 피우는 잭슨을 보고 나쁜 습관을 고치게 하기는커녕 독려했다. 인습을 타파하는 뛰어난 작가의 괴벽으로 생각했던 것이다. 모순적이게도, 셜리 잭슨은 누구의 제재도 받지 않고 니코틴과 약물 중독에 빠져든 끝에 1965년 마흔여덟의 젊은 나이로 사망한다.

"마녀로 활동하고 있는 유일한 동시대 작가"

사후 오십 년이 되어 가는 지금까지도 셜리 잭슨은 미국 현대 문학에서 논란을 몰고 다니는 작가 중 하나이다. 오락성에 가치를 두고 단순히 장르 소설을 쓴 작가로 볼 것인가, 장르의 틀을 넘어 뛰어난 주제 의식과 문학성까지 이룩해 낸 작가로 볼 것인가는 아직도 평론가들 사이에서 논쟁거리이다. 현대 사회의 어두운 면을 꼬집는 날카로움, 단순해 보이지만 결말을 확인하지 않고는 못 견디게 만드는 이야기를 그리는 힘을 가지고 있으나, 셜리 잭슨은 특유의 기괴한 필치 때문에 당대부터 쉽사리 문학성을 인정받지 못했다.

셜리 잭슨은 첫 장편 소설『벽을 통한 길The Road Through the Wall』을 출판한 1948년, 저명한 시사 잡지《뉴요커》에 발표한 단편「제비뽑기」로 세상에 이름을 널리 알렸다. 영문학 역사상 가장 충격적인 살인 축제를 다룬 이 단편에서 셜리 잭슨은 서정적이고 평화로운 마을 풍경을 그리다가 아무렇지 않게 살인을 시작하는 마을 사람들의 모습을 보여 주는데, 이는 문명사회의 이름 아래 여전히 존재하고 있는 '희생양'에 대한 인간의 본능을 암시하고 있다.

「제비뽑기」는 최근에 와서는 현대 사회에 대해 뛰어난 통찰력을 발휘했다는 평을 받으며 영문학 교과서에 빠놓지 않고 포함된다. 당시 지나치게 선정적이라는 비난의 편지가《뉴요커》에 빗발쳐 잡지사 업무가 마비되었던 일화를 생각하면 놀라운 일이다.

자신의 작품을 둘러싸고 어떤 논란이 일든 셜리 잭슨은 가치관을 굽히지 않는 작가였다. 자신이 천착하던 일상적인 악, 평범한 악에 대한 단편들을 꾸준히 썼으며, 그 외에는 생계를 위해 육아 등을 소재로 자신의 일상을 재미있게 그린 단편들을 주부 잡지에 연재할 뿐이었다.

셜리 잭슨이 평범한 중산층 자녀에서 지식인으로 성장하며 갖게 된 높은 자의식이나 굽히는 법 없는 성격은 그녀가 살았던 노스 베닝턴 마을 주민과의 관계에서도 드러난다. 남편 스탠리 에드거 하이먼이 버몬트 주의 베닝턴 대학에 교수로 발령받아 이동하게 된 노스 베닝턴은 편견이 심한 마을이었다. 유대계 지식인인 남편을 가진데다 스스로도 특이한 태도를 지녔고, 『보이지 않는 인간』(조영환 옮김, 민음사, 2008)을 쓴 흑인 작가 랠프 엘리슨과도 교류가 있었던 잭슨은 당연히 노스 베닝턴에서 심한 텃세를 겪었다. 굽히는 법 없는 성격 탓에 마을의 누구와도 사귀지 않은 셜리 잭슨은 자신의 대다수 작품의 배경으로 노스 베닝턴을 이용하기에 이른다. 잭슨이 작품 속에 이름을 명시한 것은 아니지만, 작품 곳곳에 노스 베닝턴임을 암시하는 지리적 요소가 있을뿐더러 몇몇 작품은 노스 베닝턴이 배경이라고 직접 밝히기도 했다.

셜리 잭슨은 평생 동안 편견과 차별을 증오하며 살았다. 반면 마을 사람들과 융화하지 못하는 자신의 상황에 공포를 느끼기도 했다. 특히 고립에 대한 공포가 강했는데, 그러면서도 굽히지 않는 자존심을 가지고 자신이 느꼈던 공포에 환상적인 상상력을 결합한 작품들을 많이 남겼다. 그녀의 두 번째 장편 소설인 『행저맨The Hangsaman』(1951)은 아버지의 억압 속에서 자라 사람을 사귀는 법을 배우지 못한 소녀가 상상 속에서 친구를 만들어 냈다가 현실에서 혼란에 빠지는 내용으로, 셜리 잭슨 특유의 병적인 날카로움과 의식 세계의 혼란이 잘 나타난 수작이다.

우울증을 앓았던 전적이 있을뿐더러 신경증을 달고 살았던 셜리 잭슨이 '마녀'나 '악마' 같은 환상적인 존재들에 관심을 가진 것은 어쩌면 당연한 수순일지도 모른다. 타로 점에 능한 것은 물론 악마의 목소리를 듣는 척도 잘했던 그녀를 두고 마을에서는 '마녀'라는 소문이 돌았다. 1949년에는 AP 기자인 W.G. 로저스가 "잭슨은 펜이 아니라 빗자루로 글을 쓴다"고 주장하기도 했으며, 후에 「제비뽑기」가 실린 첫 보급판 책에는 "빗자

루를 살무사의 피에 담가 썼다"는 문구가 담기기도 했다.

셜리 잭슨에게 초자연적인 존재에 대한 열정이 있던 것은 확실하며 정상과 비정상의 경계를 아슬아슬하게 오가는 그녀의 작품들이 장르 소설로서 가치가 높은 것도 당연한 결과다. 그러나 그녀가 쓴 작품들은 장르의 틀로만 해석하기 어려운 문학성을 지니고 있다. 그녀는 그녀에 대한 선입견과는 달리 '마녀' 등의 오컬트 요소를 작품 전면에 내세우기보다 상징으로 활용하는 데 능했는데, 1949년 출간한 단편집 『제비뽑기』에서는 사실상 남성 중심 사회의 편견이 총집합되어 일어난 일이었던 '마녀재판'과 희생양의 은유를 적절히 뒤섞어 주제를 강화하기에 이른다. 특히 해당 책에 수록된 단편 「마녀The Witch」는 단순히 짓궂은 이야기로 볼 수도 있지만 이 할아버지가 단편집 전체에서 '악'을 상징하는 인물이라는 점이 의미심장하다.

결국 적의의 대상이 되기 쉬운 약자들, 차별의 대상들을 상징하는 것이 잭슨에게는 바로 '마녀'라는 존재였다. 초자연적인 요소를 다룰 때에도 이 태도는 여전하여, 손에 꼽히는 호러 소설이자 뛰어난 고딕 미스터리인 『힐 하우스의 유령』(1959)에서도 전개의 중심에 있는 것은 '속할 곳'을 잃은 여자 주인공의 공포이다.

자신이 겪은 공포 속에서 새로운 공포를 끄집어내어 독자들을 홀리는 셜리 잭슨은 『신들의 전쟁』(장용준 옮김, 황금가지, 2008) 등의 작품을 쓴 훌륭한 SF 작가인 닐 게이먼, 호러의 거장 스티븐 킹, 『나는 전설이다』(조영학 옮김, 황금가지, 2005)를 쓴 리처드 매드슨, 『머더리스 브루클린』

(조영학 옮김, 황금가지, 2007)을 쓴 조너선 레섬, 『좀비』(공경희 옮김, 포레, 2012)를 쓴 조이스 캐럴 오츠 등의 뛰어난 장르 작가들에게 영향을 미쳤다. 또한 호러와 심리 서스펜스 장르에 혁신적인 작품들을 남긴 셜리 잭슨의 공헌을 기려 2007년부터 셜리 잭슨 상이 제정되었는데 이 상은 그 해에 발표된 호러 작품이나 어두운 심리 서스펜스 작품 중 가장 뛰어난 작품을 쓴 작가에게 수여된다.

셜리 잭슨과 고딕 미스터리

고딕 미스터리는 18세기 낭만주의 사조에 이르러 탄생한 장르이다. 이성보다 맹목적인 신앙을 중시한 중세가 지나고 인간의 이성을 강조하는 시대가 찾아오면서 세계는 어느덧 인간의 이성을 유일하게 신뢰하며 절대시하는 계몽 시대로 접어들었다. 하지만 곧 형식과 규범에 얽매인 계몽 시대에 반발하여 이성보다 감정과 상상력을 중시하는 낭만주의 사조가 나타났다. 낭만주의 예술가들은 중세 시대의 황금기나 다름없던 '고딕 시대'(중세 후기, 12세기에서 15세기)에 이성 중심의 시대 반대편에 서 있는 시대라는 새로운 의미를 부여했다. 당시의 영국 작가 호러스 월폴이 자신의 작품에 중세 시대와 고딕 건축물을 배경으로 이용한 것도 같은 맥락이다. 월폴은 1765년 '고딕적인' 것에 자신의 상상력을 결합해 쓴 『오트란토 성』(하태환 옮김, 황금가지, 2002)으로 고딕 미스터리의 시작을 알렸다.

셜리 잭슨의 고딕 미스터리는 월폴의 시대부터 공식으로 정립된 '고딕 시대풍의 고립된 분위기', '그런 저택에 사는 사람들', '초자연적인 요소'를 활용하면서 문학성 또한 놓치지 않는 것이 특징이다. 최초의 고딕 미스터리 작가라고 할 수 있는 월폴이 『오트란토 성』에서 초자연적인 요소를 다채롭게 활용해 온갖 신비로운 일들을 보여 주다 천국과 지옥이라는 절대적인 세계의 존재를 인정하는 데 그친다면, 셜리 잭슨은 인간의 상상력을 직접적으로 보여 주는 초자연적인 요소를 전면에 두지 않고도 고딕 미스터리의 재미를 일깨우며 인간의 문명사회가 얼마나 부질없고 야만스러운지 폭로하는 데까지 나아간다. 이는 유명한 페미니스트 작가인 샬럿 퍼킨스 길먼이 쓴 고딕 미스터리 단편 「누런 벽지The Yellow Wallpaper」(1892)를 떠올리게 하는 면이 있다. 「누런 벽지」에서 남편에 의해 고립된 저택으로 이사 와 갇히다시피 생활하는 아내는 '훌륭한 아내는 언제나 남편의 의견에 따른다'는 당시의 명제에 저항하는 모습을 보인다. 고딕 미스터리가 필연적으로 갖고 있는 고립과 폐쇄적인 분위기가 반대로 억압을 폭로하는 역할을 하는 것이다.

셜리 잭슨은 고딕 미스터리를 작가의 상상력을 즐기는 대중 소설 이상으로 끌어올린다. 사실주의 문학의 거장 헨리 제임스가 외딴 저택에서 아이들을 가르치다 유령을 목격하는 가정 교사의 이야기 『나사의 회전』(정상준 옮김, 시공사, 2010)을 통해 인간의 감각과 이성이 얼마나 믿을 수 없는 것인지를 폭로했듯이, 현실 사회의 어두운 면을 보여 주는 훌륭한 매개로 고딕 미스터리의 요소들을 이용하며 주제를 강화한다.

그녀의 대표작 중 하나인 『힐 하우스의 유령』은 『우리는 언제나 성에 살았다』에 비해 장르 문법을 훨씬 더 잘 따르고 있고 재미도 놓치지 않는 작품이면서 현실의 악을 폭로하는 셜리 잭슨의 솜씨 또한 극에 이른 고딕 미스터리다. 유령 실험을 하기 위해 외딴 저택에 모인 실험자들은 폴터가이스트 현상 등을 겪으며 극한 혼란에 빠진다. 집에서 가출해 실험에 참가한 여주인공은 실험자들 간의 커져 가는 갈등 속에 공포를 폭발하게 되는데, 따돌림당하는 위치에 놓여 극심한 압박을 느끼는 여주인공의 심리 묘사가 백미인 이야기이다.

스티븐 킹은 『힐 하우스의 유령』을 『나사의 회전』과 함께 지난 백 년간 등장한 초자연적 소설 중 가장 훌륭한 작품으로 꼽는다. 이 작품은 1963년, 1999년 두 차례에 걸쳐 영화화되었는데 로버트 와이즈가 감독한 1963년 작품이 훨씬 훌륭하다는 평가가 대다수이다. 마틴 스코세이지 감독은 '가장 무서운 호러 영화 11' 목록에 이 1963년 작품 〈더 헌팅The Haunting〉을 올렸다.

/

작 품 목 록

단행본

The Road Through the Wall (1948)

The Lottery and Other Stories (1949, 단편집) - 『제비뽑기』(엘릭시르, 2015, 미스터리 책장 시리즈)

Hangsaman (1951)

The Bird's Nest (1954)

The Sundial (1958)

The Haunting of Hill House (1959) - 『힐 하우스의 유령』(엘릭시르, 2014, 미스터리 책장 시리즈)

We Have Always Lived in the Castle (1962) - 『우리는 언제나 성에 살았다』(엘릭시르, 2014, 미스터리 책장 시리즈)

The Magic of Shirley Jackson (1966, 사후 출간, 남편 스탠리 에드거 하이먼이 편집한 단편집)

Come Along with Me (1968, 사후 출간, 단편집)

Just an Ordinary Day (1995, 사후 출간, 단편집)

해 설

●

> 가정에 돌아와 문의 빗장을 걸어 잠글 때, 우리는 걱정 근심을 밖에다 내쫓고 있는 거라고 생각하고 싶다. 나쁜 장소에 관한 좋은 공포 이야기는 우리가 세상만사를 밖에다 내쫓고 있는 게 아니라고 속삭인다. 우리가 우리 자신을 집 안에 가둬 두고 있는 거라고…… '그것들'과 함께 남게 되는 것이라고 속삭인다.
>
> 스티븐 킹, 『죽음의 무도』(조재형 옮김, 황금가지, 2010)

그 집에 귀신이 산다

모든 공포 소설에 해당되는 분류법이겠지만, 그중에서도 유령의 집이 등장하는 공포 소설을 두 가지 유형으로 나눠 보자. 유령이 나오는 집과 그 자체가 유령인 집. 이 둘 사이의 거리는 상당히 멀다.

'유령이 나오는 집' 장르에선 집과 유령이 분리되어 있다. '귀신 붙은 집', '귀신 들린 집'이라는 한국식 표현은 그야말로 적절하다. 그곳의 지하실, 다락, 창고, 계단 밑, 옷장 속에 깃든 유령은 언제든 마음에 드는 다른 집으로, 혹은 다른 종류의 숙주에게 옮겨 갈 수 있다.

'귀신 들린 집'의 전형이라면 할리우드 영화 〈폴터가이스트〉(1982)와 '아미티빌 호러' 시리즈, 그리고 일본 영화 '주온' 시리즈와 한국 영화 '여고

괴담' 시리즈를 꼽을 수 있다. 이때의 집은 인간의 죄로 더럽혀진 곳이다. 공동묘지 위에 집을 짓거나, 혹은 그 집에서 미쳐 버린 가족 구성원이 존속 살인을 저지르거나, 1등 지상주의와 집안 환경, 성 정체성 때문에 자살 혹은 타살로 사라져 간 여고생들의 원혼이 출몰하거나. 억울하게 죽은 이들의 분노가 그 집을 떠나지 않고, 아무 죄 없이 혹은 아무 지식 없이 그 집에 새로 이주한 이들에게 원한을 고스란히 쏟아 낸다. 새 이주민들은 처음에 집이 문제라고 생각하지만 근원을 파고들면 원인은 또 다른 '인간 출신' 귀신으로 밝혀진다.

다시 말해 인간 대 집이 아니라, 인간 대 인간의 싸움이 벌어진다. 원인을 알아내면 결과도 명확해진다. 그리하여 여기서 필요한 것은 엑소시즘이다(물론 규모와 아름다움에 비해 터무니없이 집값이 싸거나 과거에 관해 흉흉한 소문이 도는 집엔 아예 발도 들이지 않는 쪽이, 혹시라도 진실을 깨달았을 땐 재빨리 집 밖으로 빠져나오는 쪽이 현실적인 해결책이겠다. 하지만 지금은 호러 장르에 대해 이야기하고 있음을 상기하자). 귀신의 분노와 관련된 옛 사건을 추적하고 그 억울함을 풀어 주는 일련의 의식을 치르거나, 혹은 귀신을 아예 타자화시키면서 소멸시키는 작업이 필요하다(물론 귀신은 그렇게 쉽게 쫓겨나지 않는다. 호러 영화의 시리즈화는 아예 이 점을 전제로 하고 있다).

이런 장르에서는 그래서 충격과 스릴이 가장 중요한 목표가 된다. 귀신 들린 집이 인간의 육체나 정신을 공격해 들어오는 과정과 그에 따라 인간이 점점 망가지고 피폐해지며 파괴되는 과정을 보는 관객 · 독자의 홍

분이 중요한 것이다.

할리우드에서 1980년대 이후 맥을 못 추다가 2000년대 들어 화려하게 부흥한 분야가 바로 이 '귀신 들린 집' 공포 영화다. 저절로 여닫히는 문이나 갑자기 굴러떨어지는 그림 등 초자연적 기운이 감도는 집이 문제인 듯했지만 시리즈가 진행될수록 여주인공에게 집착하는 악령이 원인이었음이 드러나는 '파라노말 액티비티' 시리즈, 아동 학대와 살인을 일삼았던 잔혹한 어른들의 죄악이 전이되는 〈인시디어스〉(2010)와 〈컨저링〉(2013) 등이 있다. 수전 힐의 소설을 원작으로 한 대니얼 래드클리프 주연의 영화 〈우먼 인 블랙〉(2012)의 경우, 명백하게 『힐 하우스의 유령』을 염두에 둔 작품으로 보였지만 인상적인 저택 일 마시 하우스와 그 주변의 습지 풍광에서 서서히 초점이 바뀌어 결국 아이를 빼앗긴 여인의 비극으로 원인이 규명되면서부터 다소 맥이 빠진다.

귀신 들린 집의 또 다른 변종이라면 살인마가 거주하는 집을 꼽을 수 있다. 이를테면 로버트 블록의 소설을 영화화한 앨프리드 히치콕의 영화 〈싸이코〉(1998)의 베이츠 저택은 어떨까? 연쇄 살인마 노먼 베이츠의 뒤틀린 정신세계가 그대로 형상화된—곰팡이 냄새가 날 것 같은 예스러운 집 안 곳곳에 박제된 새와 심지어 박제된 어머니까지 정성스럽게 모시고 있는—죽음의 박물관 말이다. 토브 후퍼의 영화 〈텍사스 전기톱 학살〉(1974)과 토머스 해리스의 1988년 소설을 원작으로 한 조너선 드미의 영화 〈양들의 침묵〉(1991)도 만만치 않은 경쟁자인데, 이들은 타인의 피부에 대한 살인마의 특이한 집착을 특징으로 한다. 인간은 지붕 아래,

그리고 자신의 피부 아래 거주한다. 어떤 의미에선 집은 곧 피부이며, 이 경우 살인마들은 희생자의 피부로 공포의 집을 짓는 것이다.

그 집은 살아 있다

하지만 우리가 여기서 더 중요하게 생각하게 되는 건 『힐 하우스의 유령』으로 대표되는 '집 자체가 유령'이라고 할 수 있는 장르다. 여기엔 명쾌한 설명이 제공되지 않는다. 유령의 뚜렷한 형체가 드러나는 것도 아니다. 암시와 주관적 독백으로만 이뤄진 이런 장르 앞에서, 헨리 제임스의 『나사의 회전』(정상준 옮김, 시공사, 2010)을 읽고 곤란한 감정에 빠진 적 있는 독자들이라면 이 작품이 어떤 느낌인지 바로 알아챌 것이다. 또는 샬럿 퍼킨스 길먼의 단편 「누런 벽지」, 에드거 앨런 포의 「어셔가의 몰락」, 대프니 듀 모리에의 『레베카』(이상원 옮김, 현대문학, 2013), 스티븐 킹의 『샤이닝』(이나경 옮김, 황금가지, 2003) 등도 여기에 느슨한 혈연관계로 묶일 수 있다.

여기서 집과 유령은 분리되지 않는다. 집은 그 자체로 악의로 충만한 공간이며, 그 안에 들어서는 사람들의 공포와 슬픔과 절망과 핏자국을 게걸스럽게 삼키며 생명을 연장하는 것처럼 보인다. 사람들은 이곳에서 눈에 보이는 유령의 공격에 쫓기거나 실질적인 생명의 위협을 받진 않는다. 다만 암시와 속삭임, 곁눈질하면 시야 끄트머리로 힐끗 나타났다 사라지는 무언가를 감지하면서 조금씩 미쳐 가는 것이다. 그러니까 그 집에서 일어나는 어떤 초자연적인 현상은, 어쩌면 그 사람의 마음속에서만, 그 사람의 시야 내에서만 벌어지는 사건일 수 있다. 내가 미친 걸까, 아니면 혹시 내가 사람이 아니었던 걸까 하는 공포가 더 커지는 것이다. 이때의 집은 그 사람의 불안과 공포가 투영되는 하나의 스크린이 되어 간다. 각자 자기들만의 공포를 체험하는, 그런 놀이공원이나 다름없다.

이들의 공통점이라면 신뢰하기 힘든 주인공이 등장한다는 점이다. 그들은 외부의 공간에 대해, 유령으로 간주되는 바깥의 누군가에 대해 얘기하는 것처럼 보이지만, 사건이 진행될수록 자신들의 공상, 환상, 왜곡된 기억에 말 건네는 것임이 자주 드러난다. 이를테면 이 작품들은 모두 '광인 일기'다. 미치광이의 내면을 들여다본다는 것은 독자에게 큰 불안을 자아낸다. 그들이 자신의 내부로 외부를 물들여 버리듯이(결국 「누런 벽지」의 여주인공 남편이 공포로 기절해 버렸던 것처럼), 그 고백록을 읽는 독자 자신 역시 전염되어 버릴지도 모른다는 불안 말이다.

"넌 뭐 하는 아이지?"

"난 아저씨예요."

"아냐, 내가 나고 넌 너야."

"아뇨, 난 아저씨예요."

피터 스트라우브, 『고스트 스토리』(조영학 옮김, 황금가지, 2004)

나는 너다. 가장 근원적인 공포를 건드리는 이 문장. 너와 내가 구분되지 않고, 내부와 외부가 서로 스며드는, 지옥과 현실이 물컹거리며 일체화되는 순간, 옴짝달싹 못하고 그 자리에 못 박혀 버릴 것이라는 공포. 영화 〈샤이닝〉(1980)에서 잭 토런스를 연기한 잭 니컬슨처럼, 오버룩 호텔의 과거 손님들과 함께 행복하게 미소 짓는 망령의 흑백 사진에 갇혀 버린 채로 말이다. 이제 각자의 욕망이 충돌하고 분열하고 불화하면서 그 집 혹은 사람이 힘겹게 버텨 냈던 현실의 광기가 꿈을 침범해 들어온다. 경계선이 무너지기 시작한다.

무서운 어머니, 힐 하우스

이제 『힐 하우스의 유령』을 좀 더 집중적으로 살펴보자. 누군가의 악몽에서 막 튀어나온 것처럼 흉측하고 악의에 가득한 외양을 숨김없이 드러내는 힐 하우스조차, 팔십여 년 전에는 행복한 미래를 간절히 꿈꾸던 남자 휴 크레인이 정성을 쏟아 만든 건물이었다. 집이란 원래 그런 곳이어야 했다. 거주자들이 원하는 삶을 형태화시킨 소우주.

그러나 미처 입주하기도 전에, 휴 크레인의 아내는 힐 하우스 부근에서 비극적인 사고로 숨을 거둔다. 마침내 모습을 드러낸 힐 하우스는, 아내를 잃은 휴 크레인의 숨겨진 슬픔과 고통과 비틀린 신앙심이 빚어낸 불규칙한 직선과 비뚤어진 바닥으로 이루어져 있다. 집을 관장하고 보살피는 존재로서의 여성을 처음부터 상실한 힐 하우스는, 마치 자신이 그 엄마나 아내의 역할을 대신하겠다는 듯 이곳에 정착하는 사람들의 모든 고통을 흡수하며 자신의 힘을 불려 나간다. 이 작품에서 '아이들'을 잡아먹는 존속 살인자는, 앞에 기술한 '귀신 들린 집'의 경우와 달리 인간이 아니라 힐 하우스다.
힐 하우스는 두 달 전에 죽은 어머니의 책망에 사로잡혀 있는 엘리너뿐 아니라 이 집에 온 다른 사람들, 몬터규 박사와 루크와 시어도라에게도 '무서운' 어머니의 역할을 담당한다. 어머니 없이 외롭게 자란 루크는 힐 하우스에 대해 "너무도 어머니 같아요. 모든 것이 부드럽고 푹신하죠. 하지만 편안할 것만 같은 의자와 소파에 막상 앉으면 단단하고 불편해요. 마치 나를 튕겨 내는 듯하죠. 그리고 어디에나 손이 있지요. 자그마하고 부드러운 유리 손이 나를 향해 손짓하지만……"이라고 언급한다. 몬터규 박사도 시끄럽고 이기적인 아내가 힐 하우스를 방문한다는 소식을 일행에게 전하면서 "불행히도……"라고 말하려다 꿀꺽 삼킨다. 대단히 이성적이고 학문적 열정에 가득 찬 학자로 보였던 그는 아내의 수다와 꾸지람 앞에서 무력한 아이처럼 쩔쩔맨다.
무서운 어머니의 그늘에서 자유로운 건 오로지 시어도라뿐이다. 어쩌면 레즈비언일지 모른다는 모호한 성 정체성, 만에 하나 이성애자라 하더라도 당시 사회 규범상 통용될 수 없는 형태로 결합(혼전동거)했다는 암시만 주어진 시어도라는(예를 들어 엘리너가 시어도라를 "사악하고 추잡하고 더럽고 지저분"하다고 여기는 장면 등에서 유추할 수 있다), 가족이라든가 사회적 관습 규범에서 완벽하게 자유로운 것처럼 보인다. 물론 그녀는 어떤 처벌을 받는다. 힐 하우스가 네 명의 탐험자들 중 누군가를 지목하여 노골적인 적의를 드러낸 경우는, 시어도라의 방과 옷 여기저기에 '피처럼 보이는 붉은 액체'가 흩뿌려졌을 때뿐이다.

힐 하우스를 세운 휴 크레인의 궁극적인 꿈, 아내와 딸들과 함께 경건한 행복을 누리는 삶이 다른 사람의 꿈을 통해서라도 실현될까? 그렇지 않다. 힐 하우스를 사로잡은 무서운 어머니의 힘은, 남녀의 이상적인 결합과 번식의 꿈을 번번이 조롱하는 듯 보인다. 엘리너는 붉은 샌들을 신은 자신의 발을 만족스럽게 바라보지만(아마도 그녀 인생 처음으로 붉은색 신발을 신었을 것이다), 막상 시어도라가 붉은색 매니큐어를 발톱에 발라주자 음탕하고 바보처럼 보인다며 불안해한다. 루크에게 희미한 호감을 품은 엘리너의 마음을 눈치챈 시어도라가 "너의 그 작은 아파트에 그를 초대할 거"냐고 심술궂게 조롱하자, 엘리너는 이렇게 대꾸한다. "나는 와야만 했어." 남자와 함께 원래의 공간으로 돌아가 새로운 가족 단위를 꾸리는 게 아니라, 이 흉측하고 고독한 힐 하우스야말로 자신이 원래 속해야 했던 공간이라 선언하는 것이다.

결혼과 가족의 환상을 파괴하는 힐 하우스의 힘이 가장 궁극적으로 드러나는 순간은, 시어도라와 엘리너가 밤 산책에서 마주친 기괴한 풍경에서다.

> "탈출하려고 했어요. 소풍에서 아이들이……."
>
> 시어도라가 우는 것인지 웃는 것인지 계속 큭큭거렸다. 그러다 말했다.

"돌아봤지. 난 뒤를 봤어……."

그러고는 다시 웃어 댔다. 엘리너가 멍하니 중얼거렸다.

"아이들이……. 강아지가……."

시어도라와 엘리너가 힐 하우스에 도착한 첫날, 두 사람은 맛있는 음식을 싸 들고 개울가로 소풍을 가자며 유쾌하게 떠들었다. 그녀들은 며칠 뒤 마침내 '소풍'에 도달했지만, 그것은 하얗게 빛나는 악의가 끈질기게 인도한 길모퉁이 너머의 지옥 같은 환상이었다. 평화로운 가족의 소풍에서 그녀들은 대체 무엇을 본 걸까? 아이들에게, 강아지에게 무슨 일이 생겼는지 셜리 잭슨은 결코 말해 주지 않는다. 두 사람은 각자가 상상하는 가장 끔찍한 무언가를 보았을 것이다. 독자 역시 자신이 상상하는 가장 끔찍한 것을 그 장면에 투사하게 될 것이다. 대부분의 훌륭한 공포 소설은 그렇게 상상의 여지를 약간 남겨 둔다. 그 여지가 진짜 공포가 되느냐 마느냐는 전적으로 독자의 태도에 달려 있다.

파국이 찾아오기 전, 엘리너에게 더 끔찍한 상황이 발생하는 건 그다음이다. 루크와 시어도라가 단둘이 무슨 이야기를 하는지 엿듣던 엘리너는, 그들이 자신을 뭐라고 생각하는지 궁금해한다.

루크가 느긋하게 말을 이었다.

"박사님의 책이 과연 어떨지 궁금해요. 우리 이야기도 들어 있겠죠?"

"루크는 성실하고 젊은 심령 연구가로 묘사될 거예요. 나는 부인할 수 없는 재능이 있지만 의심스러운 평판을 얻은 여자로 묘사되겠죠."

"몬터규 부인이 자신만을 위해 한 장章을 쓰게 하지 않을까요?"

"아서도요. 그리고 더들리 부인도요. 박사님이 우리를 도표 상의 수치로만 나타내지 않기를 빌어요."

그들은 엘리너에 대해 끝내 얘기하지 않았다. 그녀가 아예 힐 하우스의 손님들 사이에 있지 않았던 것처럼, 어쩌면 처음부터 네 명이 아니라 세 명만 이곳에 왔던 것처럼. 엘리너는 힐 하우스에 온 첫날, 나머지 세 명의 동반자들을 만족스럽게 바라보며 '그들 중 한 명'에 속해 있다는 안온한 소속감에 기뻐했지만, 결국 영화 〈식스 센스〉(1999)라든가 〈디 아더스〉(2001)처럼 그 자신이 유령인 걸 뒤늦게 깨닫고 망연자실해하는 주인공 같은 존재다. 유사 가족 사이에도 포함되지 못한 엘리너는 결국 힐 하우스, 무서운 어머니를 선택할 수밖에 없었다. 그녀가 "저들은 이곳의 규칙을 만들 수 없어. 나를 돌려보내지도, 막지도, 비웃지도, 내게서 달아나지도 못해. 나는 가지 않을 거야. 힐 하우스는 내가 속한 곳이야"라고 결심하는 건 당연한 귀결이다.

다시 한 번, 『힐 하우스의 유령』을 읽은 뒤(혹은 이런 장르에 속하는 또 다른 소설을 읽은 뒤) "그래서 대체 무슨 일이 일어났다는 거야?"라고 불평하는 건 옳지 않다. 왜냐하면 이 소설 속에서는 엄청나게 많은 일이 일어났기 때문이다. '집'이 공포 그 자체인 소설에 있어, 충격을 자아내는 행위 자체보다 주인공의 무너져 가는 내면과 혼란이 더 중요하다. 무엇보다, "무엇이든 저택 안을 걸어갈 때는 항상 혼자이다"라는 대전제 아래에서, 엘리너는 자신의 가장 큰 공포가 '혼자 있는 것'이라고 진술한 바 있다. 결말부에 이르러 엘리너는 영원토록 힐 하우스에서 혼자 걸어다니게 되었다. 그녀는 진짜 '힐 하우스의 유령'이 되어 버린 것이다. 공간과 사람과 귀신의 구분은 무의미해진다. 그렇게, "나는 너다."

김용언(북 칼럼니스트)

힐 하우스의 유령
The Haunting of Hill House
/

1판 1쇄 2014년 9월 5일 / **1판 4쇄** 2024년 9월 18일

지은이 셜리 잭슨 / **옮긴이** 김시현

책임편집 이송 / **편집** 임지호 김세화 / **아트디렉팅** 이혜경 / **본문조판** 최윤미 / **그림** 윤선미
저작권 박지영 형소진 최은진 오서영 / **마케팅** 정민호 서지화 한민아 이민경 안남영 왕지경 정경주 김수인 김혜원 김하연 김예진
브랜딩 함유지 함근아 박민재 김희숙 이송이 박다솔 조다현 정승민 배진성
제작 강신은 김동욱 이순호 / **제작처** 영신사 / **독자모니터** 엄정현

펴낸곳 (주)문학동네 / **펴낸이** 김소영 / **출판등록** 1993년 10월 22일 제2003-000045호

주소 10881 경기도 파주시 회동길 210
문의 031-955-2637(편집) 031-955-2696(마케팅) 031-955-8855(팩스)
전자우편 elixir@munhak.com / **홈페이지** www.elmys.co.kr
인스타그램 @elixir_mystery / **X(트위터)** @elixir_mystery

ISBN 978-89-546-2541-8 (03840)

엘릭시르는 출판그룹 문학동네의 장르문학 브랜드입니다.

잘못된 책은 구입하신 서점에서 교환해드립니다.
기타 교환 문의: 031-955-2661, 3580